風蕭蕭

（上）

—徐訏文集—

小說卷

目次

導言　徬徨覺醒：徐訏的文學道路

陳智德

「個人的苦悶不安，徬徨無依之感，正如在大海狂濤中的小舟。」[1]

——徐訏〈新個性主義文藝與大眾文藝〉

在二十世紀四、五十年代之交，度過戰亂，再處身國共內戰意識形態對立夾縫之間的作家，應自覺到一個時代的轉折在等候著，尤其在當時主流的左翼文壇以外，被視為「自由主義作家」或「小資產階級作家」的一群，包括沈從文、蕭乾、梁實秋、張愛玲、徐訏等等，一整代人在政治旋渦以至個人處境的去與留之間徘徊，最終作出各種自願或不由自主的抉擇。

1　徐訏〈新個性主義文藝與大眾文藝〉，收錄於《現代中國文學過眼錄》，台北：時報文化，一九九一。

一

一九四六年八月，徐訏結束接近兩年間《掃蕩報》駐美特派員的工作，從美國返回中國，直至一九五〇年中離開上海奔赴香港，在這接近四年的歲月中，他雖然沒有寫出像《鬼戀》和《風蕭蕭》這樣轟動一時的作品，卻是他整理和再版個人著作的豐收期，他首先把《風蕭蕭》交給由劉以鬯及其兄長新近創辦起來的懷正文化社出版，據劉以鬯回憶，該書出版後，「相當暢銷，不足一年，（從一九四六年十月一日到一九四七年九月一日），印了三版」[2]，其後再由懷正文化社或夜窗書屋初版或再版了《阿剌伯海的女神》（一九四六年初版）、《烟圈》（一九四六年初版）、《蛇衣集》（一九四八年初版）、《幻覺》（一九四八年初版）、《四十詩綜》（一九四八年初版）、《兄弟》（一九四七年再版）、《母親的肖像》（一九四七年再版）、《生與死》（一九四七年再版）、《春韮集》（一九四七年再版）、《一家》（一九四七年再版）、《海外的鱗爪》（一九四七年再版）、《舊神》（一九四七年再版）、《成人的童話》（一九四七年再版）、《西流集》（一九四七年再版）、潮來的時候（一九四八年再版）、《黃浦江頭的夜月》（一九四八年再版）、《吉布賽的誘惑》

2 劉以鬯〈憶徐訏〉，收錄於《徐訏紀念文集》，香港：香港浸會學院中國語文學會，一九八一。

（一九四九再版）、《婚事》（一九四九年再版），[3]粗略統計從一九四六年至一九四九年這三年間，徐訏在上海出版和再版的著作達三十多種，成果可算豐盛。

《風蕭蕭》早於一九四三年在重慶《掃蕩報》連載時已深受讀者歡迎，一九四六年首次結集成單行本出版，沈寂的回憶提及當時讀者對這書的期待：「這部長篇在內地早已是暢銷一時的名著，可是淪陷區的讀者還是難得一見，也是早已企盼的文學作品」[4]，當劉以鬯及其兄長創辦懷正文化社，就以《風蕭蕭》為首部出版物，十分重視這書，該社創辦時發給同業的信上，即頗為詳細地介紹《風蕭蕭》，作為重點出版物。徐訏有一段時期寄住在懷正文化社的宿舍，與社內職員及其他作家過從甚密，直至一九四八年間，國共內戰愈轉劇烈，幣值急跌，金融陷於崩潰，不單懷正文化社結束業務，其他出版社也無法生存，徐訏這階段整理和再版個人著作的工作，無法避免遭遇現實上的挫折。

然而更內在的打擊是一九四八至四九年間，主流左翼文論對被視為「自由主義作家」或「小資產階級作家」的批判，一九四八年三月，郭沫若在香港出版的《大眾文藝叢刊》第一輯發表〈斥反動文藝〉，把他心目中的「反動作家」分為「紅黃藍白黑」五種逐一批判，點名批評了沈從文、蕭乾和朱光潛。該刊同期另有邵荃麟〈對於當前文藝運動的意見——檢討‧批

3 以上各書之初版及再版年份資料是據賈植芳、俞元桂主編《中國現代文學總書目》、北京圖書館編《民國時期總書目，一九一一－一九四九》。

4 沈寂〈百年人生風雨路——記徐訏〉，收錄於《徐訏先生誕辰100週年紀念文選》，上海：上海社會科學院出版社，二〇〇八。

判・和今後的方向〉一文重申對知識份子更嚴厲的要求，包括「思想改造」。雖然徐訏不像沈從文般受到即時的打擊，但也逐漸意識到主流文壇已難以容納他，如沈寂所言：「自後，上海一些左傾的報紙開始對他批評。他無動於衷，直至解放，輿論對他公開指責。稱《風蕭蕭》歌頌特務。他也不辯論，知道自己不可能再在上海逗留，上海也不會再允許他曾從事一輩子的寫作，就捨別妻女，離開上海到香港。」[5]一九四九年五月二十七日，解放軍攻克上海，中共成立新的上海市人民政府，徐訏仍留在上海，差不多一年後，終於不得不結束這階段的工作，在不自願的情況下離開，從此一去不返。

二

一九五〇年的五、六月間，徐訏離開上海來到香港。由於內地政局的變化，其時香港聚集了大批從內地到港的作家，他們最初都以香港為暫居地，但隨著兩岸局勢進一步變化，他們大部份最終定居香港。另一方面，美蘇兩大陣營冷戰局勢下的意識形態對壘，造就五十年代香港文化刊物興盛的局面，內地作家亦得以繼續在香港發表作品。徐訏的寫作以小說和新詩為主，來港後亦寫作了大量雜文和文藝評論，五十年代中期，他以「東方既白」為筆名，在香港《祖

5 沈寂〈百年人生風雨路——記徐訏〉，收錄於《徐訏先生誕辰100週年紀念文選》，上海：上海社會科學院出版社，二〇〇八。

國月刊》及台灣《自由中國》等雜誌發表〈從毛澤東的沁園春說起〉、〈新個性主義文藝與大眾文藝〉、〈在陰黯矛盾中演變的大陸文藝〉等評論文章，部份收錄於《在文藝思想與文化政策中》、《回到個人主義與自由主義》及《現代中國文學過眼錄》等書中。

徐訏在這系列文章中，回顧也提出左翼文論的不足，特別對左翼文論的「黨性」提出質疑，也不同意左翼文論要求知識份子作思想改造。這系列文章在某程度上，可說回應了一九四八、四九年間中國大陸左翼文論的泛政治化觀點，更重要的，是徐訏在多篇文章中，以自由主義文藝的觀念為基礎，提出「新個性主義文藝」作為他所期許的文學理念，他說：「新個性主義文藝必須在文藝絕對自由中提倡，要作家看重自己的工作，對自己的人格尊嚴有覺醒而不願為任何力量做奴隸的意識中生長。」[6]徐訏文藝生命的本質是小說家、詩人，理論鋪陳本不是他強項，然而經歷時代的洗禮，他也竭力整理各種思想，最終仍見頗為完整而具體地，提出獨立的文學理念，尤其把這系列文章放諸冷戰時期左右翼意識形態對立、作家的獨立尊嚴飽受侵蝕的時代，更見徐訏提出的「新個性主義文藝」所倡導的獨立、自主和覺醒的可貴，以及其得來不易。

《現代中國文學過眼錄》一書除了選錄五十年代中期發表的文藝評論，包括《在文藝思想與文化政策中》和《回到個人主義與自由主義》二書中的文章，也收錄一輯相信是他七十年代

[6] 徐訏〈新個性主義文藝與大眾文藝〉，收錄於《現代中國文學過眼錄》，台北：時報文化，一九九一。

寫成的回顧五四運動以來新文學發展的文章，集中在思想方面提出討論，題為「現代中國文學的課題」，多篇文章的論述重心，正如王宏志所論，是「否定政治對文學的干預」[7]，而當中表面上是「非政治」的文學史論述，「實質上具備了非常重大的政治意義：它們否定了大陸的文學史論述」[8]，徐訏所針對的是五十年代至文革期間中國大陸所出版的文學史當中的泛政治論述，動輒以「反動」、「唯心」、「毒草」、「逆流」等字眼來形容不符合政治要求的作家；所以王宏志最後提出《現代中國文學過眼錄》一書的「非政治論述」，實際上「包括了多麼強烈的政治含義」。這政治含義，其實也就是徐訏對時代主潮的回應，以「新個性主義文藝」所倡導的獨立、自主和覺醒，抗衡時代主潮對作家的矮化和宰制。

《現代中國文學過眼錄》一書顯出徐訏獨立的知識份子品格，然而正由於徐訏對政治和文藝的清醒，使他不願附和於任何潮流和風尚，難免於孤寂苦悶，亦使我們從另一角度了解徐訏文學作品中常常流露的落寞之情，並不僅是一種文人性質的愁思，而更由於他的清醒和拒絕附和。一九五七年，徐訏在香港《祖國月刊》發表〈自由主義與文藝的自由〉一文，除了文藝評論上的觀點，文中亦表達了一點個人感受：「個人的苦悶不安，徬徨無依之感，正如在大海狂

7 王宏志〈心造的幻影——談徐訏的《現代中國文學的課題》〉，收錄於《歷史的偶然：從香港看中國現代文學史》，香港：牛津大學出版社，一九九七。

8 同前註。

濤中的小舟。」[9]放諸五十年代的文化環境而觀，這不單是一種「個人的苦悶」，更是五十年代一輩南來香港者的集體處境，一種時代的苦悶。

三

徐訏到香港後繼續創作，從五十至七十年代末，他在香港的《星島日報》、《星島週報》、《祖國月刊》、《今日世界》、《文藝新潮》、《熱風》、《筆端》、《七藝》、《新生晚報》、《明報月刊》等刊物發表大量作品，包括新詩、小說、散文隨筆和評論，並先後結集為單行本，著者如《江湖行》、《盲戀》、《時與光》、《悲慘的世紀》等。香港時期的徐訏也有多部小說改編為電影，包括《風蕭蕭》（屠光啟導演、編劇，香港：邵氏公司，一九五四）、《傳統》（唐煌導演、徐訏編劇，香港：亞洲影業有限公司，一九五五）、《痴心井》（唐煌導演、王植波編劇，香港：邵氏公司，一九五五）、《鬼戀》（屠光啟導演、編劇，香港：麗都影片公司，一九五六）、《盲戀》（易文導演、徐訏編劇，香港：新華影業公司，一九五六）、《後門》（李翰祥導演、王月汀編劇，香港：邵氏公司，一九六〇）、《江湖行》（張曾澤導演、倪匡編劇，香港：邵氏公司，一九七三）、《人約黃昏》（改編自《鬼

[9] 徐訏〈自由主義與文藝的自由〉，收錄於《個人的覺醒與民主自由》，台北：傳記文學出版社，一九七九。

戀》，陳逸飛導演、王仲儒編劇，香港：思遠影業公司，一九九六）等。

徐訏早期作品富浪漫傳奇色彩，善於刻劃人物心理，如〈鬼戀〉、〈吉布賽的誘惑〉、〈精神病患者的悲歌〉等，五十年代以後的香港時期作品，部份延續上海時期風格，如《江湖行》、《後門》、《盲戀》，貫徹他早年的風格，另一部份作品則表達歷經離散的南來者的鄉愁和文化差異，如小說《過客》、詩集《時間的去處》和《原野的呼聲》等。

從徐訏香港時期的作品不難讀出，徐訏的苦悶除了性格上的孤高，更在於內地文化特質的堅守，拒絕被「香港化」。在《鳥語》、《過客》和《癡心井》等小說的南來者角色眼中，香港不單是一塊異質的土地，也是一片理想的墓場、一切失意的觸媒。一九五〇年的《鳥語》以「失語」道出一個流落香港的上海文化人的「雙重失落」，而在《癡心井》的終末則提出香港作為上海的重像，形似卻已毫無意義。徐訏拒絕被「香港化」的心志更具體見於一九五八年的《過客》，自我關閉的王逸心以選擇性的「失語」保存他的上海性，一種不見容於當世的孤高，既使他與現實格格不入，卻是他保存自我不失的唯一途徑。[10]

徐訏寫於一九五三年的〈原野的理想〉一詩，寫青年時代對理想的追尋，以及五十年代從上海「流落」到香港後的理想幻滅之感：

[10] 參陳智德《解體我城：香港文學1950-2005》，香港：花千樹出版有限公司，二〇〇九。

多年來我各處漂泊，
唯願把血汗化為愛情，
遍灑在貧瘠的大地，
孕育出燦爛的生命。

但如今我流落在污穢的鬧市，
陽光裡飛揚著灰塵，
垃圾混合著純潔的泥土，
花不再鮮豔，草不再青。

海水裡漂浮著死屍，
山谷中蕩漾著酒肉的臭腥，
潺潺的溪流都是怨艾，
多少的鳥語也不帶歡欣。

茶座上是庸俗的笑語，
市上傳聞著漲落的黃金，

戲院裡都是低級的影片，
街頭擁擠著廉價的愛情。

此地已無原野的理想，
醉城裡我為何獨醒，
三更後萬家的燈火已滅，
何人在留意月兒的光明。

「原野的理想」代表過去在內地的文化價值，在作者如今流落的「污穢的鬧市」中完全落空，面對的不單是現實上的困局，更是觀念上的困局。這首詩不單純是一種個人抒情，更哀悼一代人的理想失落，筆調沉重。〈原野的理想〉一詩寫於一九五三年，其時徐訏從上海到香港三年，由於上海和香港的文化差距，使他無法適應，但正如同時代大量從內地到香港的人一樣，他從暫居而最終定居香港，終生未再踏足家鄉。

四

司馬長風在《中國新文學史》中指徐訏的詩「與新月派極為接近」，並以此而得到司馬長風的正面評價，[11]徐訏早年的詩歌，包括結集為《四十詩綜》的五部詩集，形式大多是四句一節，隔句押韻，一九五八年出版的《時間的去處》，收錄他移居香港後的詩作，形式上變化不大，仍然大多是四句一節，隔句押韻，大概延續新月派的格律化形式，使徐訏能與消逝的歲月多一分聯繫，該形式與他所懷念的故鄉，同樣作為記憶的一部份，而不忍割捨。

在形式以外，《時間的去處》更可觀的，是詩集中〈原野的理想〉、〈記憶裡的過去〉、〈時間的去處〉等詩流露對香港的厭倦、對理想的幻滅、對時局的憤怒，很能代表五十年代一輩南來者的心境，當中的關鍵在於徐訏寫出時空錯置的矛盾。對現實疏離，形同放棄，皆因被投放於錯誤的時空，卻造就出《時間的去處》這樣近乎形而上地談論著厭倦和幻滅的詩集。

六七十年代以後，徐訏的詩歌形式部份仍舊，卻有更多轉用自由詩的形式，不再四句一節，隔句押韻，這是否表示他從懷鄉的情結走出？相比他早年作品，徐訏六七十年代以後的詩作更精細地表現哲思，如《原野的理想》中的〈久坐〉、〈等待〉和〈觀望中的迷失〉、〈變幻中的蛻變〉等詩，嘗試思考超越的課題，亦由此引向詩歌本身所造就的超越。另一種哲思，則思考社會和時局的幻變，《原野的理想》中的〈小島〉、〈擁擠著的群像〉以及一九七九年以「任子楚」為筆名發表的〈無題的問句〉，時而抽離、時而質問，以至向自我的內在挖掘，尋求回應外在世界的方向，尋求時代的真象，因清醒而絕望，卻不放棄掙扎，最終引向的也是

[11] 司馬長風《中國新文學史（下卷）》，香港：昭明出版社，一九七八。

詩歌本身所造就的超越。

最後，我想再次引用徐訏在《現代中國文學過眼錄》中的一段：「新個性主義文藝必須在文藝絕對自由中提倡，要作家看重自己的工作，對自己的人格尊嚴有覺醒而不願為任何力量做奴隸的意識中生長。」[12]時代的轉折教徐訏身不由己地流離，歷經苦思、掙扎和持續的創作，最終以倡導獨立自主和覺醒的呼聲，回應也抗衡時代主潮對作家的矮化和宰制，可說從時代的轉折中尋回自主的位置，其所達致的超越，與〈變幻中的蛻變〉、〈小島〉、〈無題的問句〉等詩歌的高度同等。

＊陳智德：筆名陳滅，一九六九年香港出生，台灣東海大學中文系畢業，香港嶺南大學哲學碩士及博士，現任香港教育學院文學及文化學系助理教授，著有《解體我城：香港文學1950-2005》、《地文誌——追憶香港地方與文學》、《抗世詩話》以及詩集《市場，去死吧》、《低保真》等。

12 徐訏〈新個性主義文藝與大眾文藝〉，收錄於《現代中國文學過眼錄》，台北：時報文化，一九九一。

風蕭蕭

一

C. L.史蒂芬先生與C. L.史蒂芬太太有莫大的光榮請××先生與太太參加一九四〇年三月十八日史蒂芬太太的生日宴舞會，在辣斐德路四一三〇八號本宅舉行。

R. S. V. P.

史蒂芬同他的太太？我開始驚奇起來，史蒂芬會有太太？這不是奇怪的事嗎？

那麼是另外一個史蒂芬了。

但我只認識這個C. L.史蒂芬。

那麼C. L.史蒂芬怎麼會不知道我是沒有太太的人呢！

那麼一定另外還有一個C. L.史蒂芬了。

而我不認識他。

但是他竟寄我這隆重的請客單。

莫非就是這個C. L.史蒂芬同我開玩笑嗎？

二

是太平洋戰爭爆發以前，上海雖然很早就淪陷了，但租界還保持著特殊的地位。那時維持租界秩序的有英、美、法、義的駐兵，這些駐兵雖都有他們的防區，但在休息的假期，在酒吧與舞場中不難碰到，而因國際戰事與政治的態度，常有衝突與爭鬥的事情發生。

記得是一九三九年初夏，夜裏一點鐘的時候，我從一個朋友地方出來，那時馬路已經很靜，行人不見一個，但當我穿過馬路的時候，路角有一個人叫住了我：

「對不起，先生。」

是一個美國軍官，好像走不動似的。

「怎麼？」我停步了。

「可以為我叫一輛汽車嗎？」

我猛然看到他小腿部的血痕，我吃驚了：

「是受傷了嗎？」

「是的。」他說著就靠在牆上。

「你就這樣等著。」

我說著就跑到附近的維納斯舞廳，本想到裏面去打個電話，但因為裏面美國兵與義國兵正在衝突起鬨，許多武裝的巡捕擁在門內門外，叫我不能進去，於是我只得到別處去借。那時街上的店，大都關著門，再沒有別的地方可有電話，最後我終於跑到了車行，坐了一輛車子到那個美國軍官等我的地方。

我扶他上車時，他非常感激地同我握手；當時我一半為同情一半為好奇，我說：

「要我陪你到醫院嗎？」

「假如這不是太麻煩你的話。」

於是我就陪他上車，我說：

「到仁濟醫院嗎？」

「不。」他對車夫說：「到靜安寺路麥特赫司脫路。」

雖然也算中國話，但不夠純粹，於是我又為他重說了一遍，但是我心裏很奇怪，難道裏面也有一個醫院嗎？

不過我沒有發問，因為有更好奇的問題在我心中跳躍，我問：

「可是在維納斯受傷的？」

「是，」他說：「是同伴中自己人的手槍走火的。」

「沒有人伴你走出來嗎？」

「沒有，」他說：「我們的人手已經太少了。」

「那麼也沒有人知道你受傷？」

「當時我自己也以為是輕傷，誰知也不很輕。」

他的痛苦似乎加重起來，我為他放下前面的小座位，讓他擱腳。

到靜安寺路的時候，他指揮車夫停在一個大公寓的前面，又叫我扶他下去。我付了車錢，伴他進了公寓，走進電梯，他指揮在三層樓的地方停下來。我以為這一定是他的家了，但是出了電梯，到一個門口，他拿鑰匙開門時，我才看到「外科神經科專家費利普醫師診所」的銅牌。

他帶我進去，開亮了電燈，是一個寬曠整潔外科醫生的診所，外間是候診室，但裏面沒有一個人，我們走進去，我正想發問的時候，他說：

「現在我要自己做這個手術，你可以幫我忙嗎？」笑得不像是一個帶傷的人。

「你以為我可以幫你嗎？」

「只要你願意。」他說著坐在椅上，拿著紙煙，並且遞給我一支，接著說：「你可以今夜不回去？」

「自然可以。」我把煙放在桌上，沒有吸。

「真的？那麼我不去叫費利普醫師了。」

「你以為我勝任嗎？」我說。

「當然我只請你做助手。」他笑：「我是一個很能幹的外科醫生呢。」他吸起了煙又說：「你不吸嗎？」

「我想先為你做點事情吧。」

「你沒有太太？」
「我是獨身主義者。」
「好極了，我們正是同志。」
他說著站起來，又帶我走進去，那是一間潔淨無比的手術室。他叫我幫他脫去了軍裝，換上了一件掛在壁上的白衣，接著叫我也換上一件，於是一同洗手，又轉到消毒的水中浸洗，他又叫我插上了消毒的電爐，由他自己在玻璃櫃中檢點外科的用具，遞給我去消毒。我看他有序地在銀盤中布置應用的藥品，放在手術的榻旁，於是指導我再到消毒水中洗手，又指導我將消毒紗布放在另一個銀盤上，又指導我用鉗子將外科用具從消毒鍋中鉗出，再放在紗布上面，最後叫我把銀盤拿去。
那時他已經脫去了鞋與襪子，用火酒揩洗受彈的創口，又用碘酒燒炙創口的四周，於是開始在那裏打麻藥針。
血從他創口中流出來，他叫我拿桌上的檯燈過去，用燈光探照著他的創口，他檢查了一會以後，說：
「還好。」
「怎麼？」
「子彈斜著進去，不深。」
「在裏面嗎？」

「我想是的。」

於是我看他用刀，用鉗，用紗布，大概一刻鐘的工夫，他鉗出了子彈。他叫我把檯燈放好；我看他用藥敷在布上，最後就開始包紮。

事情總算完畢了，他休息在手術榻上，叫我把外科用具消毒收拾，又叫我把藥物、紗布等一同放回原處，他說：

「萬分感激你，明天費利普醫師來時，可以不讓他知道有這麼一回事。」

大概二十分鐘以後，我已經收拾了一切，拿剛才他給我的紙煙，坐在沙發上抽起來。我說：

「原來你是一個軍官還兼外科醫生。」

「這叫做軍醫。」他說著坐了起來，開始吸煙，露出滿足的笑容說：「好朋友，現在我們可以談談了。」

……

這是我與史蒂芬交友的開始。

三

自從那次以後，沒有多久，我與史蒂芬幾乎三天兩頭在一起了。他是美國軍艦的醫官，今年三十二歲，非常活潑會玩。只要是玩，他永遠有很好的興致。我那時候同所有孤島裏的人民一樣，在驚慌不安的生活中，有時候總不能沉心工作，而我的工作，是需要非常平靜的心境，這是關於道德學與美學的一種研究，想從美與善尋同一個哲學的淵源作為一個根據去寫一部書，於是不得不用金錢去求暫時的刺激與麻醉，這就與史蒂芬做了密切的遊玩的伴侶。據他說，自從同我一起遊玩以後，他方才踏進了中國的土地，接觸中國的社會，開始吃到各類的中國菜，走進了中國的舞場，交際到中國的女性。

過去，他走的總是幾家霞飛路上酒吧與靜安寺路愚園路上幾家為外國兵士而設的舞場，他偶爾吃中國菜，也永遠是專營洋人的廣東館子。但是現在，他已常同我到四馬路小飯館去，也常愛找不會說洋涇浜的中國舞女跳舞，而且也學會了把友誼給他所喜歡的舞女。

過去，他出門總是穿著軍服，現在他愛穿便服出來。他由好奇於中國式的生活，慢慢到習慣於中國式的生活，後來則已到愛上了中國式的生活。

過去，他愛同我說英文，現在，他同我說中文。他有很幽默的態度，接受我們身邊的舞女對他勉強的中文發笑。

他是一個好奇的、健康的、直爽的、好動的孩子，對一切新奇的事物很容易發生興趣，對他所討厭的事物常常愛去尋開心。他談話豪放，但並不俗氣，花錢糊塗，一有就花，從不想到將來。這樣一個性格的人做了我的朋友，對於我的心境自然也有也有很大的影響。我過去也常常愛放蕩遊玩，但更愛的是在比較深沉的藝術與在大自然裏陶醉。對於千篇一律所謂都市的聲色之樂，只當作逢場作戲，偶爾與幾個朋友熱鬧熱鬧，從未發生過過濃的興趣。如今第一因為孤島圈中，再不能做遊山玩水的旅行，第二因為心境的苦悶使我無法工作，而藝術的享受機會不多，而又常限於固定的時間，所以我也很願同他在一起。但每當我遊玩過度，發生厭倦，開始想靜下來安心讀書或寫作的時候，只要有幾天不會見史蒂芬，他一定來找我，常常是深更半夜，哼著歌，敲我亮著的玻璃窗。除了我的燈滅了的時候，他不會去用電鈴。等我親自出去為他開門，他總是一進來就拍我的肩膀，活潑而愉快地說：

「亂世的時候讀書嗎？」

他於是用各種方法打動我，使我的思考完全消失，使我的思想完全離題，於是我終於聽從了他。有時候我要結束一封信，他就在旁邊等我，開著無線電，一個人哼哼，一直等我寫完了，起來換衣服，他在旁邊為我挑領帶，於是拿起電話叫汽車，我們一玩就是到天亮。

自然我也有找他的時候，但總是打電話。他住的地方也沒有一定，我所知道的電話，一個是C. R.俱樂部，一個是費利普醫師的診所，這是他常到的地方。找到他的時候他總是有很好的興趣，從來沒有不來赴約的日子。

一直過著這樣的友誼——熱誠、浪漫而有趣，彼此好像都不知道對方是否有冷靜的痛苦與現實的生活，也好像彼此對於那方面瞭解得太清楚了，所以反而不提起，從來不問彼此的事業與工作，也從來沒有想到彼此間的利用與互助。我不瞭解他的經濟情形，我則時時陷於窘境，但從未問他借錢，只是在一起遊玩的場合中，所有的帳單都讓他去付，他也從來不計較這些，遇到我在付錢的時候，他也從不客氣。

他偶爾也宿在我的地方，但從不吃飯，目的只是預備醒來時，再同我一道出去繼續過那紙醉金迷的生活。如果我的遊興還濃，他一住常常四五天。

這樣的孩子說是有太太，到底有誰肯相信他呢？所以儘管明明寫著C. L.史蒂芬，我還是疑心是別人。

那麼會不會是他的哥哥？

雖然我並不認識他的哥哥。

但是他可以叫他哥哥來請我。

那麼他哥哥也會是C. L.史蒂芬嗎？

也許他因為是軍官的關係，所以平常就用他哥哥的名字來同社會做普通的交際。

我當時就打電話找他，但沒有找著。這一直使我驚疑不安，到傍晚才有一封信告訴我秘密的一半。這封信是這樣寫著：

親愛的朋友：

使你驚奇了吧？我竟有一位太太，美而賢，可愛而可敬。我怕你因奇怪疑慮而不來，所以寫這封信給你，並且希望你也有一位我從來不知道的太太，在那個宴舞會上使我吃驚，否則，我希望你帶白蘋同來。

C. L. 史蒂芬

我所謂秘密的一半，是說這帖子確實是史蒂芬發的，但很可能是他的玩笑──隨便找一個有生日的舞女，這舞女也許是我所認識的，借一個地方，做一宵的娛樂，而發這樣荒謬的帖子。

我自然赴約，自然也沒有太太可帶；說到舞女，我當然有許多人可帶。我也很想帶一個他不認識的人去，使他驚奇，但又恐怕被他誤會是我太太，並且既然是他太太的生日，理應帶一個會說英文而比較會交際的人。他所以指定白蘋，也一定是為這個關係，所以我就決定了她。

四

白蘋是「百樂門」的舞女。自從大上海淪陷以後，日本人進出「百樂門」的最多，所以那是我很不喜歡的一個地方，但是史蒂芬卻喜歡它，不知道是不是為滿足一種爭鬥欲，他時常愛同日本舞客作對。當時舞女們都不愛同日本人跳舞，一般是討厭日本人，一般則因為同日本人跳舞，中國人的生意就會沒有。而史蒂芬在看到日本人去舞某一個舞女時，總是同他們去搶。我當時也跟著參加，結果舞女們都看我們是她們解圍的救兵，而事實上除了我們以外，也從沒有別個人去解她們的圍過。白蘋的認識，也是史蒂芬在日人懷抱裏搶來的，但是白蘋可不像害怕或討厭日本人似的。她臉龐生得非常明朗，大眼長睫，豐滿的雙頰，薄唇白齒，一笑如百合初放。第一眼見她我就很喜歡，不過因為一群日本人在包圍她，她同他們說話說得很多，所以給我印象非常不好。是第二次，不知怎麼，被史蒂芬發現了，他發現許多日本人在同她跳舞，他沒有得我同意，就叫她坐檯子，接著就帶她到凱莎舞廳。

一坐下我就問白蘋，我說：

「我很奇怪，別個女孩子都討厭日本人同她們跳舞，你為什麼同他們有說有笑的？」

「這有什麼關係。」她挺直了眉毛說：「伴舞是我的職業。我賺他們的錢。」

「但是，」我說：「這使所有中國人都不敢同你跳舞了。」

「這是沒有辦法的事。」她垂下視線望著自己的衣裳說：「而且很早就造成了這樣的局面。」

「你是說第一次你同日本人跳舞就造成了這個局面嗎？」

「是的，因為我會說點日語。幾次以後，我原來一般熟客都不來了。」她忽然轉變了話鋒，用帶刺的眼光盯住我說：「其實還是中國男人膽小，怕日本人。」

「你的意思是要中國男子同日本人搶你嗎？」我玩笑地說。

「不是這樣說，」她說：「有一個很愛我的中國青年，他說我不該同日本人跳舞。我說這是我的職業，我為賺錢；我又不同他們好。假如你要我，可以帶我出來，也可以同我跳舞。以後他就不再同我往來了，這不是他膽子小是什麼？啊，要不，就是他並不真的喜歡我。」

史蒂芬在旁邊抽香煙一直聽著。這時候，才告訴我坐在西首的一個舞女似乎以前跳過的，叫我先去跳去。

我去跳舞，史蒂芬在那裏與白蘋談得很起勁；史蒂芬的上海話聽得程度不低，講得程度很差；我很奇怪他們談得這樣暢快，等我一舞下來，才知道他們談的是英文。我對於白蘋開始發生興趣，原來她會日文，又會英文，是多麼聰敏的一個女孩子。

此後我時常去和白蘋玩，常常在下午四五時，坐在咖啡館裏沒有事，打一個電話給她，她就出來等著我們，或者她說一時沒有空，要等七點鐘可以同我們一同吃飯，但從來沒有說今天沒有空而改到明天的，我相信她一定退卻許多約會來陪我們，所以我對她也更覺得可愛起來。

但每次遊玩，總是我們三個人，或者三個以外，還帶有其他的舞女，從來沒有兩個人的。而每次大半都是史蒂芬花錢。無形之中，他與白蘋是主角，而我不過是一個不重要的配角。一直到有一天，我在愚園路一家舊書店買書，買書回來去靜安寺路看一個朋友，沒有看著，肚子有點餓，就在附近一家立體咖啡店吃點心，順便翻翻買到的書。我記得很清楚，在幾本書中，有一本Hazlitt的Table Talk，裏面有一篇談到孤獨的，好像是說到一個人如果把快樂寄託到別人身上是非常痛苦的事。這種說法，很使我同情，因為我是一個永遠把快樂寄託在別人身上的人，一個人常常無法安排生活，而因此有過許多痛苦，但是這篇文章對我的影響，則反而得到相反的效果。我舉目一看四周座位上都是兩三個人一桌，只有我一個人是孤獨的。我驟然受到了寂寞的打擊，同時就想到白蘋，我就打了一個電話，白蘋湊巧在家。

「白蘋嗎？」我說：「你知道我是誰嗎？」

「當然是我的愛人了。」

「不，」我說：「是你愛人的朋友。」

「我想是我朋友的愛人吧？」

「隨便你說。」我說：「在立體咖啡館。」

「還有別人嗎？」

「只有寂寞在我旁邊。」

「要我來驅逐它嗎？」她說：「我馬上就來。」

我擱起電話後，就打電話給史蒂芬，但史蒂芬不在，而白蘋倒來了。

那是初秋，她穿了一件淡灰色的旗袍，銀色的扣子，銀色的薄底皮鞋，頭上還帶了一朵銀色的花，披了一件乳黃色像男式的短大衣。在我的印象中，她從來沒有給我這樣美麗的感覺。我好像同她第一次碰見一樣。我說：

「是這樣美麗的人嗎？」

「難道你第一次看見。」

「的確第一次看見。」我說：「過去我看到的不過是朋友的愛人，今天我看到的是……」

「是什麼？」

「是不屬於人的玫瑰。」

「是屬於任何男子的茶花。」

「好，茶花，」我說：「打一個電話給史蒂芬吧。」

「怎麼？」她挺直了眉毛說：「我一個人還不能夠驅逐你的寂寞嗎？不約他了。我們兩個人還沒玩過。今天第一次，你不願意試試看嗎？」

「好，」我舉咖啡杯，碰她的杯子說：「通宵。」

「通宵。」她說。

說實話，那天只想同她喝茶，連吃飯都沒有準備；不知道她的裝束打動了我，還是我今天才發現她的價值，我竟說出了「通宵」。

「狂舞、豪賭，天明時我同你走，走到徐家匯天主教堂，望七時半的早彌撒，懺悔我們一夜的荒唐。」

她挺直眉毛，眼睛閃著異樣的光彩。我第一次發現，第一次認識她，她原來是這樣出眾的一個女孩子。

「好孩子！」我說：「有計畫地犯罪，有預謀地懺悔。」

「因為我們痛苦、寂寞，還有的是心的空虛。」她突然消沉下來，像是花遇到火，右手輕輕地晃搖桌上盛冷水的玻璃杯，眼睛望著它。

我當時的確迷糊，這究竟是怎麼樣一個女孩子呢？我沒有說什麼，一種寥落的同感襲來，我開始吸煙。

白蘋似乎站了起來，悄悄地拿起皮包，走出門去。我沒有問她，也沒有理她。我的思維在空虛裏，我的視線在空虛裏。

不知隔了多少時候，白蘋回來了。

「怎麼，我終不能代替寂寞來伴你嗎？」她活潑得像一條小龍，閃著兩隻大眼睛，一掃剛才的那種憂鬱，笑得像百合初放，她說。

「是你帶來這份寂寞，你不知道嗎？」我看了她半天說。

「算帳。」她對侍者說，沒有坐下來，站在旁邊從皮包裏拿錢。

侍者把帳拿來，她付了錢，說：

「走吧。」

「哪裏去？」

「跟我來。」

我伴她出門，伴她穿過馬路，伴她進大華電影院；票門裏買票的人很多，我剛要站進去的時候，她說：

「我早就買了。」

「原來她剛才出來是來買票的。」我想，就跟她上樓。

我記得那天的片子並不好。我同她看電影是常事，但是只有我們兩個人則是第一次。往日她坐在我旁邊我一點不感覺什麼，今天我覺得有點異樣，時時地引我去體驗她的存在。

八點鐘的時候，我伴她在一家廣東店吃飯；九點鐘的時候，我伴她在麗都狂舞；十二點鐘的時候，我們在汽車裏，她偎依著我，我說：

「白蘋，你累了。」

「不，」她睜開大眼睛望著我說：「你還有寂寞嗎？」

「沒有，」我說：「但有一種說不出的感覺。」

「是的，」她說：「我好像在暖熱的火爐旁摸到了雪。」

我沒有回答，靜望著前面與四周。街頭很寥落，汽車開得分外快，車燈光芒射在路前，街樹的影子不斷地掠過。我說：

「在這樣的夜裏，我才看到秋。」
「在你的旁邊，我永遠覺得是秋天。」
「史蒂芬旁邊呢？」
「他是春的代表。」
「你覺得你自己呢？」
「我代表了春夏秋冬。」
「好大的口氣！」我說：「但是我過去只感到你是夏。」
「今天呢？」
「是初秋最好的伴侶。」
在光耀的電燈光前，車子停了。
我們走進輪盤的賭窟。
那天開了十四盤中紅。沒有一點鐘工夫，我們贏了六千多元錢，但隨即我們就大輸；好像三點鐘裏時候，我們一度贏回了本錢，但接著又輸了下去。起初我們兩個人在賭，後來籌碼都在我一個人手上，白蘋在我旁邊看著。但當我快輸盡的時候，白蘋忽然不見了，我想她是到餐廳去吃東西去了，沒有問她。但在我下最後一注的時候，我知道已經毫無希望，開始想到白蘋的去處，忽然發現她在另外一端下注。我沒有理她，看著我最後一注輸去，一個人站起來坐在旁邊沙發上吸煙。她也並沒有理我。一直到五點多鐘的時候，她站了起來，手裏捧了好幾疊鈔票，看過去總有七八千元之數，我忽然想到，即使這些錢都是贏來的，她的本錢是哪裏來的呢？她離開我的時候不是一個錢都沒有了嗎？我正想問她，但是她說：

「去吃點東西吧。」

我站起來，伴她到餐廳裏，叫了一點雞蛋、麥片之類的東西。她精神似乎很好，同我談些與賭毫無關係的事情。我的精神也好像被她煥發起來，餐畢的時候，我吸起煙，她說：

「也給我一支吧。」

我遞給她，這時候我突然發現她手上白金配鑲的鑽戒已經不在，我差不多已經快發問了，但不知怎麼，我猛然悟到她剛才手上的鈔票同她單獨賭錢時本錢的來源，我立刻抑制了問話，鎮靜地為她點火。她吐了一口煙，站了起來，說：

「現在我們可以到徐家匯去了。」

「真的走去嗎？」我問。

「你等一等。」

她沒有回答我的話，跑到一個女侍的面前。我知道她要到盥洗室，於是準備等她。就在她走開的時候，我發現她皮包放在桌上，我猛然驚悟地打開了她的皮包。

不錯，一點不出我所料，有一張當票。我沒有仔細看，偷偷地拿出來放到我自己空的皮夾裏，靜候她的回來。

第二支香煙未盡時，白蘋已經帶著化妝過的煥發的面容站在我的面前了。

五

天空已經有點灰白，星星數點，尚寥落地散在天空。路上死寂無人，只有幾家專為賭徒而設的通宵營業的當鋪的門開著。路燈疲倦地閃著微光，街樹蕭條非凡，我們踏著淒迷的樹影走著，秋晨輕風，寒氣侵人，我說：

「你真的要走到徐家匯嗎？」

「怎麼？」她說：「你沒有這個興致嗎？」

「我？」我說：「我是男人，你不知道嗎？」

「笑話，」她說：「我發現男人最怕在這個時候走路。」

「但是我的確怕你太累了，」我笑著說：「老實告訴你，我是一個鄉下人，常常一清早走路的。」

「所以我才找你陪我走路呢。」她笑得很響。

天色比剛才亮了，亮了，亮得同白蘋的打扮一樣，銀色的頭花，銀灰色的衣裳。我對白蘋發生了更大的興趣，不覺用了一隻手圍在她的身上。這時忽然有一陣風來，有幾瓣樹葉被它打落了，我感到白蘋打了一個寒噤，我這時發現白蘋衣裳的單薄，於是我脫下了大衣披在她的身上。

「你自己不冷嗎？」

「我是男子。」我笑著說。

「又是男子。」她用手摸我的衣裳，繼續著說：「但是衣裳穿得比我多。」

「所以我可以分一件給你了。」

她不再說什麼，靠在我身邊走著。

走盡愚園路，穿過海格路，順著善鐘路走，我們沉默著，天色漸漸亮起來，風也沒有剛才那樣刺人，我的心已經耐不住這份沉寂，我開始問：

「想什麼呢？」她好像早已準備了，毫不猶豫地回答：

「想你也許還是第一次伴一個女人走這許多路吧？」

「是的。」

「那麼我覺得該非常光榮了。」

「我想在你已經不是第一次了。」

「你怎麼知道呢？」

「職業上的工作。」

「笑話，」她帶著嗔意說：「我的職業難道就是陪人從賭場走到教堂嗎？」

「怎麼？」我說：「假如你的職業永遠是陪人從賭場到教堂，你難道不覺得光榮嗎？」

「但是這也許是我靈魂的工作，」她說：「我的職業是陪人跳舞。」

我這時候才想到走在我身邊的是一個舞女。我不知道是不是我下意識中對她有點輕視，我不再說什麼。

沉默，我聽到我們的步伐，我聽到我們的呼吸。於是走進貝當路，我看見東方的陽光，堆在路旁籬內樹叢焦葉上的霜花開始融了，閃耀著清晨的新鮮。在一所比較空曠的園前，白蘋忽然遙指裏面的洋楓，她說：

「原來已經有紅葉了。」

「是的，」我說：「這是秋天。」

「你願意為我採一瓣紅葉嗎？」

我沒有回答，就在那院門前拐了進去。園中沒有一個人，草上都是霜花，我踏著霜花過去，就在那株洋楓上採了兩瓣完整的紅葉。回來時，白蘋站在門口，用意外可愛的笑容歡迎我，我把紅葉交了她，她說：

「那麼謝謝你。」她接過了兩瓣，但隨即分一瓣給我說：「這一瓣給你，保留著，紀念我們從賭窟到教堂的旅程。」

「謝謝你。」我仔細把它夾在皮夾裏，我問：「是誠心誠意地送我嗎？」

「自然。」

但當我要走的時候，白蘋把我的大衣還我，她說：

「謝謝你，現在我已經走得很暖和了。」

太陽已經出來，今天的天氣似乎特別好。我也已走得很熱，所以沒有把大衣穿上，只是掛在我的臂上，伴她前走。

在教堂的門口，她的態度忽然虔誠起來，好像沒有我在旁邊一樣。在裏面，她用聖水在身上劃了一個十字架，眼睛注視著神龕，安詳而莊嚴地一步步前進，我跟在她的後面，輕步地走著。四周的信徒已到了不少，有人跪在地下祈禱，有人坐在那裏誦經，我的心開始淨化而安詳，想到昨夜賭窟裏的興奮緊張，感到莫名的慚愧與虛空。

白蘋在神龕的面前跪下去，我跟著跪下，她的兩手放在前座，把頭埋在裏面。我學著她，不由自主地閉起了眼睛，她忽然低聲地說：

「祈禱你最真的願望。」

於是我祈禱，我沒有思索，我在心裏自語：

「願抗戰早日勝利，願有情人都成眷屬，願我永遠有這樣莊嚴與透明的心靈。」

我抬起頭來，望著那神龕前的燭光，我的思想在縹緲之中沉浮，我體驗到宇宙的奇偉與我自己的渺小，我感到生命的渺茫與世界的無常。

我不知道白蘋是什麼時候抬起頭的，她凝視著神龕，像是有深沉的幽思似的。我從側面望她，大圓的眼睛，濃長的睫毛，這時候發著異樣天真的光芒。她的大衣已像樹葉般撒在椅上，那淡灰的旗袍閃著銀色的扣子，緊裹在健美的肉體上，這以前不過使我感到雅致，如今則使我感到純潔。我沒有去擾亂她，像她凝視神龕一樣的凝視著她。

最後，彌撒開始了，白蘋用白色的圍巾蒙了頭，俯伏在手上，我才把視線移到祭臺上的神父。

我靜聽彌撒的進行，心裏有說不出的情感，迷茫、寥落、清醒與懊惱。

彌撒完畢時，我與白蘋從教堂出來，她一直沒有說話，只是靜靜地在我身邊走著，到轉彎的地方，我再也忍耐不住，我說：

「原來你是虔誠的天主教徒。」

「不見得，」她說：「但是我愛這天主教堂的空氣。」

我們在附近汽車行坐上了車，我送到她的家門口，就一直回家睡覺。

醒來已是下午兩時。四點鐘我有一個約會。就在我吃了一點東西出門的時候，我發現大衣袋裏竟有三疊鈔票，是四千元的數目，這正是我昨天賭輸的錢；但怎會在我的袋裏，這當然是白蘋放的。可是在一切我與白蘋同伴的時間，有什麼機會允許她把鈔票從她的皮包裏拿出，放在我大衣口袋裏？在我出門的途中，我手插在大衣裏一直想著。我從看她拿著鈔票離開賭窟，同我一道到餐廳時想起，想到她把鈔票放進皮夾裏，再想到她去盥洗室，我從她皮夾裏取出了鑽戒的當票，又想到同她一同走路，一直到徐家匯教堂做彌撒，彌撒完畢後坐汽車回來，我竟想不出她有這樣一個我看不見的機會。

我想著想著，在公共汽車站上了車。就在我要買票的時候，我在我皮夾裏發現了紅葉。我頓悟到當我採紅葉的時候，我大衣正披在她的身上，而就在我採了紅葉出來的時候，她把大衣還了我，而此後我一直沒有探手到大衣袋裏去過，那麼這無疑是她計畫好叫我去採紅葉的。

我回來大概是晚飯的時候。夜裏預備不出去，讀讀昨天舊書店買來的書。但是史蒂芬來了。

我把昨夜的經過告訴了他，可是我瞞去了鑽戒當票與鈔票的事情。這是我剛才回來的途中就想好了的。

史蒂芬對於昨天沒有被我找到非常懊惱，但並不頹傷，馬上興高采烈地說：

「去，我們今天再去找白蘋。」

「不，」我說：「今天應當你一個人去了。」

「怎麼？」

「我實在太累了。」我說。

但這是一句偶然的謊話。實際上對於白蘋給我美麗的印象，不願意做再度的繪描，則是實情。

史蒂芬雖然還鼓勵我的興趣，但是我始終只鼓勵他一個人去。最後他終於聽從了我，這是我們交友來我第一次沒有被他邀去，也是交友來的最後一次。

我為史蒂芬叫車。就在等車時候，我靈機一動地，忽然說：

「有錢嗎？留我五千元可能嗎？」

「怎麼？就是為這個不出去嗎？」

「不，」我說：「這是另外一件事。」

「支票可好？」

「一樣。」我說。

他拿出了支票與筆。簽字的時候，外面的汽車響了，他把支票付給我，就匆匆地去了。

十二點的時候，有人敲我窗上的玻璃，是史蒂芬。

「怎麼？」我出去開門，一見就問：「這樣早就回來了？」

「幸運的孩子，」他笑著說：「白蘋在愛你。」

「胡說。」我伴著他走進房間。

「因為你沒有去，所以她一點也不高興。」

「我想她同我一樣是因為疲乏。」

「不，」他抽起煙，說：「我要帶她出來，她拒絕了。」

「她可是有別的約會？」

「沒有，」他說：「她只是說她不想出去了。」

「你可曾同她提起我與她昨夜的事？」

「沒有，我只裝著我們剛才沒有見過。」

「很好。」

「怎麼？」他問：「可是你也在愛她了。」

「笑話，」我說：「同一個舞女嗎？」

「不對的，」他嚴肅地說：「難道不能同舞女戀愛嗎？」

「不是這意思，」我說：「我只是表明我沒有愛過就是，你不用吃醋。」
「這才是笑話！」他笑著說：「我希望你會愛她，因為她的確在愛你了。」
人們對於獨身主義者愛說這樣的玩笑是常事，我沒有驚異，所以我也沒有回答。他又說了：
「她是非常可愛的人呀。」
「是的，」我說：「那麼你愛她嗎？」
「那不是愛，」他笑得有點帶羞，「我的愛是另有所屬的。」
我沒有問下去，我把桌上的書理好，我說：
「想吃點東西嗎？」
「好的。」
於是我插上電爐燒咖啡，烘麵包，把這份談話打斷了。

六

第二天，史蒂芬早點後就去了。我約他五點鐘在立體咖啡館相會。我就到銀行取那張他借我的支票，拿了錢，根據白蘋的當票上位址，到那家當鋪裏去取鑽戒。中飯後，又到南京路配購一隻合於那隻鑽戒的盒子，我選中一隻白綢銀邊的。三點半的時候，我在立體咖啡館裏打電話給白蘋。

「是誰呢？」白蘋的聲音。

「是從賭窟到教堂的紳士。」

「又是立體咖啡館。」

「一點不差。」

「又是寂寞在你身邊嗎？」

「不，」我說：「有四千元在我身邊。」

「要還我那四千元嗎？」

「並不。」

「想花去它嗎？」

「不想。」

「那麼是要我為你付茶帳了？」

「你高興嗎？」

「自然，」她說：「我馬上來。」

電話擱上後，不到半點鐘，銀色汽車已經停在立體咖啡館門前。

果然又是銀色的女郎，她竟打扮得同前天一樣。

她坐下後，我說：

「今天是不是允許我有光榮送你一件禮物呢？」

「還有比你紅葉還光榮的禮物嗎？」

「是的，」我說：「僅次於你給我的紅葉。」

「一杯咖啡。」她對侍者說了，又用低迷的笑容說：「我先謝謝你。」

於是我把白綢銀邊的盒子拿出來，我說：

「不要驚奇……」

話未完，她就搶著先說：

「啊！原來是四千元的賭注贏回了我的本錢。」

她的聰明把我壓倒，我高興的情緒驟消，我說：

「原來你四千元與紅葉，是當作賭注押在我『紅心』上面的。」我半笑半刺地說。

「是的，」她說：「假如你因此生氣的話，我仍舊感謝你，因為你還沒有當我是一個舞女……」

侍者把咖啡拿上來，話因此打斷。但接著她說：

「現在我把鑽戒送你，」她手晃著咖啡的杯子，眼睛注視著杯中的波紋，把鑽戒遞給我說：「一個舞女的心有時候可以同它一樣的純潔。」

「……」我沉默了，抽起煙。

我吐煙在我眼睛的面前，讓我與她的當中，多有一點迷濛的距離。但是她吹開了這煙霧，說：

「你不願意接受這個禮物嗎？」

「真的把別人送你的東西這樣輕易送掉嗎？」我笑，但不很自然。

「假如你以為我是這樣，那麼我真為你可惜送我光榮的紅葉，你怎麼沒有想到我不會把它送給別人呢？」

「……」我沒有說什麼，但我的心可震動了，難道史蒂芬對我說的話是這樣可靠嗎？

「收我這份禮，」她用圓大的眼睛注視著我，「讓我們談其他的事情。」

不知道是不是受了她目光威脅，還是我自己有意識不到的情緒在支配我，我伸手拿這隻白綢銀邊的盒子，禁不住說：

「謝謝你。」

「這才是好孩子。」她笑得像百合初放。

「好孩子」，這聲音使我悟到我面部的表情是多麼幼稚與天真了。

我立刻吐煙在我的面前，讓我與她之間永遠有這樣的阻隔。

但就在這短短的阻隔中，我開始悔悟我對於這禮物接受得荒唐，但這已成無法挽回的事實。

最後，史蒂芬來了，我們開始有輕鬆的談話與快樂的笑。這一天一夜，除了我時時後悔這份袋中的禮物外，我們大家都是快樂的。

此後我總怕一個人去會見白蘋。在第三天，我籌了一筆款，購買了一隻與白蘋送我的相仿的鑽戒，裝在我那天購得的綢銀邊的盒子裏。本來想拿到立體咖啡館去約白蘋，但終因我心裏的畏縮而不果，同時我也不願意在我交給她的時候讓史蒂芬看見，所以我只好同史蒂芬到「百樂門」去。就在我同白蘋跳舞的時候，我說：

「現在可輪到我有光榮送你比較永久的禮物了。」

「沒有把送給你的禮物當作我的賭注吧？」

「沒有。」我說。

「那麼謝謝你。」

我乃把我袋裏的禮物交了給她。在我回到家裏的時候，我一方面好像還清了一筆債一樣地輕鬆，另外一方面則好像我允諾了一筆更大的借款。

以後我始終沒有一個人去會白蘋，但是今天我要約她於三月十八日去參加史蒂芬的宴舞會。

那麼白蘋會不會就是史蒂芬現實中的史蒂芬太太呢？

我想不會，至少比別人可能性要少，最要緊的還是白蘋在這點上不會同我撒謊。於是我拿起了電話：

「請白蘋小姐說話。」

「誰？」白蘋來了。

「當然是你的愛人了。」

「是的，我知道你也該來個電話了。」

「你可是已經做了史蒂芬的太太了？」

「是別人的謠言還是史蒂芬酒後的瘋話？」

「是我的神經過敏。」我說。

「不想同我當面談談嗎？」

「想的，」我說：「但日子是十八日下午三點半。」

「是你一個人嗎？」

「自然。」

「奇怪了！」

「不要奇怪，」我說：「但是你可不可以把那天整個的時間都讓我們一同消耗呢？」

「幹什麼呢？」

「參加一個很正式的宴舞會。」

「可以。」

「那麼我謝謝你。」我說：「還有，會見史蒂芬不要提起這件事。」

「當然。」

「那麼再見了。記住三月十八日下午，在立體咖啡館。」

「遵命。」

我聽見她擱上了電話。

七

「好，你晚到了！」

白蘋帶著百合花的笑容招呼我，立體咖啡館的鐘已經三點五十分。我說：

「對不起，你可是來了很久了？」

「今天我像男人等候情人般來得特別早。」

「那麼我是故意在模仿小姐們了。」

「一杯咖啡。」我對侍者說，我一面脫去了大衣。

「原來你打扮這麼漂亮。」她望著我的衣服說。

「啊，」我說：「可是因為我忘記說這句話了？」

真的，今天白蘋顯得異樣光彩，她穿了一件白緞繡花的旗袍，髮髻上戴了一朵白絹製成的茶花，右臂一隻白金的手錶，左臂一隻潔白的玉鐲；我送給她的一隻鑽戒在她右手上發光，指甲似乎剛搽過白色的蔻丹，桌上放著白色的皮包同一塊純白麻紗的手帕。好像四周的人們都在羨慕我似的，我驟然感到一種說不出的驕矜。我說：

「是專門為我打扮的嗎？」

「為你要參加的宴舞會。」

「怎麼？」我忽然想到會不會是史蒂芬知道我會去約她，故意來舉行這樣的宴舞會呢？我說：

「是史蒂芬告訴你了？」

「怎麼？」她說：「不是你要我伴你去參加正式的宴舞會嗎？」

「是的。」我把那張請帖交給了她。

「史蒂芬有太太嗎？」她看了就問。

「我也第一次聽見。」

「怎麼？你也有太太嗎？」

「我要有太太還來請你嗎？」我笑著說。

「那麼要我充你的太太了？」

「不，」我說：「沒有太太，所以請一個好朋友同去。」

「這都是禮貌上的事，」她說：「你應當預先關照我的，免得臨時出岔。」

「謝謝你，」我說：「一切看那時的情形吧，這事情我也莫名其妙。」

過完了愉快的下午，我們就去過驚奇的夜晚。

辣斐德路四一三〇八號是一所沿馬路的小洋房，花園不大，但花木蔥蘢，薔薇與月季這時候開得正忙，外面圍著木柵，好像油漆不久，碧綠如春，我就在那裏按了電鈴。門內開處，我一望就知是史蒂芬。史蒂芬全副軍裝，精神煥發，一面輕步下階，一面帶著笑說：

「是多麼出色的賓客呀！」

他同我們握手，一邊挽著白蘋，一邊挽著我從外門走到內門。他說：

「可是出你意料的？是我太太的生日。」他把「太太」兩個字說得特別響。

就在這走廊上衣架旁，我脫去了衣服，我伴著白蘋走在史蒂芬的後面，走進一件精美的廳堂。

廳堂裏已經有不少的男女，史蒂芬先介紹我們會見他的太太，他半真半玩笑似地說：

「徐先生與徐太太。」

白蘋露著百合初放的笑容看我一眼，我心裏雖窘，但也不便否認。

史蒂芬太太伸出可愛的手同我們交際，面上浮起一個淺甜的笑容，說：

「徐先生，你肯駕降真是非常光榮。史蒂芬時常同我談起你，希望你今夜會像在自己家裏一樣。」

接著她一一為我介紹他們的賓客，但總是以「白蘋小姐」的名義來介紹白蘋，似乎她早已知道「太太」是一個開玩笑的名義了。賓客中半數是美國海軍與陸軍軍官，大都帶著女伴，此外是領事館、大使館裏的人物，幾個銀行界與商界的朋友，還有一些律師與醫生。其中我也認識了費利普醫師，個子很高，是四十幾歲的模樣，上唇蓄著鬍髭，態度非常莊嚴文雅，他的太太也大方可親。中國人，除我以外，只有一個高先生，是魏白飯店的經理。他的太太是一個秀美的美國人，很會交際。以前我們曾經在許多地方碰見過，今天她還帶著她的小姐來，已經是二十歲美麗的少女了，長得很高，要不經過介紹，我幾乎以為是她母親的妹妹。女賓中有幾個很年輕美麗的。似乎同高小姐很熟，我想一定是美國學校裏的同學。在這些女賓中，最令我注意的是梅瀛子小姐，她竟具有西方人與東方人所有的美麗，對於今夜的來賓，大都像是早已認識，但她似乎特別與新認識的人在交際。而在這新的交際之中，她總是立刻突破了對方的距離。在主人將我向她介紹時，她說：

「是徐先生嗎？好像我們早應當認識了。」

「非常光榮。」我說著已被介紹到別人地方。

但我看到梅瀛子的交際始終沒有停，在櫻桃宴前酒上來的時候，她正同白蘋在一起談話。

我當時站在高小姐的旁邊，我說：

「你以前認識梅瀛子嗎？」

「見過幾次。」

「是在你的家裏嗎？」

「不，」她說：「在魏白飯店的交際場合中。」

這時，旁邊的高先生說：

「她是在日本長大的。」

「父母是美國人嗎？」我說。

「不，」高先生露著笑：「母親是美國人。」

「那麼父親是日本人？」

「不，」他說：「你都猜錯了。父親是中國人，但一直在日本。」

「今天她的父母都沒有來嗎？」

「父親死在日本，母親死在中國，她現在只有一個人。」

這時候高小姐同另外一位小姐去談話了，高先生望著她的背影，用俏皮的口吻對我說：

「你似乎對梅瀛子小姐很有興趣？」

「我似乎對任何女性都有興趣，但都是只有這一點點興趣。」我說。

「你知道她現在已是上海國際間的小姐，成為英、美、法、日青年追逐的對象了。」他說。

我用淺隱的笑容回答他，開始把話說到別處去。

餐後僕人來叫我們用飯，我們就走到飯廳裏去。

今夜我似乎是最生疏的客人，所以就坐在史蒂芬太太的右手，白蘋則坐在另一端史蒂芬的右手。我的旁邊是一位棕色頭髮的太太，梅瀛子小姐坐在我斜對面，右手是費利普醫師，左手是一位很漂亮的美國軍官。

我的前面是一瓶鮮花，但並不妨礙我對於梅瀛子的觀察，她有東方的眼珠與西方的睫毛，有東方的嘴與西方的下頦，挺直的鼻子但並不粗高，柔和的面頰，秀美的眉毛，開朗的額角，上面配著烏黑柔膩的頭髮；用各種不同的笑容與語調同左右的人談話。她穿一件純白色緞子的短袖旗袍，鑽石的鈕子。四圍鑲著小巧碧綠的翡翠，白皙的皮膚我看不見粉痕，嘴唇似乎抹過淡淡的口紅，有一種說不出的風韻，從她的頸項流到她的胸脯，使在座中西洋女子的晚禮服，在她的面前都遜色了，但假如她穿西洋的晚禮服，我相信還會比她今夜的打扮要出色。最後我開始發覺許多男子的視線都在偷看她，我驟然意識到一種奇怪的羞慚，我避開了偷視，照料我自己的菜肴。

於是我開始同史蒂芬太太談話。她聲音輕妙低微，面部的表情淺淡溫文，與梅瀛子的性格似乎完全不同。我想她該有二十六歲，有很美的身材，長長的頸子，配著挺秀的面龐，非常沉靜莊嚴，不笑的時候好像不容易親近，看起來與史蒂芬活潑天真的、明朗輕鬆的態度完全不調和，但在她眉梢與眼角，我看不出一點心理的哀怨與痛苦，而談話中間，對於史蒂芬的情愛尤顯彌篤。

但是史蒂芬為什麼總愛一個人找我去玩呢？這是我的疑問。自然我不會對史蒂芬太太談到我與史蒂芬的宴樂，可是她好像知道我們常玩的故事，因此在知道範圍內，我沒有否認。最後她說：

「聽說你是一個獨身主義者？」

「是的。」

「這是說對於任何女孩子都不發生興趣了？」

「也許對於任何女孩子都有興趣呢？」

「那麼是浪漫的玩世的別名。」她諷刺似地對我笑。

「不，」但是我嚴肅地說：「興趣只限於有距離地欣賞。」

「沒有個愛人嗎？」

「過去自然有過。」

「失戀過？」

「也曾經有過。」

「那麼是酸葡萄的反應。」她又諷刺地笑。

「也許。」

「但是總也受過人的愛？」

「好像有過。」

「但是你不相信這些？」

「因為有一天我忽然發覺自己沒有愛過一個人，愛的只是我自己的想像；而也沒有一個人愛過我，她們愛的也只是自己的想像。」

「你以為人們都像『納虛仙子』戀愛自己的影子般地永遠只愛著自己的想像？」

「都是單戀！」我說。

「於是你失望了？」她說：「你從此不再為愛祈禱？」

「我只有懺悔，」我說：「於是我抱獨身主義。」

「很有趣。」她說。

忽然她望著在我們面前走過的白蘋，她把聲音放得很低，微笑著對我說：

「然則白蘋小姐也是在單戀自己的想像。」

這句話非常使我感到突兀，我立刻意識到這是史蒂芬玩笑的廣播。我說：

「你永遠這樣相信你丈夫的玩笑嗎？」

「你沒有注意我剛才同白蘋談話嗎？」

「……」我用微笑代替了困難的回答。

「但是我想，」她說：「今夜你可被新奇的光芒炫惑了。」

「……？」我用沉默的視線問她，但是我立刻感到梅瀛子的光芒在我心裏閃動。

「那當然，是梅瀛子了。」她說：「她永遠像太陽一樣地光亮。」

「但是我永遠喜歡燈，因為我喜歡我自己燈光下的影子。」

「可是陽光在夜裏就是燈，燈光在白天就是太陽。」

「……」我開始發覺史蒂芬太太靈的美麗，她的體念、她的感覺，是多麼細膩與敏銳！這是與史蒂芬完全不同的性格，那麼他們是幸福的一對嗎？

我注意史蒂芬站起來去開無線電，是很好的音樂，大家都靜下來。我想是Debussy的曲子，但聽下去又好像不是。可是史蒂芬太太忽然低聲地問；

「你喜歡Debussy嗎？」

「是聰敏的作曲家，」我說：「但可惜沒有深刻與重量。」

「那麼你對音樂是很有修養了。」

「不敢說，」我說：「但是我愛音樂，正如我愛大自然一樣。」

「……」

她不響，皺一皺眉，沉思了一會，接著好像被音樂吸引了似地，眼梢間有一種不令人接近的莊嚴。

我沉默了。

飯後我們到會客室，那裏現在已經布置得像一個小小的舞廳，史蒂芬在無線電中收到了音樂，幾個軍官先跳起舞來。我就近請史蒂芬太太跳舞。

「原諒我，」在舞圈中，我說：「史蒂芬太太，你可是不喜歡這爵士音樂？」

「不很喜歡，」她說：「但偶爾同朋友們跳舞，也是我高興的事。」

我在人叢中舞過去時，我看見梅瀛子正在那位漂亮軍官的臂上，臉上浮著甜蜜的笑容。我避開她的視線，轉了過去，接著又碰見了白蘋與史蒂芬。今天的白蘋顯得分外光彩，與史蒂芬有很親密的談話，場中的舞伴，以他們的一對為最漂亮了。

曲終的時候，史蒂芬太太對我說：

「今天你應當同梅瀛子多跳一點舞。」

「為什麼呢？」我說。

「因為我相信你會喜歡她的。」

「……」我沒有說什麼。

但在第二隻音樂響的時候，我伴了一位很年輕的小姐跳舞。她很含羞，舞步也生疏得很，但是她有一種特別的溫柔是我所交接的女性所沒有的。於是我說：

「可以請教小姐的名字嗎？」

「海倫‧曼斐兒。」

「非常光榮，今夜可以同你跳舞。」

「……」她沉默著。

我沒有看見她的表情，但我的下頦感到她含羞地偎依。是柔和的髮絲觸到了我的皮膚，我好像有一種意外的責任似地，非常謹慎地把舞步正確地押著音樂的節拍，從人叢裏過去。我忽然想到剛才介紹時的曼斐兒太太，我說：

「我想，你該是曼斐兒太太的小姐了。」

「是的，先生。」

「那麼我希望我以後可以常常見到你。」

於是接著的音樂，我就請曼斐兒太太同舞，我說：

「只有你，可以是曼斐兒小姐的母親。」

「她還是很害羞的孩子。」

「但是具有一顆難企及的靈魂。」

「希望你時常指導她。」

「我希望有光榮做你們的朋友。」

「那是我們的光榮。」她說。

「我可以來拜訪你嗎？」

「隨時都歡迎，」她說：「我的家就在芭口公寓三百四十一號。」

在這短短的一曲音樂中，我發現曼斐兒太太有非常和藹可親的性格。據她說，她的丈夫與兩個兒子已經回國從軍去了，只有這個女兒陪著她，所以非常寂寞，很希望一個中國人常常去看她。她是一個很胖的中年婦人，有很豐富的笑容。我從她女兒推論，我想年輕時一定也是美麗的。

不知道第幾隻音樂，我伴同白蘋起舞。她說：

「你還沒有同梅瀛子跳過舞呢？」

「怎麼？你這樣注意著我。」

「我發現你今天對她有特別的興趣。」

「……」我尋不出話回答。

怎麼她會同史蒂芬太太有一樣的觀察呢？難道我的表情上有什麼特別的顯示？

「我可是說對了？」

「我想不見得。」

「但是你並不否認。」

「我只是在想，」我說：「你是根據什麼來說這句話的？我連一隻舞都沒有同她跳，一句話都沒有同她講。」

「就根據這個。」

「但是其他人中，」我說：「我也有……」

「他們對著太強的光線看不見東西，對著黑暗也看不見東西。」她笑了，帶著可愛的詼諧，也帶著甜蜜的諷刺。

「……」我開始沉默。我反省自己，覺得史蒂芬太太在席上說我被新奇的光芒炫惑，是我不同梅瀛子跳舞談話的主因，現在使我感到我不同梅瀛子跳舞與談話，也就是使白蘋說這話的主因了。究竟梅瀛子的光芒有否把我炫惑？我對她是否有特別的興趣？我自己都不知道。但是當我心裏決定下一隻音樂去請梅瀛子跳舞時，我的心突然不寧起來。

就在這不寧之中，我在一隻華爾滋音樂開始時，去請梅瀛子跳舞了。這真是一件令我吃驚的感覺，在我帶她起舞後，當我正驚奇她所用的香水時，她說：

「我說今天有一個出色的男子還沒有請我跳舞呢。原來是你。」

「是我？」我低聲地說。

「我以為今夜要矜持到最後都不請我跳舞了。」

「但是我終於請你了。」我說。

「是別人警告你不要同我接近嗎？」

「為什麼別人要這樣警告我呢？」

「好像別人說過接近我的男人都免不了成為我的衛星的。」

「似乎沒有人怕我做你的衛星。」

「那麼你可曾同誰打賭，」她用一種金聲輕笑：「不請我跳舞就是你的勝利嗎？」

「也許，」我說：「同我自己打賭。」

「是情感與理智打賭嗎？」她柔和得像撒嬌般說。

「不，」我說：「我情感與意志打賭。」

「但是你情感勝利了。」

「勝利的是我意志。」

「是你的情感不想同我跳舞嗎？」她帶著疑問地問。

「我情感往往停頓在美感的距離上。」

「我覺得沒有法子解釋了。」

「在我，」我說：「當我喜歡一隻橘子的色彩時，我不想吃它，這是我的情感。」

「那麼你情感不想多接近一點光亮嗎？」

「太強的光亮，自然不想接近，正如我不願正眼注視太陽。」

「於是你用意志來注視太陽。」

音樂停了，我送她到座位時，她說：

「下隻音樂，我還等你。」

「好的，謝謝你。」

此後三隻音樂，我都與梅瀛子舞。我始終沒有問她的住址，也沒有表示要她做我的朋友。但我發現她好像要多吸引一顆衛星來征服我。

後來我和史蒂芬太太在一起，她問我：

「在太陽旁邊你還想念燈光嗎？」

「是的，」我說：「我愛燈光下自己的影子。」

「我想海倫・曼斐兒小姐像燈光。」她看了海倫・曼斐兒一眼說：「現在我放心你不會為梅瀛子傾倒了。」她笑著說。

……

史蒂芬太太好像完全受史蒂芬的教唆，整個的談話，似乎都是在探究我獨身主義的心理，給予我獨身主義以種種打擊、威脅與譏諷，我後悔我有太多的談話。

八

汽車先到白蘋的家。她在關車門時約我明天在立體咖啡館相會，臉上帶著無比的光彩，對我揚手。

夜已深，陰沉的天空似乎很低，我的車子從昏暗的街燈下過去，這時候我才感到白蘋在我身邊地位的重要。

料峭的春寒與沉重的寂寞在我重新關上車門時從四周襲來。我像逃犯似地奔進了家，奔進了自己的房間，開亮燈，吸起一支煙，抽出一本書。我倒在沙發上，逃避那一種說不出的淒涼與壓迫。於是夜像水流般過去。窗外的天色冉冉地亮了。我開始寬衣，滑進了疲懶的被鋪。

好像我落在雲懷的中心，我看見了光，看見星星的光芒，看見月亮的光芒，還看見層層疊疊的光，幻成了曲折的線條，光幻成了整齊的圓圈，光幻成了燦爛的五彩，我炫惑而暈倒，我開始祈禱，我祈禱，黑暗黑暗……那麼我的燈呢？

「燈在這裏。」我聽見這樣的聲音，於是我看見微弱柔和的光彩，我跟它走，跟它走。走出雲，走過霧，走到綠色的樹叢。我竊喜人間已經在面前，這是我們的世界，是我們祖先幾千年來慘澹經營的世界，那裏有多少人造的光在歡迎我降世。於是我看見萬種的燈火，在四周亮起來。我笑，我開始笑，但我在笑聲中發現了我已經跨入了墳墓。我開始悟到四周的燈光都是鬼火，我想飛，我想逃，但是多少的泥土在壓迫我，壓迫我，我在掙扎之中喘氣。

「太陽來了。」有人嚷。

於是我看見了炫目的陽光。

「太陽來了。」窗外是家人的聲音，她們正把衣服在院中掛曬。

看錶是下午一時，我披衣起來。正在盥洗的時候，史蒂芬來了。

「剛起來嗎？」他說。

「是的。」

「到底是昨夜哪一位女孩有這樣的光彩，使我們獨身主義的哲學家昨夜失眠了。」

「是Schelling。」我說，指我昨夜從書架抽出，閱後拋在床上的Schelling著作。

「別撒謊了，好朋友。」

「……」我沒有回答他話，只用莊嚴的語氣說：「『好朋友』？而你一直不告我你是結了婚的人。」

「因為你說是獨身主義者，我想你會討厭結了婚的男子的。」

「為什麼呢？」我說：「這是個人的自由。」

「天下哪有肯定了主義的人，不希望把他的主義概括眾生的？」

「不，」我說：「我希望人人都有你一樣的美麗而可敬愛的太太，讓我時時過昨夜般快樂的夜晚。」

「恐怕還是昨夜的小姐使你感到那夜晚是快樂的。」

「我不想再說這些。」我說：「你是有太太的人，怎麼總是找我同你去玩呢？」

「這是向你證明有太太的人也可以有獨身的自由。」

「那麼我斷定你不夠愛你的太太。」

「自然我是十二分地愛她。」他說：「她有她的世界，有她美麗的世界，她愛古典音樂與詩。我尊敬她。」

「那麼同你是多麼不同呢。」

「為什麼要相同？」他詫異地說：「我尊敬她的娛樂，她也尊敬我的娛樂。我們相愛，我們結合，我們互相尊敬，我們過著最幸福的日子。」

「在我是一個謎。」我說。

「這不是你讀了一書架哲學書所能知道的。除了你有結婚的經驗時，你方才有資格來談。」

「……」我沒有回答。

「我太太非常稱讚你，」他說：「她希望你肯時常到我家去。星期六夜晚，有幾個朋友去喝茶，希望你一定去參加。」

「當然非常高興。」

當我換好衣裳以後，想起昨夜曾約白蘋在今天相見，於是我說：

「同我到立體咖啡館去嗎？」

「是與梅瀛子第一次的嗎？」

「是的。」我撒了謊，笑著說。

「真的？」他說：「那麼是我猜著了。」

「你猜著了？」我笑。

「我猜你昨天起已做了梅瀛子的衛星，」他說：「但是我太太一定說你已做了一顆我所不知道的恆星的衛星。」

「那是誰呢？」我問。

「她不告訴我，只說：『將來你一定會知道的。』」他說：「但是今天證明我的猜測是對了。」

史蒂芬異常地高興，使我的情緒高起來。我們登上了汽車，直駛到立體咖啡館。

那時大概三點多，我還沒有吃飯，所以多叫了點東西。史蒂芬抽著煙、喝著咖啡陪我，時時望著窗，忽然他說：

「你約她是幾點鐘呢？」

「只說下午。」我忽然想起當時的確沒有同白蘋約好時間，但我相信不久她就會來的。

但是等我吃好許多東西後，還不見白蘋到來，我也開始有點焦躁，再沒有心思與史蒂芬閒談了，史蒂芬的興奮也已經稍低。經過了許久的沉默，大概是四點半的時候，他忽然露出高興的笑容說：

「梅瀛子給你一個很好的波折。」

「這是任何女子都會玩的手法。」

「我想她不會來了，」他說：「還是打電話給白蘋吧。」

「不，」我說：「我不願這樣做。當我期待一個女子失望時，我找誰來代替就是對誰的侮辱。」

「但是算我找她好了。」

「不，」我說：「你同我是一樣的，而且從今以後，我沒有得到你太太的允許，我不再同你一同去玩。」

「這是不成問題的。」他說。

一部黑色的汽車在窗外停下來，史蒂芬說：

「她來了。」

我回頭看時，果然是個銀色的女孩從車門出來，我知道這是白蘋來了，所以就回過頭鎮靜地抽煙，可是史蒂芬則注意著店門。

我始終鎮靜著，我想讓史蒂芬看到是白蘋而驚奇。

然而史蒂芬站了起來，跑出去說：

「哈囉。」

於是我也站起來了，滿以為史蒂芬被我開足了玩笑，我高興地準備把這個欺騙告訴白蘋。

「他已經等你多時了。」

我聽見史蒂芬的聲音，我抬頭看去，是梅瀛子！

再望過去，還是梅瀛子。

那麼真的是梅瀛子了。怎麼會是梅瀛子呢？是史蒂芬開我的玩笑嗎？

梅瀛子已到我不得不招呼的距離。我走出座位，我說：

「非常意外，能夠在這裏見到你。」

她竟好像是預約似地坐進了史蒂芬的座位。我聞到昨夜所聞到的稀有的香味。她笑著說：

「是你預料我會來這裏，還是你們來這裏被我預料到了？」

「是一個人嗎，梅瀛子小姐？」我說。

「你沒有看見我是一個人嗎？」她笑。

「有太陽的存在會沒有衛星嗎？」

「那麼你難道不想到我到的地方都有衛星先在嗎？」梅瀛子笑了，從豔麗的唇中露出淺杏仁色的前齒。

史蒂芬跟著她笑。

「……」我沒有話說，附和著對他們淺笑。

我有點窘，想抽煙，但桌上的紙煙已經沒有了，我走到櫃上去。櫃檯離門口很近，我買好紙煙，正想拿一根抽的時候，一輛銀色的汽車在窗外停下來。我期望是白蘋，我故意遲緩地點火凝視著門外。車門開時，果然沒有使我失望，出來的正是白蘋。我迎到門口為她開門，我說：

「白蘋！」

我伴著她進來，她坐在我座位的裏面。史蒂芬高興地說：

「今天讓我好好玩一宵吧。」

「不贊成，」我說：「除非你請到你的太太。」

「只要你能夠請得到她。」史蒂芬笑著說。

但是白蘋不理會我們：

「想不到你們這許多人。」

「你們是預先約好的嗎？」史蒂芬問。

我用膝踝碰了白蘋一下，白蘋意會地撒謊說：

「我剛才去買東西，看見你們從這裏進來；東西買不著，所以就來找你們了。」她轉眼看著梅瀛子又說：「梅小姐在這裏，今天可以讓我請你吃飯嗎？」

「讓我請你們。」梅瀛子笑了，眼光從三個人面上滑過，她說：「是我有光榮碰見了你們。我知道你們是常常在一起的。」

「這是男孩子的光榮，」我說：「我不希望你們奪去這份光榮。」

「但在我，」白蘋說：「能夠請梅小姐吃飯就是光榮，難道你們男孩子不能讓我嗎？」

「不能，」史蒂芬說：「你要請就正式地來約梅瀛子，不要在我們請到的場合來搶。」

「那麼，」白蘋笑得同百合初放，「親愛的，能不能允許我在專程請你時，你出席呢？」

「自然，」梅瀛子說：「但請你允許我讓我先請你。」

「不要說了，」史蒂芬突兀地說：「從今天起，讓我們計畫四天的狂歡，輪流地做四天的主人。」

「贊成。」大家都說。

可是白蘋接下去說：

「今天可讓我先做主人。」

「是我。」史蒂芬說。

「不，讓命運決定我們做主人的次序。」

梅瀛子露著杏仁色美麗的前齒，拿出四根洋火，她用筆在洋火桿上寫了數號，混亂了平放在桌上。她用一隻手按住它，叫我們抽認。

現在我被這隻美麗的手所吸引了，指甲剪得很淨，沒有一絲斑污，淡紅的蔻丹染著。細長的手指像水仙的枝葉，沒有戴一隻戒指，像是印度古典雕刻家的象牙作品。我從勻柔的手背看上去，在手腕上是一隻素淨的黃鐲，於是我發現它與淺藍的衣服有說不出的調和，閃耀著一種帶魅力的光彩。

我無意識地拈了一根，但是我發現右邊白蘋的膝踝在碰我，我注意到白蘋的一根要同我交換，於是我就把我的交在她手中。白蘋一面注視著史蒂芬與梅瀛子，他們都在看自己洋火上數號。我看白蘋交我的是「三」，白蘋看著我交她的數號說：

「誰要是主人，誰主持今夜整個的節目。」

「很好。」史蒂芬說。

大家拿出來，白蘋是「一」，梅瀛子是「二」，我是「三」，史蒂芬自然是最後了。於是白蘋露著百合初放的笑容說：

「那麼今天的主人是我。」

「我主張把史蒂芬太太請來。」梅瀛子忽然笑著對白蘋說：「你主張也請史蒂芬太太嗎？」

「自然，」白蘋說：「但是這只好請梅小姐為我們打電話了，似乎只有你比較有資格去請她。」

「可惜今天我沒有資格。」梅瀛子開玩笑似地說。

「為什麼呢？」史蒂芬問。

「因為今天的主人被白蘋小姐搶去了。」她揚著天然秀澤的眉毛說。

「那麼史蒂芬，」我說：「你去請去。」

「自然可以，」他說：「但是我的電話是永遠不發生效力的。」

「那麼我自己去打電話。」白蘋忽然興奮地站起，從座位裏擠出來。
「讓我去打。」我說著，站起來，問史蒂芬：「電話幾號？」
「七三八二二。」史蒂芬說。
「不，」白蘋跳出座位說：「我不要你打。」
白蘋搶著到櫃上去，我站著。梅瀛子與史蒂芬坐在那裏注意她。
我們看見白蘋在櫃上拿起了電話，我們沒有聽見她頭幾句話，後來她忽然放重聲音說：
「靜安寺路立體咖啡館……就在麥特赫斯脫路口。」於是她又說：「好……好，那麼馬上就來。」
她放上電話輕快地走過來，走進座位去，說：
「現在讓我們等吧。」
「真的你把她約出來了？」史蒂芬驚奇地問。
「為什麼不呢？」白蘋說。
「今天我要看我們的主人預備怎麼樣招待她的客人呢？」我問。
「我先要請你們吃飯，飯後我要你們聽concert；concert散後，我請你們到舞場；夜闌的時候，到我家去吃茶點。」
我忽然想到今夜工部局樂隊的交響樂，工部局樂隊現在還是中國最好的樂隊。平常的演奏期是每星期六下午，那天的節目因為有Beethoven的〈第九交響曲〉，裏面龐大的合唱隊，有許多樂隊以外的人參加，白天自然不能人人有空，所以改在夜裏。我意識到白蘋就是用這個音樂會去約史蒂芬太太的。我驚奇白蘋的聰敏。

但就在這時候，外面有汽車來。白蘋站起來付茶帳，一面又說：

「現在讓我們坐這車子接史蒂芬太太去。」

「……」梅瀛子笑了，站起來；我也笑了，我為她穿大衣。在她耳邊低聲地說：

「可確是一個聰敏的孩子？」

「……」梅瀛子微笑。但是史蒂芬則興奮地對白蘋說：

「原來你電話是給汽車行的？」

「……」白蘋沒有說什麼，拿著皮包就往外走，史蒂芬跟在她旁邊。

於是我走在梅瀛子的旁邊，梅瀛子說：

「有這樣一個愛人是光榮的。」

「你以為她會做一個男子的愛人嗎？」

「你難道不愛這樣一個女孩子嗎？」

「不，」我說：「我是獨身主義者。」

「我倒已經愛她了。」

九

汽車在辣斐德路史蒂芬家停下來，一進大門我就聽見鋼琴的聲音。穿過走廊，史蒂芬直奔樓梯，我們就跟著上去，他推進樓上一間房門，說：

「我招來許多美麗的客人。」

我們也就隨進去。我看見史蒂芬太太穿一件黃色的衣裳從鋼琴座位站起來，兩隻紅棕色的英國狗跟隨著她。

四周是書，頂上的天花板是乳白色，鋼琴上一束龐大的月季，似乎剛剛在音樂聲中醒過來。一隻小圓桌在房間當中，嫩黃色檯布四角繡著綠色的葉子，還有嫩黃色的窗簾，半掀地掛在窗上，上面很自然地綴著布製的綠葉。四周的沙發都蒙著嫩黃的套子，一色淺綠的靠墊，四分之一繡著黃花；於是我注意到嫩黃色的地氈，是這樣的乾淨，是這樣的美。我坐在一個沙發上，旁邊是一隻花盆架，濃茸的淡竹葉直垂到我的髮際。現在我發現這周圍的傢俱都是乳色的，與女主人的膚色相仿，而這些黃色的裝飾正好像模仿著女主人服裝。我坐在沙發上，感到一種說不出的舒適，驟覺得這整個的房間與布置，好像是有機體的生物，是一個人，是一個聰敏沉靜、幽雅愉快的伴侶。我沉默著。我有一種欲望，找一本書，但是到底讀什麼書是最適宜呢？我想起Schelling，想起Fichte，想起Bergson，想起莊子，想起東坡。想起許多的哲學家與詩人，還想起許多的傳記。我覺得這樣環境裏，無論讀什麼書都是適宜的。於是我就在附近寫字檯上拿到一本書，是Virginia Woolf的散文。我看到史蒂芬太太正與梅瀛子、白蘋三個人在說話，好像她與這房間的空氣已經把她們兩個都融化了。史蒂芬這時候已出去，我好像忘去來此的目的似地，開始翻開手頭的書。但是史蒂芬太太過來了，她為我開亮我身後的杜燈說：

「這樣可是比較舒適些？」

燈光從濃茸碧綠的淡竹葉滑下，直照在我的書頁。

「謝謝你。」我說。史蒂芬太太又走開去。

史蒂芬太太又開亮了房燈，燈上淡綠色的燈罩使我感覺到整個的房間像浴在潔亮的月色下了。

不知隔多少辰光，白蘋忽然站起來。

「現在，」她說：「史蒂芬太太，讓我們吃飯去。」

「那麼，對不起，」史蒂芬太太說：「讓我去換換衣服。」

史蒂芬太太出去後，史蒂芬就進來了。白蘋說：

「電話打過去了嗎？」

「是的，」他說：「我定了很好的座位。」接著他走過來對我說：「怎麼，親愛的，你坐在那裏看書了？」

「在這樣的房間裏，」我說：「我已經不想吃飯，也不想出去了。」

「那麼我希望你以後時常來玩。」
「……」我沒有回答。我在羨慕這空氣，這光，這顏色。
「這是家。」梅瀛子說：「獨身主義者也羨慕家嗎？」
「我只是羨慕這美麗的光與色。」
「你不羨慕有這樣美麗的太太？」白蘋笑了。
史蒂芬太太換了白色的晚禮服出來，手上拿一件深紫絲絨的短套，露著莊嚴的笑容。我開始對自己詢問，有這樣一個太太我是否肯放棄獨身主義呢？
「不，」我自己回答：「也許，假如不需要經過戀愛。」
梅瀛子出去了，白蘋出去了，接著史蒂芬去打電話；房間中只有我與史蒂芬太太。我說：
「今天我開始知道你的世界存在於地球以外的。」
「這不過是我自己的園地。」
「你不常出去嗎？」
「希望這樣，」她說：「但並不常常可能。」
「那麼今天找你是很擾亂你了。」
「偶爾一次也怪有趣的。」
「原諒我，」我說：「今天完全是我的唆使。」
「真的嗎？」她露出和藹莊嚴的笑容說：「那麼以後也請你像史蒂芬一樣原諒我才好。」

「自然，我已經完全明瞭，」我說：「連我到此地都不想出去了。」
「那麼你有空請常常來玩。」
「不太擾亂你嗎？」
「不，」她說：「假如你只想坐在沙發上看書。啊，星期六，史蒂芬沒有同你說過嗎？」
「說過了，」我說：「我一定來。」
梅瀛子重整了面容走進來。在這月光下，她活像是一個山林裏飛出來的仙子。接著白蘋也進來了，煥發著無限的光彩，也是仙子嗎？是的，但像是湖裏浮出來的仙子。
我們一同下樓。史蒂芬在客廳裏聽無線電。梅瀛子忽然拿起電話，她說的是流利的日語，我一點不懂。後來白蘋告訴我，說她是在婉辭一個飯約。
這樣，我們就一同開始這一夜的盛歡。
我們在一家鎮江館子裏吃飯，九點鐘的時候，我們去聽音樂會。
工部局樂隊在質與量上還不夠表演Beethoven的交響曲，但今天已盡了它最大的努力。合唱隊中有幾個中國女孩子，我是認識的，但有一個西洋女孩子，站在最後一排，好像也面熟，但我怎麼也想不起是誰。
從戲院出來，史蒂芬太太問我：
「還滿意嗎？」
「終算很努力了。」

「讓我們到『百樂門』去。」白蘋說。

「不，」我說：「我的耳朵已不適宜於嘈雜的爵士音樂了。」

「那麼到『阿卡第亞』？」

「史蒂芬太太贊成嗎？」

「好的。」她說。

在途中，史蒂芬太太問我：

「今天你沒有發現燈光嗎？」

「啊……」我沉吟了一會，忽然悟到合唱隊中的那個西洋女孩子就是昨夜的海倫・曼斐兒。我笑了，我說：「海倫・曼斐兒！但是我幾乎認不出來，今夜同昨夜多麼不同呀！」

「是的，她的頭髮改了樣子。我說你怎麼會沒有問我呢？」

「她學唱的？」

「是梅百器教授的學生，很有天分的。」

「……」我沒有回答，是昨夜我身上所感覺的一種尋不到的溫柔在我心裏浮起來。

「可是你所需要的燈光？」史蒂芬太太說。

「你的意思是……」

「是融化獨身主義的燈光。」

「我沒有想到。」我笑著說。

……
『阿卡第亞』這時候很熱鬧，門外停滿了汽車，我們進去已尋不到很好的位子，坐在一個角落裏。

當史蒂芬夫婦起舞時，我不知道我應同誰跳舞，但無論同誰去跳，總須讓一個小姐孤坐在那裏的，所以我索性不跳了。

第二隻音樂我請梅瀛子去舞，史蒂芬同白蘋也走下來。在這樣場合中，時常有一個女孩子孤坐的機會的。不知道隔了幾個音樂，我與史蒂芬太太、史蒂芬與白蘋舞終時，有兩個穿西裝的日本男子同一個女子坐在我們位子上與梅瀛子談話，看見我們回座時都站了起來。女的原來是「仙宮」的舞女莎菲，她同我很親切地招呼。兩個日本人好像同白蘋很熟，用日語在交談。

梅瀛子開始同我們介紹：

「這位是鈴木次郎先生，這位是山尾本原先生。」

但是白蘋頑皮地笑著說：

「為什麼不說鈴木次郎少將與山尾本原大佐呢？」

但當梅瀛子介紹「史蒂芬醫師」時，白蘋則同莎菲在談別的。好像他們尋不到位子，史蒂芬就招呼他們同我們坐在一起。我很不贊成史蒂芬這種做法。但是當這兩個日人去跳舞時，我說：

「我們走吧，到別處去。」

「同他們交際交際不是也很好玩嗎？」史蒂芬說。

「也許，」我說：「但是你瞧這許多中國人將把我看作什麼樣的人呢？」

「你是哲學家，」他說：「整個的世界應當都是你思考的材料。」

我沒有回答，覺得這樣貿然走掉也顯得我的怯懦；但坐在那裏也覺得無聊，跳舞興趣也少，只是偶爾跳一二次，所以大部分時間我還是同史蒂芬太太談話。這兩個日本人似乎很高興，他們不斷地同我交談，說一口很好的國語，但同梅瀛子與白蘋交談，總是操著日語。梅瀛子尤其同他們談得熟稔，但每次暢笑的時候，總是望望我。我同他們說話很少；白蘋注意到我的沉默，當有一隻音樂開始時，她說：

「陪我跳這曲華爾滋吧。」

我同她跳舞時，她問：

「你喜歡梅瀛子嗎？」

「自然，」我笑著說：「有這樣的女孩子不為男孩子所喜歡嗎？」

「那麼真的你愛她了？」

「不，不。」我說。

「那麼你真的不愛她？」

「但是我倒先要知道你所說的愛是什麼意義？」

「你不想占據她？」

「不想。」

「你不想犧牲你自己去追求她？」

「犧牲什麼呢？」

「犧牲你的青春與時間。」

「也許會拿我的同她交換。」我開玩笑似地說。

「犧牲你的名譽呢？」

「為什麼要名譽？」

「我只問你，」她說：「假如要犧牲名譽，你才可在一個短時期占有她，你願意嗎？」

白蘋的態度很嚴肅，我沉吟了一會說：

「名譽？名譽是什麼呢？」

「是第二生命。」她沉著地說。

「不，我很輕視它，」我說：「是商品；是機會加錢。」

「謝謝你，」她冷笑著說：「那麼假如要犧牲你的信仰呢？」

「你為什麼這樣問我？」我被逼得不舒服起來。

「請原諒我，」她冷靜地說：「我自認是你的朋友。」

「你到底是什麼用意呢？」

「假如你當我是你的朋友，請忠實地回答我。」

「假如你當我是你的朋友，」我說：「這樣的問對我是侮辱。」
「不，」她說：「我們的交情中已經沒有『侮辱』這個詞的存在了。」
「那麼……」
「似乎你是很清楚地分析過了？」
「是的。」
「希望你意識的都是正確。」
「我想假如不正確的話，」我說：「我也很快地發現。」
「到時候再告訴我嗎？」
「自然。」我說。

……

三點鐘的時候，史蒂芬太太要回去了，我們就一同出來。
鈴木似乎要求梅瀛子讓他送回去。白蘋對梅瀛子說：
「不到我的地方去嗎？」
「不。」梅瀛子笑著睨視我。
「但是我還是有全權的主人呢。」
「已經不是昨天了，」梅瀛子笑得自然而美，鮮杏仁色的前齒閃著光說：「我做主人將在三點半開始，在立體咖啡館我等你們。」

兩個日本人同我們握手。莎菲先上鈴木的車子，接著是梅瀛子，她上去時對我嬌笑著，於是兩個日本人勝利地同我們握手。史蒂芬招呼白蘋與史蒂芬太太上車，我帶著梅瀛子的笑容也跟著上去。史蒂芬說：

「先送白蘋回去嗎？」

「自然，霞飛路。」我的聲音裏有渺茫的粗糙，我感到說不出的落寞。

「大家到我那裏去坐一會。」白蘋故意高興地說。

「不了，白蘋，」史蒂芬太太像對小妹妹似地說：「你也應當早點睡。」

「那麼明天你還肯一同來嗎？」白蘋靠著史蒂芬太太，像撒嬌似地說：「明天晚上到我的地方去。」

「明天我不出去了，」史蒂芬太太說：「我已經沒有這樣玩的年齡與心境了。」她把手臂圍了白蘋的身子。

白蘋沒有說什麼，像體驗那一種難得的溫柔似地沉默著，大家都沉默。我開始感到疲倦，是因為沉默而疲倦，還是因為疲倦而沉默呢？

汽車朝前駛著，駛著，我聽見輪子與大地摩擦的聲音，變動的街光浮著梅瀛子的笑容。

十

不過少一個梅瀛子，而我竟感到說不出的空虛。我從白蘋的臉望到梅瀛子的臉，但我還是看得見梅瀛子似驕傲非驕傲、似得意非得意的笑容。

「怎麼，徐，你也不到我的地方坐一會嗎？」

我意識到車子慢下來，白蘋準備著下車了。

「不了，」我說：「明天我三點鐘到立體咖啡館。」

我的意思是如果白蘋有什麼話同我說，也希望她三點鐘到。接著車子在一個公寓前停下來，白蘋打開車門對史蒂芬太太與史蒂芬道別。

我看她下車，車子重開的時候，我還注視著她。但是她竟沒有走進公寓的大門，只在門口停了一停，似乎又往前走了。但是車子的行進，使我無法看到她，我開始關念她，好幾個衝動想下來；但不知是因為疲倦還是因為怕麻煩，還是因為怕史蒂芬太太奇怪而沒有實行，我也沒有告訴他們白蘋沒有回家。我心裏浮起來是跳舞時白蘋同我關於梅瀛子的對話，是不是因此傷了白蘋的心呢？難道真的如史蒂芬夫婦所說，白蘋對我有愛呢？

街上的燈昏暗，只有一二家酒吧還亮著電燈，響著音樂與歌聲，路上沒有一個行人，汽車疾駛而過。車內沉默得很淒涼，我開始打破這靜寂，我說：

「史蒂芬太太，今天實在太對不起你。」

「偶爾一次我也很有興趣。」她雍容地說。

「平常你一定睡得很早的。」

「總也要到十一點鐘。」她說。

「那麼太對不起你了。」

「不要這樣說，」她說：「你是不是很愛這樣玩呢？」

「並不，」我說：「不過現在的環境和心境，使我沒有法子再過很有秩序的生活。」

「我希望你在一切動亂的環境與心境中，還能夠好好地做你愛做的工作。」

「謝謝你。」

「結婚吧！」她說：「我常常同史蒂芬說，結婚於他有害，於你則是有益的。」

「你以為嗎？」

「因為他愛冒險，愛新奇，愛動；而你，你的個性是需要安詳恬靜的環境。」

「也許是的，」史蒂芬說：「但是我的結婚使我的愛與信仰有個固定，使我太偏的個性有個均衡。」

「可是有了這個均衡，你的事業將沒有什麼成就了。」

「一個人為什麼一定要求事業的成就呢？」我感慨地說：「能夠把生活擺布得很調和，就夠幸福了。」

「我如果從愛冒險方面發展，也許會成探險家，但也許早就因此丟了性命。」史蒂芬說。

「但是他，」史蒂芬太太又對我說：「你如果好好結婚，於你事業與工作有幫助，於你生活一定會增進幸福。」

「我是獨身主義者。」

「沒有理想的對象？」史蒂芬太太說。

「如今我覺得梅瀛子已經使你傾倒了。」史蒂芬說。

「我不愛太陽下的生命。」我說。

「我覺得白蘋是海底的星光。」史蒂芬說。

「可是，」史蒂芬太太笑：「他是需要燈光的。」

「我還是獨身主義者。」

「這只是一種反動。」史蒂芬否定我。

「我沒有否認這個。」我說：「女人給我的想像是很可笑的，有的像是一塊奶油蛋糕，只是覺得在饑餓時需要點罷了；有的像是口香糖，在空閒無味，隨口嚼嚼就是；還有的像是一朵鮮花，我只想看她一眼，留戀片刻而已。」

「你要的可是一隻貓？安詳而忠心、解語而溫柔地伴著你。」史蒂芬說：「這也不是難找的對象。」

「也許我需要的是神，是一個宗教，可以讓我崇拜，可以讓我信仰。她美，她真，她善，她慈愛，她安詳，她聰敏，她……」

「她有一切的美德。」史蒂芬搶著說。

「這只活在你的想像裏面。」史蒂芬太太說。

「所以他的戀愛史就是他的信仰史，失望一個換一個。」

「所以我現在是獨身主義者。」

「但還是愛同女孩子在一起。」史蒂芬說。

我略一注意，發現汽車已經開過許多路，於是我叫他開回去。一進房間，我又想到梅瀛子與日人的行徑，接著我想到白蘋的去處，我負著這兩種不安就寢。

我在枕邊拿一本書，但讀不到兩頁，我就關燈待睡，但是我怎麼也睡不著。忽然我聽見窗外像有聲音，仔細聽時，果然是敲窗的聲音。我開亮電燈，覺得清楚地是有人敲窗。於是我披衣起來，外黑閃亮，看不清是誰，我一面跑過去，一面問：

「是誰？」

「我。」

「誰？」

「我。」

——是白蘋？

「白蘋？」

「你睡了？」

我出去開門，她已經換了衣裝，全身黑色穿著軟鞋而沒有穿大衣，也一點沒有裝飾。

「怎麼？有什麼事嗎？」

「怎麼？一定要有事才來嗎？」她安詳地笑，大方地進來。

她看看我房間的周圍，看看我的寫字檯，又看看我的床，一聲不響地坐在沙發上。我開始有點不耐煩，我說：

「你怎麼知道我的住址的。」

「你記得你沒有告訴過我嗎？」

「好像沒有，」我說：「因為我記得你沒有問過。」

「真的我沒有問過你嗎？」她說：「難道今夜在『阿卡第亞』我也沒有問過你嗎？」

「沒有。」

「那麼我一定問過史蒂芬了，在跳舞的時候。」

「你是存心要在今夜來看我嗎？」

「是的，」她說：「解決我們未終的談話。」

「是關於梅瀛子嗎？」我說。

「自然，」她說：「假如你愛她的話，我願意全力把她從星雲中摘下，放在你寫字檯上做你的燈火。」

「我不想用太陽做我的檯燈，因為我的燈已經夠亮了。」我在房中閒走著，幽默地說。

但白蘋似乎不理會我的話，她繼續地說：

「假如你不愛她，那麼不要太接近她了，我警告你。」

「怕被太陽炙傷嗎？」

「那麼你不喜歡我的忠告？」

我拿出煙，我說：

「抽一支玩玩嗎？」

她從我手上拿了一根，我碰到她手，啊，是這樣地冷！我看她面頰有點紅燥，我怕她是病了。我蹲下去，握緊了她的雙手說：

「怎麼，白蘋，你覺得不舒服嗎？」

「沒有。」她立刻收斂了剛才的莊嚴，露出百合除放的笑容。

有一種異樣的感覺從我手心襲來，我分辨不出什麼。突然她的手縮回去了，我也驟然感到一種羞澀。我站起來，拿洋火為她點煙，輕快地幽默地低聲點說：

「白蘋，說實話，你是不是也愛梅瀛子呢？」

「是的。」

「那麼會不會因為是這個緣故而對我嫉妒呢？」

「嫉妒你，笑話！」她笑：「我為什麼不嫉妒那兩個幸運的日本人呢？」

「你可是說我？」

「那麼你也嫉妒了？」

「是的。」

「只嫉妒梅瀛子同他們同車嗎？」她問。

「還有什麼別的呢？」

「我可不嫉妒這個，我只以為這是普通應酬的一種手段。誰知……」她噴著煙沒有說下去。

「誰知什麼？」

她望著煙在空中散揚，遲緩地說：

「我還碰見了他們。」

「你說……？」

「我沒有回家，想在附近酒排裏喝一杯酒，我看見他們四個人在那裏。」

「他們看見你嗎？」

「自然，而且招呼了。他們叫我一同玩一會，但是我說我有點不舒服，就回家了。可是睡到床上後，心中總是不安，所以決定起來找你。」

「找我一同到酒排間看他們去嗎？」

「不，我只想告訴你除非你真正愛她以外，如果為好勝心與虛榮心而追逐梅瀛子的話，於你是毫無價值的犧牲。」她誠懇地說。

「謝謝你，我絕不會。我固然不愛她，也不會為好勝、虛榮心而犧牲什麼。假如我有對她偶爾地追逐，那不過是最無聊的時候的下棋，同我們敵人比賽足球，比同我們朋友賭錢還有趣味的。」

「你不怕敵人暗地下毒手嗎？」

「當然不怕，假如勝利是屬於我的。」

「用你的生命換梅瀛子的幾滴眼淚嗎？」

「你不相信梅瀛子是一個肯為愛者復仇的女子嗎？」

「也許，」她說：「但她愛的是她自己的光芒。」

「我也是。」我說。

「假如你的光芒現在要這樣用的時候，」她說：「我不希望你再否認你在愛她。」

「不，」我說：「我愛誰的時候，我永遠有最大的勇氣來承認的。」

「但是你已有愛她的傾向，這是事實。」她說：「現在我對於這問題不想談了。我的目的只是兩種：一種是希望你看重自己，另一種希望在這一切都有政治色彩的國際上海中，你不會做裏面的道具。」

「……」我沉默了。

歇一會，她說：

「有什麼東西給我吃點嗎？」

我開始插上電爐燒咖啡，烤麵包，白蘋一聲不響地坐在那面。我拿白檯布鋪好桌子，放好杯碟，當中安頓了一瓶今天家裏為我插好的玫瑰花。我拉下綠罩的電燈，讓白光剛剛籠蓋圓檯的桌面。最後我選了一張Schumann的Reverie放在留聲機上。我斟上咖啡，在白蘋的杯上放了較多的牛奶。我說：

「吃一點東西，我想你該休息了。」

她不響，站起來，走到桌旁。我為她整椅子，她沉思地坐下。我開開音樂，悄悄地坐在她的對面。

我們沉默著聽著音樂，喝著咖啡，吃了一片麵包，彼此沒有一句話，聽憑音樂貫穿了夜、夜貫穿了我們的心胸，我們深深地體驗到夜的美麗。

四隻serenade以後，我抽起紙煙，拿了一本書，在她的身邊低聲地說：

「早點休息吧，白蘋，我下午一點鐘的時候叫醒你。」

「謝謝你。」她說。

帶她到後面我的寢室，自己走到樓上亭子間去。我很快地就寢，很快地入睡，我有一個平靜的心境使我在睡夢裏非常恬靜。

十一

下午三點半的時候，我同白蘋到立體咖啡館，史蒂芬已經先在，他高興地來接我們，他問我：

「是你去找她的嗎？」

「是的。」我說：「你來了一會了？」

「是的。」他說。

「你沒有找梅瀛子嗎？」

「沒有，」他說：「我想她也許會先來的。」

「但是到現在還不來。」

「你自己才到！」史蒂芬笑了。

「好像我覺得她會早來似的。」我說。

「昨天你的確是失敗了。」史蒂芬笑著說。

「什麼失敗？」

「我說梅瀛子已經支配了你的情感。」

「你以為嗎？」

「連我太太也這樣覺得。」他說：「這樣下去，四天以後你一定要依賴她來支持你的生活。」

「你等著瞧吧。」我笑了。

白蘋一句話都沒有說，微笑著坐在那裏，今天顯得分外地安詳與恬靜。

我與史蒂芬開始談到別的，時間悄悄地過去。

四點鐘的時候梅瀛子還沒有來，我開始有點期待，我說：

「怎麼還不來呢？」

「你問梅瀛子嗎？」史蒂芬說，他頑皮地笑：「她將在你從焦慮到失望的時候才來。」

白蘋還是安詳地在旁邊微笑。

但是四點半到了，還沒有梅瀛子的身影，我的確有點憂慮了，是不是梅瀛子會失信呢？我說：

「她恐怕不會來了。」

「也許，」史蒂芬說：「但是這與我們有什麼關係，我們還是照常地生活。」

但白蘋始終在期待，她望望窗外，對我們笑笑。就在這時候，我看見一輛汽車在窗外停下來。

「可是梅瀛子？」我問史蒂芬。

史蒂芬注意了一下，他站起來：

「正是她！」

梅瀛子匆忙地推門進來，穿著淡灰色的短旗袍，純白色的羊毛短褂，一件博大的黃色駝絨大衣，披在身上，手提著一隻小巧玲瓏的皮箱，輕快地走著，腳上是深灰色橡底旅行鞋。史蒂芬迎了上去，為她提著皮箱，她同我們招呼，滿面笑容地過來對我們說：

「對不起，我主人來晚了。」

「這小皮箱是拿回家去嗎？」史蒂芬問。

「讓我們飯後搭車到杭州去。」

「杭州去？」我問。

「我今天買好了五張車票，」她說：「今天我是主人。」

她說著從大衣袋裏摸出一把東西，是零星的鈔票、雜物、信件等。她從一隻信封裏拿出五張車票與五張日本司令部的特別通行證，明快地笑著對史蒂芬說：

「怎麼？你太太呢？」

「她不來了。」

「那麼你去請她去。」

「你難道還不知道她嗎？」史蒂芬說：「她對這樣的遊玩不感什麼興趣的。」

「你以為我們要去邀請她嗎？」梅瀛子接著問白蘋與我。

「這不是我的事情，」白蘋說著露出淺淺的笑容，「我的事情是遵命一同到杭州去罷了。」

「就是我們四個人去也好。」我說。

「也好，」白蘋說：「那麼我要回去一趟帶一點東西。」

「我所帶的東西已夠我們兩個人用了。」梅瀛子說。

「辰光還早，」白蘋說：「我也要回去關照一聲。你們回頭到哪裏吃飯，我到那裏來看你們就是。」

「那麼就在『金門』怎麼樣？」梅瀛子說。

「『金門』，好的。」白蘋說：「七點半鐘的時候我一定到。」

「要我陪你一同去嗎？」我問。

「不，」白蘋說：「我一個人去一定快些。」

於是我打電話為她叫一輛車子。

白蘋走後，梅瀛子說：

「白蘋今天為什麼這樣落寞？」

「我也覺得。」史蒂芬說。

「是不是因為她今天穿了一件黑色的衣裳。」

「也許，是的……」

「可是因為嫉妒的情感？」史蒂芬說。

「也許，」我說：「昨天梅瀛子不應當就同別人走了而離開她。」

「你怎麼不說因為你自己太關念梅瀛子呢？」史蒂芬笑了。

梅瀛子也笑了，笑聲裏帶著勝利與諷刺。

「她昨夜後來在酒排間還看見你同那兩個日本人在一起。」

「……？」史蒂芬似乎也有點奇怪。

「是的。」梅瀛子換了一種沉靜的笑容。

「當她的賓客被別人搶了去，」我說：「像她這樣好勝的性格怎麼會不嫉妒呢？」

「那麼她今天是對梅瀛子生氣了。」

「她會不會一去不來了呢？」梅瀛子問。

梅瀛子的話提醒了我，我覺得剛才白蘋不要我陪她同去，也許就是不再來的打算。於是我說：

「讓我們早點到『金門』去等她，如果八點半還不來，讓我們分頭去找她去。」

這個意思得到了他們兩人的同意。六點半的時候我們離開了立體咖啡館，步行到「金門」去。到「金門」還不到七點，我們坐在吸煙室中等白蘋。大概七點一刻的時候，我忽然想到打一個電話給白蘋去。我走到電話室，但兩間電話室都有人占用著，我等在外面。偶爾在左面的電話室玻璃上我忽然發現，那個在裏面打電話的女子，打扮得完全同梅瀛子一樣，純白的羊毛短褂，配著灰呢旗袍，我正在驚疑的時候，電話間的門開了。這個女子彎身下去，我看她挽起大衣，也竟是黃色駝絨的。看她提起小皮箱，於是我注意到她的鞋，不也是深灰色的橡底旅行鞋嗎？

一點不差。於是我在她轉身出來的時候，迎上去說：

「對不起，小姐，我可以為你提這隻箱子嗎？」

「……」她先是覺得奇突，但接著笑了：「謝謝你。」

她輕快地走在我的身邊，似乎比剛才新鮮許多。我說：

「他們都以為你也許會不來的。」

「為什麼呢？」白蘋笑了：「我也許有這樣的事情，但絕不在梅瀛子做主人的時候。」

白蘋的服裝使史蒂芬與梅瀛子都驚奇了，我說：

「讓別人都把她們看作姊妹吧。」

「我怎麼會有這樣的光榮。」白蘋接著對梅瀛子說：「那麼今天起，你就做我的妹妹吧。」

她伴白蘋走到餐廳，我們跟在後面。

史蒂芬對我說：「她們倆竟是一般的高矮。」

但是這句話提醒我白蘋的風度不如梅瀛子的地方，同時使我想到平常我覺得梅瀛子高於白蘋的原因，我說：

「但是梅瀛子有比較好的比例。」

「是不是白蘋有更年輕的感覺？」

「但是腿的長度是尊嚴的象徵，鶴與雞的分別就在腿的長度。」

史蒂芬笑了。

在飯桌上，我注意到梅瀛子與白蘋的臉，這是多麼不同的典型：梅瀛子的臉是屬於橢圓形的，這類臉型最忌死板，但它含蓄著一切活潑的意義，而又有特殊的高貴的威儀；白蘋的臉是屬於圓形的，大眼長睫，似乎比梅瀛子要活潑與伶俐，但少較高的鼻子，使她缺乏一種尊嚴與高貴——她的笑，像百合初放，有孩子一樣的甜蜜，浮動著隱約的笑渦，這就是永遠留給人一種年輕的感覺，但容易使人對她有親切的傾向。我頓悟到昨夜史蒂芬太太在汽車裏對她的撫慰，與今天梅瀛子對她的親暱，這些都不是虛偽的禮貌。

是酒，酒使白蘋的兩頰紅了。她活潑地談話，更使她面容像秋天的皓月，今夜發揮了所有的內蓄的美麗；她沒有一點矜持與做作，她的性格與外表有很美麗的調和。但是我始終覺得梅瀛子在她的旁邊，掩去了她所有的光芒。梅瀛子的臉簡直就是夏天的晚霞，有千萬種的變化，有千萬種的美麗，不知有多少光芒在背後襯托，也不知有多少色彩在四周陪襯；酒增加了她眉宇眼暈的嫵媚，靈活地運用她每一口呼吸與每一縷肌理；說她隨時都在運用矜持與做作也好，但矜持與做作在她都是美麗的閃耀。

史蒂芬似乎發現我是太注意梅瀛子的面孔了，他笑著對我說：

「才第二天呢？」

我沒有回答，舉起了杯子，朗聲地說：

「最後一杯，讓我祝福史蒂芬太太。」

大家舉起了杯子，把空杯放下。

今天是最痛快的宴會。

十二

經過北四川路到車站，這是自從大上海淪陷以後我一直沒有到過的地方。我看到仇貨的廣告，敵人的哨兵，以及殘垣的陰灰。民族的憤恨與哀痛，一時都浮到了我的心頭，我有沉重的內疚，懺悔我近來生活的荒唐。這使我在頭等車裏開始有消沉的靜默。

窗外是我熟識的田野。多年前，我有多少次在光亮的田日下，坐在同樣的車上，伏在窗口望著蔚藍的天空與碧綠的田野。我想起那裏的人民，其中有我的親戚與朋友；他們平靜地耕種，農夫們唱著歌，農婦提著飯籃，牧童騎在牛背上對著火車歡呼。還有那潺潺的河流，夏天裏有多少孩子在游泳與捕魚；河旁是水車，人們踏著車軸在灌溉田地。遠處的林中有靜靜的村落，火車過時，村口農場上的婦女，用手遮蓋眼上的天光遠望著，次次像是對我招呼。如今，鐵軌與火車已是田地以外的世界，鐵絲網攔著火車行進，車上有敵人的槍手隨時提防農民的襲擊，而我們對坐在這樣的火車裏到杭州去消磨苦悶的心情，這是可以原諒的事情嗎？

我正在這樣想的時候，有敵憲來檢查通行證了，我心中浮起更多的羞慚與悔恨，我一直怪到梅瀛子荒唐的旅行計畫。

但是杭州終於到了。我們下車後，逕赴西冷飯店。我望見了久別的湖山，我曾經在那裏寄存愛與夢，有多少友情與詩歌在那裏沉默，月兒今夜將滿，星星也很燦爛，有多少同樣的意境值得我回憶？當年的親戚與朋友如今大都流離，有的死了，有的去後方工作，有的在前線殺敵。他們的房子燒了，寢室做了敵人的馬房，其中有多少變化值得我關念與憑弔。

旅店中，梅瀛子與白蘋睡在一室，我與史蒂芬各睡一間，夜已經很深，我們很早就各自就寢了。

是旅行的疲倦，是心境的蕭瑟，也是晚飯的醉意，使我很快就入睡。醒來已是八時，窗外的陽光直照進我的房間，有一種春天的快感使我感到一種說不出的舒適，關念那湖山的風光。我不再留戀睡夢，起來盥洗後，喝了一杯茶，看大家似還睡著，我就一個人步出旅館，悄悄地向葛嶺的方向走去。

多少年都市生活的苦悶，這時才感到舒暢地呼吸。草上春霜正融，有一種特別的滋潤與溫柔偎依著我。我真想把我鞋襪脫去，來體驗我童年的感覺。樹上已有綠意懸掛著春訊，麻雀在枝上亂叫，牠們在陽光中體驗春天的歡悅。山道中沒有一個人，我陶醉地在那裏漫走，不知不覺中路已經走了很多。我從樹叢中出去，望見了右面的湖山，使我有一種到山頂一覽舊日勝景的欲望。我不覺加速了腳步，一直向上面走去。但轉了兩個彎後，我忽然發現前面也有人緩步地在上山，但隨即被樹林所掩。我好像被童年的競爭心所鼓勵，更快地趕上去。

我終於又發現那人，是女子，也穿著博大的黃色駝絨大衣，服裝是多麼與梅瀛子與白蘋相仿呢？那麼難道就是梅瀛子或白蘋嗎？我更快地走上去。我已經可以斷定一定是她們兩人之一了，我於是放慢了腳步，憑我昨夜在「金門」對她們身材比例的判斷，來觀察這到底是白蘋還是梅瀛子？但是這觀察是不可靠了，我幾乎一步換一個猜測。最後我還是不能夠確定，我需要更近地來看，於是我加速了腳步。大概相隔半丈路的時候，我看到她手上的那個指環，我確定了她是白蘋無疑。她好像在四面流覽，似乎有回過頭來的意思，我立刻蹲在一株樹後，偷窺她一直前進時，我才出來，迅速地趕上前去。我希望我能偷偷地趕到她的面前，使她上山時有一個驚奇。但是四周似無其他的路可走，於是我一閃一躲地奔上去，希望到可以碰到她時讓她發現。最後我終於在左面斜坡上攀著樹幹前進，在她遠矚著右面的湖山時候，我飛般地奔上山路，站在她的右面，用手繞過她的身軀，握住她的手臂，眼睛望著湖山，低聲地說：

「白蘋。」

「……」她有點吃驚，但回過頭來，於是淡漠地說：「是你！」

是一個我不熟識的富於延展性的聲音，我倒有點奇怪了，回頭看時，啊，是梅瀛子。

「是你！」我說。

我驟感到一種侷促，因為用這樣的姿勢來對待梅瀛子，是的確超越了我們間的距離。我把左手放輕，非常勉強地從她身上放下。但是她轉一個身，背著我向前面走去。於是我跟著她，在她的左面上去。

「你這麼早就起來？」我問。

「你也不算早。」她莊嚴地說，眼睛望著前面。

「昨夜睡得好嗎？」

「託你福，很好。」她冷靜而莊嚴，眼睛望望地下，又抬頭望在前面。

我似乎尋不到話說了，我們沉默地，腳步押著腳步，遲緩地走著。太陽曬得我很舒服，空曠的四周使我的眼睛有明快的感覺，新鮮的空氣好像蕩浮了我胸部的污濁。但有一種迷人的香氣使我感到一種說不出的芬芳，我似乎非打破沉默不可了，我說：

「你以前可常來杭州？」

「是的。」

「很久不曾來了？」

「是的。」

「你喜歡這樣的湖山？」

她忽然用她異常鋒利的目光看我一眼，露出諷刺的笑聲說：

「我喜歡它同我喜歡白蘋一樣。」

「……」我低頭許久，想出一句比較合宜的話：「是我剛才叫錯的失禮？」

「笑話。」她說著笑了，帶著更銳的諷刺。

「我並不覺得可笑，」我說：「當你們兩個人穿完全一樣的服裝時，我的看錯也是很普通的事情。」

「但是這有什麼失禮呢？」她說。

「那麼你沒有諷刺的必要。」我說。

「就因為我喜歡白蘋。」她說：「你假如因為我而不愛白蘋的話，這是很可笑的事情。」
「我並沒有愛你，」我說：「但不愛你不一定就必須愛白蘋。」
「假如你未曾愛白蘋，那麼你不應當同她越過了你我般的距離。」
我知道她所指的是我招呼她的姿勢。但是她接著柔和地伸過手指來，問：
「這隻戒指是你送她的嗎？」
「是的，它怎麼在你手上？」
梅瀛子水仙一般的手的確增加了我這隻戒指的價值，我甚至有吻她的欲望。我說：
「我說這隻戒指鑲得有趣，想把我一隻較大的同白蘋換，她不肯，但答應交換戴幾天。」
她閃著戒指伸著手自己看看又說：「她不肯，說這是因為你送他的。但是你不愛他，你有資格送她戒指嗎？」
「不過，」我說：「你以為送舞女一隻戒指一定要有特別的意義嗎？」
「我倒沒有想到你也是這樣的男子，」她說：「原來玩弄女子是你獨身主義的理論基礎。」
「我不希望你這樣侮辱我。」
「但無論如何，」她好像沒有聽見我話似地，用比較溫和的語氣說：「我希望你不要以看平常舞女一般的眼光看待白蘋。」
「我對白蘋怎麼樣，這不是你所能知道的。」

「可是，」她說：「問題只有一點，你如果愛她的，愛她，放棄你的獨身主義，帶她到內地去，過比較切實的生活；你如果不愛她的，少同她這樣親密的來往。」

「我不知道你有哪一種的權利與義務來干涉我與白蘋的關係。」

「這因為我關心你們，」她的態度很柔和了：「我尤其關心白蘋，她是非常年輕而聰明的孩子，對你很有點愛。她認識日本人很多，假如加濃了她感情而最後給她一個刺激的話，她走的路是什麼呢？」她歇了一會，忽然又改變了聲調，高朗而鄭重地說：「你有沒有想到她的經濟生活？她的收入，可供她同我們一般耗費嗎？」

「……」我好像有話想說，但是說不出什麼，我沉默了。

許久許久，我感到一種無可填補的空虛，我歎了一口深沉的氣。梅瀛子的態度這時突然柔和下來了，她挽著我的手臂，溫和而親切地說：

「徐，我知道你是一個很聰敏的人，那麼把我的話，好好記在心裏，時時想想吧，現在讓我們結束了這次談話。」

她好像若無其事恢復了平常的態度，挽緊我的手臂，加速地向山頂走去。

我的思想還在她剛才的話裏盤旋，但是我的情緒開始有餘裕注意到開朗的天空，融融的陽光，以及四周新鮮的景色。

「你沒有同白蘋做過這樣郊遊嗎？」梅瀛子突然問。

「沒有。」我淡淡地回答。

「如今我知道戀愛的因素是包括了整個的人生。」她自己對自己感慨地說，把腳步放慢了。

「難道說這樣的郊遊能使不相愛的人相愛嗎？」

「至少能使不相愛的人有相愛的機會。」她說。

「這是每個追求異性的人都會去尋的。」

「但是有的人容易尋到，」她說：「有人就難了。」

「這是關聯著金錢的事情。」

「而且還關聯著政治。」她把步伐放到更慢。

「可是今天的郊遊是你的政治的力量了？」我笑完了又說：「為什麼不說是你愛情的力量呢？」

「在白蘋身上愛情的力量，雖然可使她自己容易來這裏，但是這樣容易可以請你來這裏，這是不可能的。」

「你的意思是說……」

「是說替我們辦這些通行證的人一月前曾經帶白蘋來此地遊過。」她笑著向前走。

「這使你你嫉妒了？」我比她笑得更深。

「嫉妒的該是你。」她說。

「我已經告訴你我並不愛她。」

「那麼你昨天對我的嫉妒是愛我嗎？」

「我的意思是說，」我沒有理她的話，繼續地說：「我倒覺得白蘋之同我所討厭的人來旅行是為金錢，同我來旅行是為興趣，反而使我感到舒服。」

「可是事實上，白蘋對你的感情也是因你的金錢而發生。」

「錢，錢，政治，你說什麼都好。」我說：「但這一切只能幫助愛，幫助幸福，並不能購買愛也不能購買幸福。」

「也不能購買名譽與學問。」她說。

「也不能購買心與智慧。」我說。

「但是能夠購買鑽戒。」

「……」我不響。

「叫人家相信你在愛她，而以與你同遊為興趣的事。」

「還有呢？」我問。

「這雖不是政治的力量，而是政治的手腕。」

「你說下去。」我看她停頓了一會，但好像還有話似地，我說。

「但是，」她把語氣放得柔和了：「靈敏的政治的手腕既然戰勝了政治的力量，那麼為什麼只用在戀愛的爭鬥，而不用在政治的爭鬥上面呢？」

「徐！」

「梅瀛子！」

後面有人在叫，我們的談話中斷了，我與梅瀛子回過頭去。白蘋與史蒂芬，白蘋手裏拿著史蒂芬的手杖，走得很快地上山。

我們站定了等他們。太陽已經很高，四周景色非常燦爛，我感到舒暢與暖和。我脫去大衣，在附近找到一塊石岩，我把大衣鋪在石岩上面，招呼梅瀛子坐下。我坐在她旁邊望著白蘋他們上來。

天空碧藍，一二朵白雲悠然在飄遊，灰綠色的四周忽左忽右地包圍著他們，是這一對美麗的青春，提早了大自然的春色。他們是自然的點綴，自然是他們的點綴。

我盤算著今天的遊程，因為今天是我做主人的日子。

十三

是一個孤獨的人，從湖上飄去，
難道山色已非，使你不能久居。
是一個孤獨的人……

梅瀛子低聲地哼著日本味的歌，用手中的短槳弄著水；白蘋看著天空。

湖上遊艇很少，更使我感到倦遊歸來的落寞。綠色的水非常清澈，青山的影子有萬種自憐的情緒，蘇堤看來很荒蕪，白堤也蕭條得可怕，有寥落的人民與敵軍在那裏走著。我忽然想到當年藝術院裏的朋友，怎麼在那裏歡笑奔馳與閒步？遠方孤山如夢，多少的梅花在自開自落。牛公墩黯淡，印月的三潭淒涼，舊夢都碎，故人已散，斜陽中，我看到水面人影的蕭索。

這些是誰？是新交的美國朋友，是初聚的放誕的小姐，是萍水的神秘舞女。那麼我為何同他們在一起，到這個淪亡的風景中憑弔過去故人的遺跡？昨日親友的舊情呢？他們中誰能瞭解我這一份悲哀與夢？誰能體驗我現在的心境？我有悄悄的苦痛與情愛在水中點點金波中起伏。

大家沉默著，聽憑舟子駕船前駛。有風，我感到料峭，原來初春的黃昏也有殘秋的寒意。白蘋像打了一個寒噤，我拿她放在我前面的大衣披在她的身上，我說：

「蕭條嗎？」

「……」她點點頭。

船終於靠岸，我們到旅館休息。飯後一杯咖啡、一支香煙才提起了我的精神。

我們有一個鐘頭的談話，有兩個鐘頭的「橋」戲。十點鐘的時候我回到我的房間就寢，手頭沒有一本書，四周沒有一點聲音，我關了燈，月光從窗口進來，我體驗到夜從野外逼近，逼近。我感到到處是夜，到處是夜，我縮在被層裏，縮在被角裏，但是夜侵入我床，侵入了我被，浸透了我肉體，浸透了我的心，最後我靈魂就在這夜裏融化。

醒來我看見滿屋月光，輾轉再不能入眠，我心頭漂起白天湖上的情緒。想到人影，想到梅瀛子，想到白蘋，想到白蘋在我家裏關於梅瀛子的話，又想到梅瀛子在山上關於白蘋的話，我開始發覺她們的神秘，開始發覺我與她們交友的荒唐與無聊。於是我分析自己，到底是她們有特殊的吸力還是我自己生活的苦悶，叫我沉醉在這種浪漫的風趣裏？史蒂芬生成是浪漫的冒險的性格，那麼我呢？我想到史蒂芬太太，她的恬靜美麗的生活、藝術的愛好與美的追求，以及她對我說的話。我覺得我應當放棄現在這樣的生活，放棄與梅瀛子、白蘋的交遊，我可以到內地去做抗戰工作，也可以埋頭做學術工作。但是我立刻想到史蒂芬太太勸我結婚的話。難道我生活矛盾，就起因於我的獨身主義嗎？難道我真是需要異性的伴陪嗎？於是我開始想到山上的晨曦，想到海底的星月，我想到燈，想到燈光下我自己的影子，想到Schumann的Reverie，我想念我自己的房間，像是鄉愁，像是相思，我又想到史蒂芬太太的客室，猛然我想到她的茶會

——星期六，呵，星期六，明天不就是星期六嗎？不，現在已是星期六，我一定要回去。就從今天起我改變我的生活……

我在胡思亂想中睡去，醒來已是八點半。窗外陽光燦爛，鳥聲喈喈。樹叢中我看見梅瀛子站著，兩手在攀折一朵新開的月季，手指上閃著我熟悉的鑽戒。啊，那麼是白蘋了；不，是梅瀛子，白蘋的指環就在她的指上。

我盥洗後，幾度的徬徨決定了我昨夜的念頭。我問明茶房火車的時刻，留了一封信，我說：

今天是史蒂芬的主人，但是四點鐘的時候史蒂芬太太也是我的主人。第一那個茶約在先，第二當然太太的約會重要，第三我戀念那面客廳的空氣。但是我怕搖動你們的遊興，因此不告而別，恕我無禮。在燦爛的湖山中，春天因你們的探問而早降，我祝福你們暢遊。

我的袋裏有兩張通行證與車票，一份是白蘋的，我也留在這封信裏，寫好名字，放在桌上。我偷偷地溜出來，跳上車子，一直到車站，在小麵館裏吃麵，等十點鐘的火車。

十點一刻的時候，我坐在頭等火車裏。車座空極，一個人坐一廂，還有許多空廂。我打開我剛買的一罐黃錫包，拿一根放在嘴裏吸著，用最舒服的姿態，望著車窗外陽光下的野景，似乎是久別的遊子旋里，覺得家鄉就在面前，有淡淡的期望與安詳的愉快。我想到史蒂芬他們現在一定發現我的偷跑，沒有辦法，三個人去遊山了，不時還在罵我……忽然，從我頭上飛來一朵紅色的鮮花，逕落在桌上，我以為是別人偶爾拋錯的，撿起來預備歸還給這朵花的主人。但我前面既沒有人站起來期待，後面也沒有人站著在探望，我站起來又坐下，不安地拿著花等待人來問。就在這時候，我頭上又飛來了一朵白花，逕落在桌上黃錫包旁邊，我又抬起頭來，但看看前後又沒有人，我只得坐下，細看這花裏有什麼古怪的可憑的參考，讓我知道這花的來源與用意。可是我沒有什麼獲得，僅覺得摘花的人是懂得花美的人，花枝較長，留著兩三瓣葉子，攀折的地方也很適宜。我猛然想起梅瀛子，在我起床時不正在我窗外園中摘花嗎？那麼是他們三個人趕來了。我站起來後望，但是後廂的座位上竟看不見人，於是我手裏搖著花朵，轉身出去，看到我反面的座角裏斜坐著白蘋，她凝視著我淡笑。我輕輕地在她的對面座上坐下，低聲地說：

「他們呢？」

「誰？」

「梅瀛子與史蒂芬。」

她坐正了，浮出百合初放的笑容，悄悄地說：

「假如當你一個人上車時，有人這樣問你，你將怎麼樣回答呢？」

「我當然說他們大概在山中玩吧。」

「我也這樣回答你。」

「那麼他們沒有來？」

「我不知道。」她說。

「你怎麼不知道？」

「當你以為我在遊山的時候，你知道我是坐在你後面嗎？」

「……」我說不出什麼，微笑，玩弄著花朵。

於是我想到熟識的鑽戒，又看看白蘋的手指，我發現現在它又在她的手上了，那麼早晨採花的人一定是白蘋，而她們的戒指是在昨夜換回來的。我說：

「那麼早晨在園中採花的是你？」

「是的，」她說：「你以為是梅瀛子嗎？」

「我在窗口看見你，但後來一想，這戒指昨天在梅瀛子的手上的，所以我以為是梅瀛子了。」

「但是戒指隨時可以換回來的。」

「你什麼時候發現我的信呢？」

「我採了花，在園中散步，穿過走道，看見一個茶房從你的房間出來。我問，你可是起來了，他說，起來了剛出去。我想進去等你回來的，可是我發現了你的信，於是我拿了通行證與車票，留了一個條子就追來了。在月臺上，等你走上車，等你坐下了，於是我才上車。」

「那麼你呢？」

「但是你為什麼要趕著來呢？」

「我的理由不是留在信裏嗎？」

「我的理由也在留著的信上。」

「可惜我沒有看見。」

「好在信上的理由是浮面的。」她微笑著。

「你以為我的理由也是浮面的嗎？」

「自然。」

「那麼真正的原因是什麼呢？」

「這就是我要問你的。」她說：「是不是忽然感到寂寞了？」

「我感到……」我微笑著。

「同梅瀛子在一起還會寂寞嗎？」她說：「是多麼豐富的靈魂值得你探索呢。」

「我覺得我必須離開你們才有我的世界。」我堅強地說：「我很喜歡你，也喜歡梅瀛子與史蒂芬，但是你們的世界同我的是多麼不同。你們有萬種光芒叫我貪戀與探索，但結果我離開了自己的世界，向你們的光芒邁進。我在你們的世界裏探索，最後我相信我會迷途，於是我再也摸不回來，我就只好流落在你們的世界中做你們良善的人民。」

「這是說梅瀛子的光芒動搖了你的獨身主義，你害怕了。」白蘋笑著。

這笑容，似乎補充了她話中所缺的自己的名字。

「我說的是整個生活。」我莊嚴地說：「連你與史蒂芬也一樣，我想今天起不再同你們老在一起了。你願意尊敬我這個意思，而幫助我嗎？」

「好的，」白蘋沉著地說：「我希望我真能幫助你。」
「那麼，」我感激得興奮起來，「你可以把我這份意思讓史蒂芬瞭解與同情嗎？」
「自然可以，而且一定辦得到。史蒂芬已經同我談過，說你同他做朋友，還不如同他太太做朋友會更融洽。」
「也許是的，」我說：「所以我要赴史蒂芬太太的茶會，慢慢地我的心會沉靜下來，我先要寫完一部哲學上的書。」
「還有什麼事我可以幫助你呢？」白蘋低著頭玩弄著戒指，誠懇地說：「我總是你的朋友。」
「是的。白蘋，讓我們做個朋友，我在你家中無人的時候，偶爾會來看你，你也隨時可以來看我。但是我將不再進舞場、賭窟，不再貪玩。」
「是的，你這樣做是對的。」白蘋說。
我們開始有平和安詳的沉默，突然，白蘋發問了：
「假如梅瀛子來看你呢？」
「我招待她，但不同她出來玩，一樣的。」我說：「而且她的交際很廣，馬上就會忘記我，也不再來看我了。」
「但是她很喜歡你。」
「她同你講過？」

「是的，我們足足談了兩夜。」白蘋笑了：「而且她斷定你有點愛她。」
「你相信嗎？」
「我不能不相信。」
「你以為她值得愛嗎？」
「自然值得，」她說：「但是這是冒險的事情。」
「你是說被她愚弄？」
「甚至被她陷害。」她說：「她太神秘，這樣的性格，我不相信她有愛。」
「但是她非常喜歡你。」
「同你說過？」
「是的，就在那天葛嶺上。」我說。
「我也非常敬愛她。」白蘋甜蜜地微笑。
「我想你們可以做很好的朋友。」
「也許，」她說：「但也最可能做敵手。」
車子的速度很快，窗外的遠山近河在轉旋，我與白蘋的談話，使我的心中有說不出的欣慰與愉快。我起來，到我原來的位子去取那罐黃錫包，回來時我抽起煙。我問：
「梅瀛子沒有同你談起她自己的感情嗎？」
「當她說她很喜歡你時，我就問她，可是有點愛呢？她大笑，她說她的愛還沒有給過任何人；她準備隨時給一個男子，但始終沒有男子值得她愛。」白蘋低下頭微笑著說：「她還說她對於男子有特別的理解與觀察；她說史蒂芬是一個好朋友、好的丈夫，但是一個乏味的情人；你是一個最可愛的有味的朋友、最理想的情人，但是最難投洽的丈夫。她說關於你的獨身主義，史蒂芬太太以為是你尋不到理想的對象，在她以為只是怕盡丈夫的責任，是逃避的心理。」

「你以為這些對嗎？」

「自然有一部分道理。」

「但是我的獨身主義也許就會放棄的。」

「這是說為梅瀛子嗎？」

「不，實在說我並沒有愛她。」我說：「我只覺得史蒂芬太太對我的勸告很對。」

我們沉默了一會，茶房報告飯已經開了，我偕白蘋到餐車去。飯貴而壞，但是我們還是過得很舒服的辰光，因為今天白蘋給我更愉快的印象，我們談到過去，談到將來，談到都市，談到鄉村。最後我說：

「白蘋，你是不是永遠留戀這樣的生活呢？」

「不見得，」她說：「但沒有愛的時候，我將用我的青春享受這樣的生活。」

「但是青春是不久的。」我說。

「人生是什麼呢？青春享受盡也可以死了。」

「是這樣簡單嗎？」我說：「死也不是容易的。」

「那麼嫁一個樸實誠篤、簡單年長的人，」她似笑非笑地說、「嫁定了等死。」

白蘋的話，使我無法回答，我意識到空氣的灰色，有一種難以呼吸的沉悶。很久很久，車子在小站上停了，我們回到了客車。我說：

「一到上海先送你到家，再同你去參加史蒂芬太太的茶會，出來我們吃飯，飯後大家回家。」

「不，」她說：「茶會我不去了。」

「為什麼？」我問：「她沒有邀你嗎？」

「她同我說過，說有興趣同你一同去。」

「但是你沒有興趣。」

「不知怎麼，」她說：「今天我很想休息。」

「那麼你現在休息一會，打一瞌盹可好？」

「我試試看。」她笑著說，調整了她的姿態，靠在裏角，閉上眼睛，兩排茸長的睫毛合在一起，有一種說不出的風韻。

我把半開的窗子拉上，抽起煙坐在她的對面。

一支煙將盡的時候，我看她已經入睡了，我拿她的大衣為她蓋上，聞到她微微的呼吸，薄薄的嘴唇閉著，同她茸黑的睫毛有很調和的配置，今天似乎沒有敷胭脂，但有天然紅潤透在面上，倍增了這臉龐的可愛。是一種甜美的典型，使我不得不注視著她。我從袋裏尋出記事簿，用鋼筆想為她畫一張素描，但一連幾張都畫不像，到第六張總算得到了一點趣味。後來我把握到她的特點，畫了一張卻覺得很好。

車快到的時候，我叫醒了白蘋。白蘋似乎還貪睡，但隨即振作了一下，笑著說：

「我怎麼啦？」

「你太乏了。」

「昨天同梅瀛子談得太晚了。」她說著手摸摸額角淡笑著說：「我別是病了。」

我開始發覺她臉色的紅潤是發熱的象徵。我握她手，她的手指很冷，但手心發著焦熱，她拿我的手到她的額上。真的，白蘋病了。

下車後我一直送她到寓所，一個年輕伶俐的穿著白衣的女僕來應門。我到過她公寓門口有許多次，但從未進過她房間；今天是第一次，我非常奇怪我自己在過去會沒有想到進來。是這樣一個精美的公寓，她的房間不大，但非常精緻。我開始發現她對於銀色的愛好，被單是銀色的，沙發是銀色的，窗簾是銀色的，淡灰色的牆，一半裱糊著銀色的絲綢，地上鋪著銀色的地氈，一條白灰色的皮氈，鋪在床前，上面有一對銀色的睡鞋。

「坐。」白蘋在一張沙發前說，她自己就走進了浴室。

那個活潑健康的女僕拿茶進來，並且拿了一支煙給我就出去了。我抽起煙，坐在一張矮小的沙發上，我很閒適地覺察這間房間的布置：一張小小的書桌配著椅子放在窗下，一面是抽屜，一面是兩層書架，上面擠滿了書，桌上也有一些書籍等東西，有一匣非常講究的裝信紙、信封的匣子。床旁邊是一隻矮的燈櫃。一面是一架衣櫥，有四隻同我坐著一樣的沙發，前面是一張矮圓的銅盤，盤裏鋪著白色的麻布，上面是一隻日本貨精巧的煙匣、煙灰盤與打火機，還有洋火。我在煙灰盤上弄滅了煙尾，在煙匣中又拿了一支煙，試用那隻白亮的打火機。

白蘋已經換去了剛才的衣服，洗去了所有的脂粉，穿一件灰色的寬大的旗袍，她一出來就說：

「那麼我不去茶會了。」

「自然，」我說「你快睡吧。」

「我可以坐一會。」她笑著坐在我的旁邊，又說：「你覺得我的房間好嗎？」

「的確是白蘋的房間。」

「謝謝你。」她說著似乎有點乏，看了看錶，說：「你該去茶會了，我也要睡了。」

「好的，」我說著站起來，「明天我來看你。」

當我出門的時候，她站起來似乎就向床邊走去。我一個人到街上，走向電車站；經過了一家藥房，我想起白蘋在睡前似乎可以吃點阿司匹靈，於是我買了藥，順便買點水果又回到白蘋寓所去。

白蘋已經躺在床上，我叫那位女僕倒點開水，拿藥片叫她吞了。我說：

「夜裏想吃什麼呢？」

「什麼都不想吃。」

「很好，」我說：「餓了也千萬少吃。」
女僕拉攏了窗簾，白蘋伸手開亮了檯上的燈，我說：
「睡好吧。」
她把手伸進去，我為她蓋緊了被，我說：
「現在我去了。」
「叫阿美，叫一輛汽車去。」她似乎在對女僕說。
「好的。」我說。
阿美在走道打電話，白蘋說：
「明天什麼時候來看我呢？」
「上午。」
「在我地方吃飯。」她說著打了一個呵欠。
「好的。」我說著為她滅了燈。
她對我笑笑，翻了一個身。我站起來，心裏突然浮起了一種異常的感覺，像是銀色的空氣沁入了我的心胸，我矜持了一下。是銀色的女孩病在銀色的房間裏，是什麼樣一個生命在時間中與青春爭勝呢？我不知道是悲劇還是喜劇？但是我今天開始認識了銀色竟象徵著潛在的淒涼與淡淡的悲哀。
我心中蕩漾著潛在的淒涼與淡淡的哀愁跳上了汽車。

十四

電燈亮著，鋼琴響著，是幽雅恬美的空氣掃盡了我心底的淒涼與哀愁。我說：

「是不是我晚到了？」

「啊，人都散了，你才來。」史蒂芬太太在鋼琴座上站起來說。

「我是從杭州趕來的呢！」於是我告訴她們杭州旅行的經過。

座中的人的確已經零落了，但是費利普醫師夫婦、高太太、高小姐，還有曼斐兒夫人與小姐還都在。其他還有幾個我不認識的，史蒂芬太太為我介紹後，我問高太太說：

「高先生呢？」

「他有事先走了。」

海倫‧曼斐兒正看著我，但當我看她的時候，她避開了我的視線，我說：

「曼斐兒小姐，上次在音樂會裏，我竟笨得沒有認出你。」

「……」她羞笑著，沒有說話。

「史蒂芬太太，可是因為我進來，打斷了你們音樂的空氣？」我說著走到史蒂芬太太附近，又說：「現在我要請求你為曼斐兒小姐奏一隻曲子，讓我有緣重聽她美麗歌聲嗎？」

「你應當先請求曼斐兒小姐。」

於是我說：

「曼斐兒小姐，假如我的請求不太冒昧的話。」

曼斐兒小姐有點侷促，看看她的母親，但是母親鼓勵了她，她走向鋼琴邊去，我鼓掌，大家也鼓掌了。我們屏息坐下，史蒂芬太太與曼斐兒小姐選定了曲子，是Schubert的作品吧。曼斐兒小姐背著我們，她的歌聲填滿了這個客廳，也填滿了我的心房。她並非十分完美的歌手，但她有非常甜厚的聲音，使我對於她的天才有萬分的驚訝。在訓練上，她也有餘裕在歌中表現她的自己，是幽靜恬淡的性格閃耀著灰色的微波，它在我心頭喚起了一種舊識的感覺。是什麼樣的感覺呢？我繪描不出。

曲終，大家鼓掌了，我方才從那個古怪的舊識的感覺中醒過來，我跟著鼓掌。

……

人們開始陸續散去，高太太的汽車，現在已經送了高先生回來，費利普醫師自己也有車子，來客大都有男子相伴。最後我說：

「曼斐兒太太，是否我可以有光榮送你回家呢？」

「不太麻煩你嗎？」

「非常光榮。」我說。

我叫了車子。上車後，不知怎麼談到了中國的飯菜，她們竟只到過一家中國菜館，於是我說：

「假如回去不太晚的話，現在讓我請兩位去吃飯好嗎？」得到她們的首肯，我叫車子駛到了「錦湘」。在那裏，我充分感到曼斐兒太太的和藹可親，曼斐兒小姐的恬靜溫柔。我好像發現了另外一個美麗的世界，有一種自然單純，沒有激撞、沒有波浪的空氣，使我的煩雜的心境平靜下來，像混濁的水沉靜到清澈一樣，是溫暖和平的舒適叫我對她們母女羨慕。所以，在席終我送她們回去的途中，曼斐兒太太約我第二天晚上到她們家裏去吃便飯，我也就高興地答應下來。

我看她們走進芭口公寓，一個人吸著煙，閒步從辣斐德路轉馬斯南路到霞飛路去。時候還早，但馬斯南路竟已十分靜寂，街樹的葉子在路燈下更顯得嬌嫩，天上的下弦月分外清澈，配著我平靜的心境，覺得世界也許還有可歌頌的角落，隨時在點綴我們的人生。

但是，飯約，明天又是飯約。這是不是遠離我世界的生活呢？我在白天所決定的，我要回到自己的世界去，所以我離開了梅瀛子、白蘋與史蒂芬的世界，那麼難道我又要跨進另一個別人的世界嗎？但是，這究竟是另一個世界，是平靜和平、溫柔清澈的世界，難道這樣的空氣也會擾亂我應過的生活嗎？

於是我想到海倫，她的低迷的笑容，她的含情的歌聲，她的溫柔的遲緩的舉動，這使我想到燈，想到史蒂芬太太在宴舞會的談話……那時，大概因為我走到路燈光線不及的地方了，月光從樹上灑下，我看到我自己零亂的影子，我猛然看到那間銀色的房間中銀色的姑娘，我滅了她臺上的燈光，幽幽地從她房中出來，那種沁我心胸的銀色空氣正是剛才海倫的歌聲所喚起我的舊識的感覺。這感覺如今又在我心頭浮起，我仰望太空，藍黑色的天、淡淡的白雲、寥落的星星與明亮的月，是潛在的淒涼與淡淡的哀愁，一瞬間凝成了寂寞與孤獨。我加速了我的腳步，穿到霞飛路，登上了電車。

大概我是倦了，回家沒有讀三頁書就睡著。經過了好久未曾有過的良好的睡眠，起來洗澡後，我開始有煥發的精神，做我應做的事情。十點鐘出來，訪一個朋友，十一點鐘我去看白蘋。

白蘋已經起來，淡妝黑衣，坐在我昨天坐過的沙發上，嘴裏吃著巧克力糖在看書。腳邊睡著一隻純白的波斯貓。她知道我進去了，把書放在膝上，抬起頭微笑著說：

「你真的是趕來吃午飯嗎？」

「我以為你應當多睡一會才對。」我說：「你什麼時候起來的？」

「倒是起來不久。」她說。

「病全好了嗎？」

「好像沒有熱了。」

我過去摸她的額角，熱似乎已退，我說：

「可有溫度表？」

她叫阿美，阿美從抽屜裏拿出溫度表與酒精給我。我用酒精揩溫度表時，我說：

「怎麼不多睡一會呢？」

「有電話，」白蘋說：「我被它叫醒的。」

「說不在家不就完了嗎？」

「是史蒂芬，」白蘋說：「我以為你們已聚在一起呢。」

我把溫度表放在白蘋的唇內，拿著白蘋的手看她的手錶。白蘋低下頭，右手拿起膝上的書，似乎繼續讀剛才放下的地方。

白蘋的確沒有熱度了，我說：

「很好，但是你還應當休息。」

「可是史蒂芬約我下午到舞場來看我呢？」

「今天還要去舞場？」

「是的，」她笑著說：「你不是要我對他講你生活的變更嗎？我想我會替你辦得很好。」

「他們是昨夜坐夜車回來的嗎？」

「是的。他說打電話給你，你出去了。」她又換了口氣問我：「你上哪裏去了？」

「看一個朋友，他前天、昨天來看我都沒有碰見。」我說：「怎麼，你沒有約史蒂芬來一同吃飯嗎？」

「不，」她笑著說：「以後我在家裏不約別人，你隨時可以來玩，但不許到舞場來看我。」

「好的。」

「但是如果你讓我在舞場碰見你，我就當你不過是我的一個舞客。」
「好的，不過假如我偶爾一次呢？」
「除非你有正式的應酬。」
「好的，我一定遵守。」
「那麼你可以常常來，帶著你的書稿來也可以。」她說：「我還可以在隔壁客廳裏設一個鋪位，晚了你也可以宿在這裏。」
「你太期望我了。」
「也許，」她說：「但是我不許你在這裏招待朋友。」
「只許我一個人來。」
「只許你一個人來工作。」她嚴肅地說：「我的意思是假如你家裏有太多朋友來看你，你可以來這裏。」
「你也可以不出去嗎？」我說。
「我有我的世界，我為什麼不出去？」她驕傲而深沉地說：「但是我不在你也可以隨便進出，用不著管我。偶爾碰著，我們就一同在這裏吃一頓飯，喝一杯茶，談談。」
「假如我偶爾要陪你出去走走呢？」
「除了看一場戲、一場電影。」她說：「別的都不許。」
「你太好了，白蘋。」我心中有說不出的感激。

「你不要以為我好，」白蘋自信而驕傲地說：「我只是做一種試驗，有人說，許多人都被我帶得只知道玩，不務正業了，我倒要看看我是否也會讓一個人在我身邊做他應做的事情。」

我剛要說什麼的時候，阿美進來，問是否可以開飯了，白蘋問我：

「餓嗎？」

「問你自己吧。」我說。

「開吧。」白蘋沉吟了一會對阿美說。

我到盥洗室去，洗好手出來，白蘋已經站起，她說：

「你還沒有到過我的客廳吧。」

她走在前面，那隻波斯種的貓跟著，我也跟著。我們走進隔壁的房間，門外是衣架，架上掛著一件雨衣，裏面有兩間她寢室大小的房間，中間掛著銀灰色的絨幔，一面是客廳，一面是飯廳。客廳四壁有幾幅齊白石、吳昌碩等人的字畫，落地放著幾盆花，一架日本式小圍屏，四隻軟矮凳圍著寢室裏一樣的圓銅盤，上面的洋火、煙灰缸與煙匣，幾隻灰色的沙發，地上是灰色的地氈，沙發旁邊都放著矮几，獨獨沒有一張正式的桌子。飯廳裏是一架酒櫃，一張方桌，鋪著四角有黃花的灰臺布，上面一個玻璃的水果缸，裝滿了橘子。四把灰布坐墊的椅子，角落上有二架盆花，都是倒掛淡竹葉。傢俱都是無漆的白木，地上是銀色的地氈。牆上有一幅畫，是任伯年的山水，一面是一隻荷蘭鄉村裏常用的鐘。我說：

「你是這樣喜歡銀色嗎？」

「你不喜歡嗎？」她在酒櫃上放整了幾隻玻璃杯子。
「我很愛銀色，但不喜歡。」
「這是什麼意思呢？」
「我愛銀色的情調，但它總像有潛在的淒涼似的，常喚起我淡淡的哀愁。」
「那麼你喜歡什麼呢？」
「白色，純白色。」
「我愛白色，但不喜歡。」
「你是說……」
「我愛它純潔，但覺得不深刻。」她說：「你不覺得銀色比白色深刻嗎？」
「是的。白色好像裏面是空的，銀色好像裏面有點東西，」我說：「可是裏面有什麼呢，是一種令人起淡淡的哀愁的潛在的淒涼。」
「也許。」她望著酒櫃上的酒瓶，好像不很注意我談話似地說：「你喝點酒嗎？」
「好的，但是你不許喝。」
「我也喝一點點。」她說：「什麼酒？」
「葡萄酒。」我說。
「我喝薄荷酒。」
她為我斟了一杯紅葡萄酒，她自斟了一杯薄荷酒，沖了蘇打水。她把兩杯酒放在桌上，一杯是深紅，一杯是碧綠，中間是一缸金黃的美國橘子，是多麼誘人的顏色叫我注視著它。白蘋開始坐下。

阿美排好筷匙、飯菜，筷是銀的，碗碟素平無花，都是白色，並不是上好的磁器，但都非常可愛。菜肴是三菜一湯，非常簡單。白蘋也沒有對我說一句客氣話，她吩咐阿美去燒點咖啡，於是舉起酒杯說：

「我用這杯酒，祝你新定的生活永遠像這樣碧綠長春。」

「我用這杯酒，祝你永遠光明美麗與燦爛。」

我們喝了一口酒，大家都笑了。

菜很可口，我飯吃得很多。我說：

「這是我平生最美麗的飯菜了。」

「真的嗎？」她說。

「我是第一個一個人伴你這樣吃飯嗎？」

「這難道於你的美感有關係嗎？」

「不，」我說：「假如要我在美感以外還有點光榮的話。」

「沒有光榮。」她說。

「但是我不希望是同你去杭州的日本人。」

「梅瀛子告訴你的？」她說。

「是的。」

「那麼你嫉妒我們同行的十一個日本男女中的哪一個呢？」她說。

「你在這裏全數招待過他們？」

「你以為這間房間可以招待十一個客人嗎？」

「總之，日本人走進你房間，同他們軍隊走進我們的國土一樣地使我不快。」

「你真以為我的位址，是隨便哪一國人都可以告訴的？」她皺著眉說。

「那麼，那麼你沒有騙我？」

「假如有呢？」

「那麼我的美感以外的感覺是侮辱。」

「我不撒謊，」她正經地說：「但在你也許還是侮辱。」

「你是說……」

「我是說當我一個人在家吃飯的時候，天天倒有一位波斯人坐在你的座位陪著我。」

「是誰呢？」我笑著，我不知我笑容中是否有嫉妒的色彩，我說：「白蘋，告訴我。」

「現在就在我們的旁邊。」她沒有望我，用筷子夾一塊魚放在匙碟裏推過去，叫：「吉迷。」

「渺乎……」我看到那隻波斯種的白貓從椅上爬上來。

我笑了，白蘋還是守著貓在吃魚。

阿美進來，從酒櫃抽屜裏拿兩把刀，一把給白蘋，一把給我。我開始切橘子，白蘋還是守著貓，頭也沒有抬起來對阿美說：

「咖啡拿到我房間去。」

「吃水果嗎？」我說。

「不，」她抬起頭，微笑著說：「謝謝你。」

阿美給我們手巾，白蘋站起來，她說：

「那面去坐吧。」

吉迷跟著她，我也跟著她，我聽見時鐘正敲一點，是一種非常單純短促的聲音，我不喜歡它。

十五

白蘋的性格與趣味，像是山谷裏的溪泉，寂寞孤獨，涓涓自流，見水藻而漪漣，遇險坳而曲折，逢石岩而激湍，臨懸崖而掛沖。她永遠引人入勝，使你忘去你生命的目的，跟她邁進。梅瀛子則如變幻的波濤，忽而上升，忽然下降，新奇突兀，永遠使你目炫心晃不能自主。但是如今，在我的前面是這樣一個女孩，她像穩定平直勻整的河流，沒有意外的曲折，沒有奇突的變幻，她自由自在地存在，你可以泊在水中，也可以在那裏駛行。

她有明朗的前額，秀長的眼梢，非常活潑的臉龐，配著挺美的鼻子，眼珠碧藍，嬌稚含羞的視線永遠避開人們的注視，嘴唇具有婉轉柔和明顯的曲線，時時用低迷的笑容代替她的談話，偶爾透露細纖的前齒，象徵著天真與嬌憨，嬌白的面頰上似有隱約的幾點雀斑，這常常是恬靜溫文性格的特徵。

這就是海倫・曼斐兒。現在她坐在我對面，是明亮的燈光照耀著爽朗高雅的房子。她母親在忙飯菜了，我開始同她談學校，談音樂，談美洲，談中國。她告訴我她外祖母家在加拿大，她就生在那裏，音樂似乎是外祖母一系性情最近的藝術。她學唱已經五年，現在好像進步很慢，據教師說，越過這個過程，可以又有很快的進步，叫她不要有一點灰心。我告訴她這是學什麼東西都會有的，是學習心理學上所謂「高原」，多少人都常到了這個高原而後退，這是非常可惜的事。房角有很大的鋼琴，我問她可曾學鋼琴，她說程度很淺，我請她奏一隻，她怎麼也不肯。

她告訴我她很喜歡中國，只是沒有交到很多中國家庭裏的朋友，現在過往較密切的是高小姐，但她似乎同歐美人沒有什麼兩樣。

談到電影，她喜歡的竟少得使我驚奇，像她這樣的年齡，應當是電影藝術的熱誠觀眾；但是她說，看電影的故事不如讀小說，演技不如觀舞臺劇，音樂不如聽音樂會，她對於三樣都喜歡，獨獨不很喜歡電影。她又說上海沒有戲劇，使她很少有出去的興致，家裏聽聽無線電、讀讀小說是她最好的娛樂。

吃飯的時間到了，曼斐兒太太換了黑色晚服出來。海倫進去，回來時也換上白色晚服，緩步低淺，有萬種婀娜的風致使人傾折。我很奇怪這個美國家庭在上海會泥守這英國的習慣，後來方才知道她外祖母是英國人，移居到加拿大去的，她母親一直受著英國式家庭的教養。

飯菜是曼斐兒太太親自燒的，的確不是上海普通西菜館所能吃到的滋味。海倫開了無線電，我們就在美麗的音樂中，享受英國式家庭的夜趣。我們大家很少談話，但我時時體驗到海倫低迷的笑容下所流露的意義，她精神始終在音樂裏舒展與收斂。

當咖啡上來的時候，曼斐兒太太關了無線電，她開始問我家，問我故鄉，問我興趣與愛好。她告訴我，她的丈夫在空軍裏為國效勞，她的兩個兒子，也都在美國軍隊裏服務。她說她的第二個兒子與海倫有較高音樂天賦，她非常期望海倫。告訴我她現在在梅百器教授那裏學唱，梅百器夫婦都是她的好友，對海倫期望尤殷，希望戰爭結束後，可以送她到義大利去。她說她自己的音樂成就完全因為戀愛、結婚、生孩子而犧牲了，希望她女兒會完成她可有的成就，她非常相信她女兒的前途，說只要不為戀愛、結婚、生孩子所囿，海倫一定會有了不得的收穫。她又說史蒂芬太太與梅百器教授一家總是鼓勵著海倫，希望我也常常給她指導與鼓勵。她又說一個藝術家應當為藝術犧牲，一個女性藝術家，她的真正的丈夫應當是藝術……曼斐兒太太的和藹誠懇與對於女兒的期望令我非常同情。

後來海倫同我談到小說，有許多我們大家看過的，她的意見雖常常有偏，但許多地方也很有見解，對於我的見解她都非常愛聽，覺得許多都是她以前沒有想到的；有許多書我沒有讀過的，她到裏面捧了出來，說等我讀過後給她意見；有許多她沒有讀過的，她總說假如我地方有這書的話，叫我借給她讀。

我於十點鐘離開曼斐兒家，海倫為我包了一包書叫我帶走，並且叮嚀我把我所有的她沒有看過的書為她送去。

我回家後第二天派人送書給海倫，但當我還未翻閱她借我的書時，她已經把書送還我，還給我長長的信同我討論她讀後的意見，並且問我讀了她借給我的書後的感想。這逼我趕緊為這份感想讀她借給我的書，我們的通信就這樣開始。以後偶爾她到我家來看我，我也常常到她家去。

這份友誼幫助了我肯定地實行了我新定的生活，也點綴了我新定的生活。

現在，我的生活已經安定下來，我每天早晨能夠很有效地讀書，中午後也很紀律地午睡，傍晚我常常出去散步、喝茶，有時候也訪訪白蘋，訪訪史蒂芬太太，訪訪海倫，常常在她們三處吃飯。我飯後回家，工作天天到深夜。海倫來訪我總在我午睡醒來的時刻，有時候我沒有醒，她總在書房中等我；白蘋偶爾來訪我，可是很少，來則總在深夜，常常一談到五更。夜裏當我寫作告一段落，精神尚好的時候，我也會偶爾去訪白蘋。幾個月中，我精神非常均衡，工作的成就也很多。史蒂芬現在再不來看我，那當然是白蘋的功績。我們只有在黃昏時咖啡館中偶爾約著談談。梅瀛子碰見的機會更少，見面時我們還是有高興的談笑。一切朋友的關係現在似乎調整得很好，使我對於獨身主義似乎有更多的信仰與安適了。只是海倫對我的友誼好像漸漸在那裏增長，在她同我借書的過程中，範圍似乎慢慢地廣大，現在已經是進展到哲學的範圍。這在我始終沒有想到，一直到殘夏的一個夜裏。

那天下午海倫來看我，我們一直談到黃昏，同她到附近散步，在汶林路、霞飛路口的一家猶太飯館吃飯。飯後我送她上電車，一個人緩步歸來，坐在案頭，開始做我想做的事情。但還沒有一點鐘的工夫，有電話來叫我去聽。我猜想是白蘋，所以我拿起電話，就說：

「是白蘋嗎？」

但是對方是一個說英語的女性，聲音是這樣的陌生。

「是徐先生嗎？」

「是的。」

「我是曼斐兒太太。」

「啊！曼斐兒太太，你好嗎？」我說：「海倫可是到家了？」

但是她似乎不關心我這些話，她說：

「你現在有工夫嗎？我想馬上來看你。」

「好的，我等你。」我說。她聲音好像很焦急，所以我說：「有什麼事？」

「我馬上來看你。」她說著就掛上了電話。

那麼這究竟是什麼事情呢？難道海倫在歸途中出了岔？要不是……是什麼呢？會不會是母女發生了口角？其他還有什麼緣故使曼斐兒太太要馬上來看我呢？我再想不出理由，於是抽著煙焦待。一直到我抽盡第二支煙，外面有汽車聲，我趕快迎出去看，它已飛掠過去，於是我就在弄口閒步。我等過了四輛汽車，第五輛是簇新紅色的Ford，很快地從遠處駛來。我看到裏面在駕駛的是一個紅衣女郎，到我面前，似乎慢了，好像是梅瀛子。我看她停下車，不錯，是梅瀛子，她笑著開開車門：

「徐先生等著我嗎？」我又聞到她馥郁的甜香。

梅瀛子專訪我次數很少，有幾次還是同史蒂芬一同來的，所以我滿以為她是路過這裏，看見我在門口才停下招呼的。我說：

「這麼漂亮，上哪兒去？」

「當我穿得漂亮的時候，第一自然先來看你。」好久沒有看見她透露杏仁色的潤白整齊的前齒了。

「美麗呀！」我拉著她手看她的衣裳。

她穿著白綢的襯衫，紅色的上衣，乳白色小藍花紅心的裙子，赤腳穿一雙軟底白帆布藍邊半高跟鞋。從她的鼻子、嘴唇、頸項、胸脯下來所有的起伏竟是大自然最美的曲線。我驚訝地稱讚：

「你真是可以享受天下任何的打扮。」

「謝謝你。」她身上總是發揮著她特有的香味，我不知道她用的是什麼香水，「真的是專誠來看我嗎？」

「自然。」她說。

「謝謝你。」我伴著她走進弄堂，又說：「我似乎沒有看到一個人可以像你一樣的合適於各種衣飾的打扮。」

「我第一次聽到男子這樣讚美我。」她說：「你也同樣用這句話讚美一個天真、純潔、年輕的少女嗎？」她莊嚴地靠著我。

「也許會，」我說：「但到現在還沒有用過。」

「不要撒謊，」她說：「我今天就為這個故事來同你談談。」

走進房間，我開亮電燈又開了電扇，她坐在近電扇的地方說：

「你可是認識我們公認的一位有歌唱天才的少女？」

「可是海倫・曼斐兒？」

「是的，」她說：「但是她近來對於音樂竟不熱心起來。」

「怎麼？」我說：「我想不會的。」

「今天梅百器教授的茶會，他非常惋惜地說海倫近來想放棄音樂了。」

「想放棄歌唱？」我奇怪極了，怎麼海倫一直不同我談起呢？——我想。

「是的。」她說。

「啊……」

「什麼？」

「剛才曼斐兒太太打電話給我，說要來看我，我想一定也是為這件事情。」我說。

「我想是的。」她站起來，走了幾步，坐到我的附近，她說：「她母親為這件事太傷心了，你大概也知道她對於女兒的期望。」

「自然，」我說：「當我們對於海倫都有十分期望的時候，她母親一定是在一百分以上了。」

「不但這樣。」她說：「你可知道她母親的過去。」

「對於歌唱天賦也很高。」

「她家裏對她的期望極大。」她說：「但是她愛了一個美國飛行家。當時她們音樂的家庭極力反對，結果她同愛人偷跑到別處結了婚。」

「這就是曼斐兒先生。」

「這就是海倫・曼斐兒的父親。」她說：「從此她就放棄音樂，所以她對於她天才的女兒有比普通父母更多一百分的期望。」她說著又站起來，站到桌邊，拿一支香煙。

「你也抽煙了？」我問。

「偶爾玩玩。」她拿著煙看看：「這煙我倒沒有抽過。」

「Era，」我為她點火：「我怕你不會喜歡。」

她吸著煙，走到書桌邊靠著，噴一口煙在空間，望著它散開去，沉著、肯定、遲緩地說：「可是如今，曼斐兒太太的女兒又為戀愛要辜負上帝給她的天才，與人類給她的期望。」

「為戀愛？」我問。

「這只有我一個人知道，我也沒有告訴別人，她在愛一個男人。」她說：「而我覺得告訴你是很妥當的。」

門忽然開了，僕人帶進曼斐兒太太，她的胖面，露著淡淡的笑容，笑容中蘊蓄一些頹傷，見了我像是得到點安慰似的：

「徐！」她同我親密地握手，又同梅瀛子握手：「你真好，為我的事情比我還早來。」

我招呼她坐下。她胖得難以喘氣，外加走了點路，所以沒有說話。梅瀛子問：

「坐電車來的嗎？」

「是的。」

於是，她喝了一口我倒給她的汽水，她說：

「我想梅瀛子已經同你講過，我女兒忽然要放棄音樂了。」

我一面聽著她，一面不自覺地有萬種的不安，心跳著，眼睛想避開她的視線，我沒有說一句話。聽她吐一口氣說：

「你待她太好，借書給她，指教她，開導她。」她歇了一會又說：「但是她是一個太愛用思想的孩子，現在，她已經沉湎於你借她的書中，她沒有興趣練唱，天天讀書摘箚記，最近時時說要研究哲學。」忽然她轉了語氣：「徐，你千萬不要誤會，我並不是怪你。但是她對你很相信，你會給她影響，所以我來同你商量，請你想法子勸勸她，叫她不要放棄音樂。」她忽然問我：「你覺得她是不是在音樂方面有特殊天才？」

「自然。」我說。

「我相信她不適宜於研究哲學。」

「自然。」我說。

梅瀛子偷偷地望我，帶著頑皮的笑容。我說：

「這真是出我意料以外，我同她談談藝術，牽連到哲學上的問題，她問我借書，我自然借給她。我滿以為思想上、哲學上的書可以充實一個藝術家的靈魂，怎麼想到她會改變了興趣。」

「我一點沒有怪你的意思。」曼斐兒太太誠懇地說：「我現在希望你肯好好地勸勸她，使她的興趣回到歌唱上來。」

「一定勸她，而且我相信我會使她放棄哲學，」我說：「這絕不是嚴重的問題，曼斐兒太太，請你放心。」

「我也覺得這是很簡單的問題，」梅瀛子俏皮地對我笑笑說：「我想我一定可以幫你，使海倫繼續不辜負她的天賦。」

「我想在學習心理上，我們到了學習的高原，因為進步的遲緩常常會對於別的學科發生興趣，而到另一科學的高原時，又會覺得厭倦的。」我說：「總之，一切都在我身上，我一定使她回到歌唱的前途上去。」

曼斐兒太太眉心似乎減去了焦憂，潤濕的眼睛透露感激的光芒，她點點頭，雙疊的下頦有柔和的蠕動。

「曼斐兒太太，這件事情你交給我們，現在不要談了。」梅瀛子說：「我們出去乘乘涼，怎麼樣？」

曼斐兒太太沒有異議，我自然只好贊成，我陪著她們兩位出來。那輛紅色的汽車實在誘人，我說：

「讓我駕車好嗎？」

「好的。」梅瀛子說。

但當我讓曼斐兒太太坐上後面的車座時，梅瀛子已坐在駕駛座的旁邊。我為曼斐兒太太關上車門，坐到駕駛座去。梅瀛子說：

「我還是第一次看你駕車呢。」

「恐怕很生疏了。」我說：「到哪兒去呢？」

「兆豐公園。」她說。

街上行人不少，路景很繁華，遠處月色皎潔，繁星明耀，我用一小時三十五哩的速度向西駛去。我心裏驟然感到一種說不出的光榮，這當然是因為梅瀛子坐在我的旁邊，她的美，她的漂亮，她的特有的甜香。這是我第一次感到香味對於一個人精神的關係。記得過去我曾經寫過一篇小文講到現代的文化，只是靠眼睛與耳朵傳播，教育只是向眼睛與耳朵灌輸，藝術也是向眼睛和耳朵表演，政治也是向眼睛與耳朵宣傳……這是一種很奇怪的發展，好像人類竟忘了自己還有鼻子似的。假如我們靠嗅覺可以有文化的享受，這一定是一個有趣的境界。我們也許可以發明嗅覺的書報，那裏的觀念與意義只是一組一組的氣味，我們用鼻子聞聞就可以瞭解；我們也許有嚴密組織的、豐富美麗、忽斷忽續的氣味，像音樂裏的symphony一樣，叫我們鼻子來鑑賞；政治家也可以造特殊的氣味叫人們聞到就相信他的主義。像現在這樣只有耳朵、眼睛可以享受文化，這是非常辜負鼻子的事情。但是今天，梅瀛子的甜香在我身邊，隨著車窗的風，斷續濃淡地向我發揚，使我感到一種特殊的魔力。這雖然沒有畫家的畫幅、音樂家的樂曲一般的給我一個肯定的意義，但似乎也是一種離開了視覺與聽覺的獨立的誘惑。梅瀛子正視窗外，我斜看到她的側面，一瞬間我的確不能相信我是在人世上。她忽然帶著笑說：

「哎……哎……哎……怎麼啦？」

我煞車，回過頭去，車子已經斜在路上。

「怎麼啦？」梅瀛子回過頭來，笑。

「你來駕駛肯嗎？」我有點窘，但隨即矜持下來，開門下車，繞到左手。我上車時，她已經套上白手套坐在右面。我坐在她的旁邊，拿出紙煙，我用打火機抽煙。我說：

「好久沒有駕車，生疏了。」

「我怕是陽光炫耀了你的眼睛。」她笑著兩腳一按，車子直駛前去，用老練的駕車者姿態，舒適而美麗地坐著，以一點鐘四十二三哩的速度在馬路上疾馳。我開始感到一種自由，我的煙味已經驅逐了她的甜香，像是收到了反宣傳的效果，使我能夠有一種較好的距離去欣賞她美麗的風韻。有風，她的頭髮像是雲片、雲絲的婆娑，她的衣領與衣袖，像是太陽將升時的光芒。這一種紅色的波浪，使我想到火，想到滿野的紅玫瑰，想到西班牙鬥牛士對牛掀動的紅綢，我不得不避開它。但我終於又看她側面從額角到雙膝的曲線，是柔和與力量的調和，是動與靜的融合。她兩手把住車盤，速度針始終在四十二、四十三上，兩個彎一轉，她突然停下來，原來已經到了。

公園裏人不太擠，我們看到了更鮮明的月色，更美麗的星光，在燈光照耀的範圍外，月色與星光已將草地點化得像水一般的柔和。有幾個孩子們奔跑得像山林裏的小鹿和小兔，好像黑綠的樹叢中就是他們的住家。我們伴曼斐兒太太閒步，她經過了疾馳中涼風的洗滌，精神上的憂鬱似已解脫；空曠的景色更開拓了她的胸懷，她臉上已有笑容。我們走著，閒談著，我相信曼斐兒太太已不牽慮剛才的問題了。

我們伴曼斐兒太太在冰座上坐下，吃了一點冰以後，精神都很煥發，心境都很愉快。我們沒有談生活上的煩惱，只是零星地談點社交上的人物與故事。沉默時候很多，好像我們都在呼吸月光。就在一段沉默的時間上，我想一個人去走一會。我抽著煙，站起來，我說：

「我那面去一會兒就來。」

我踏著柔和濕潤的草地，閒步地走向池邊。池邊的椅上都坐著人，有幾對似乎是初戀的情侶。池中的月色分外明亮，水面零落地點綴著水蓮，稍遠的地方有幾朵花開得慘白綺麗，有一種飄逸的美感。我站在池旁，開始注意到身後的燈光把我的人影淡淡地伸投到池心，與幾個其他的人影在水面交錯蠕動，其中有一個正在慢慢地長起來，慢慢地淡下去。我忽然發現好像有點認識她似的，抬頭看時，是一個穿著白色衣裙、腰際束黑色漆皮帶、腋下夾著黑色的書與淺色紙包的女子的背影，正冉冉地向著樹叢中走去。月色把草地點化成水，沒有一個別人，她在上面走著活像是一朵水蓮。我看過去，覺得實在有點像海倫。再細望時，又覺得不像，但是我終於繞池追隨過去。

她走進樹叢，我離開一丈路尾隨著她。看她漫步踏著月影，低頭徘徊，我時而覺得她是海倫，時而覺得不是，一直到她緩緩地走出樹叢。那裏是一片草地，穿過草地是小河，她仰天望望，又安閒地踢踢淺草。現在我已經斷定她是海倫無疑。那麼她是同誰一同來的呢？是一個人來的？還是同我一樣，離開了同來的伴侶，一個人來散步的呢？我想叫她，但我忽而覺得要看看她究竟到哪兒去，所以還是尾隨著她。那時天上的月色清絕，草地上沒有行人，我覺得我是一個很容易被她發現的對象，因此我站於樹叢的邊緣，等她同我保住了二丈距離時再走，但我看她並不向有人的地方來，只是一直走向小河。我用另外一個同她成四十五度的方向，朝著小河右端的小木橋走來，但不時還是注意著她。她到小河邊站了一會，靠在一株樹上，凝視著河心，那時我已走到木橋旁邊，看她始終不動地站在那裏，我於是從木橋走到對岸，吸起一支煙，走到她的對面，斜依著一枝小樹偷看她。她一直注視著河心，不知是看河底的星月，還是看水面的水蓮，眉宇間有淡淡的感傷，嘴角有似笑非笑的漪漣。她的衣裳同水蓮一樣白，月光之下她好像一個白石的塑像，一點不動地站著。等到我吸盡了一枝煙，看她還是不動，於是我把煙尾拋到她注視的地方，水上發出了「嗤」的一聲，打破了這宇宙的寂靜，她似乎微微地一驚，抬起頭來。我低聲地說：

「小姐，可是有一顆星星跌下水裏了？」

「果然是你，徐。」海倫嘴角浮起低迷的笑容。

「果然是我？」我想，「怎麼知道是我呢？難道她早就發現我在看她嗎？」我正想著，她在對岸又說：

「我正奇怪河底那一顆星星像你的時候，你果然出現了。」

「我發現你的時候，還以為河中的水蓮偷著上岸在嬉戲呢。」

她笑了，想尋渡河的路，最後她看到小橋，她舞蹈似地奔過去。我也奔到橋邊，我們在橋頂相遇，我握著她手說：

「現在我不許你再變成水蓮了。」

她手有點冷，我放開她的手又說：

「冷嗎？」

「不。」她說著用手帕揩揩手，走在我旁邊，手挽著我的臂說：「你一個人來的嗎？」

「不，」我說：「你呢？」

「一個人。」

「你騙我，」我說：「我明明看見你母親坐在冰座上。」

「胡說。」她半笑半嗔地說。

「我倒看看誰是胡說呢。」我說著，伴著她一直向冰座方面走去，我問：「是藝術家來尋情感的舊跡？還是哲學家在找思考的對象？」

「我現在覺得哲學才是一種最高的藝術。」

「我聽見過哲學是知識的總匯，我聽見過哲學是宗教的婢女，我還聽見過哲學是科學的科學。」我說：「如今我又聽到哲學是一種藝術了。」

「那麼你以為我的話可以說得通嗎？」她問，像我們平時談論書本問題一樣地嚴肅。

「也許，」我也比較嚴肅地說：「但這只是一個臆說。要證明這個臆說，就要有嚴格的方法，用廣博的材料來鍛鍊。這就是科學的工作。」

「那麼你以為寫小說也是科學的工作了。」

「嚴格地說一切藝術的根基都是科學的，音樂的訓練難道不是科學嗎？」

「是的，一切技巧的訓練都是科學的。」她說：「所以哲學這個藝術，在基本訓練上也是科學的。」

「那麼所有哲學家都是藝術家了？」我抗議地問。

「是的，」她說：「只有這種藝術家，他的創造是整個的，他的一生只有一件藝術作品，而作品永遠是賴著他的想像在補充與修改。」

「而你也想做這樣的藝術家了！」

「我只能說有興趣。」

「但是人人以為你對於歌唱有特殊天才。」

「這就是說我對於哲學沒有天才。」

「我相信天才是難得的，一個人有一種天才已經是了不得了。」

「……」她微笑著不響，我也開始沉默。

我們閒靜地走著，在一個樹叢邊轉彎，前面就是冰座。但就在轉彎的地方，我看見梅瀛子，她一個人在樹邊站著，好像沒有看見我們。我叫她說：

「你怎麼一個人在這兒？」

「我在聽星星與水蓮談話。」

她的話很使我吃驚，難道她聽到了我們所有的談話？但是我半試探半玩笑地說：

「可是在談情話？這是在講太陽、月亮的故事。」

「我沒有聽懂。」她笑著說：「因為我不是藝術家，也不是哲學家。」

這句話絕不是諷刺，也不是嫉妒，她的明朗的語氣，只是表明她聽見我們的談話罷了，但是我可覺得很奇怪。

「……」我很想問她什麼時候過來的，但是我沒有說。

「即使是藝術家、哲學家也是凡人，而你是仙子。」海倫對梅瀛子笑著，走在她的左面。

我走到梅瀛子的右面，說：

「太陽的光芒雖是普照白天，但我今天才知道它也普照著夜晚。」

我們已經可以看到冰座，我也已經望到曼斐兒太太。梅瀛子對我說：

「我們等得很不耐煩，我們猜你碰到熟人——曼斐兒太太猜你碰到了白蘋或者史蒂芬，我猜你碰見了海倫，於是我就來尋你。果然是我勝利了。」

「你們原來同我母親一同來的。」海倫說：「那麼你怎麼猜到他是碰見我呢？」

「我想碰見別人一定馬上一同回來了，只有碰見你可以有這許多工夫的耽擱。」梅瀛子說。

「……」海倫似乎以為她指的是我待她特殊的感情，所以不說話了。

可是我知道她指的是我在單獨地勸告海倫。海倫放開梅瀛子，舞蹈般奔向她母親。

「你一直跟著我們？」我問梅瀛子。

「……」她點頭笑笑。

「有什麼發現嗎？」

「河底的星星伴著潔白的水蓮。」她得意地微笑著。

歸途中，因為我約定海倫於第二天下午四點鐘來看我，梅瀛子說她將於夜裏十點鐘聽取我的成就，所以回家後，我一夜沒有睡好。我思量我應當怎麼樣措詞，使她的興趣與意志重回到歌唱上面去，從昨夜淺探的談話中，我已經發現這件事並不是如我所想的容易了。但是為我對於曼斐兒太太與梅瀛子的尊嚴起見，我似乎非把它辦成不可。而事實上，為海倫的前途著想，她放棄歌唱而研究哲學，實在也是非常失策的事。

第二天。

早晨我一早起來，去花市上買花。我買盡市上一切白花的種類，其中有四盆是水蓮。回來我布置房間，我用白臺布鋪好了所有的桌子，我以白色做我房間的主色。飯後我有很好的午睡，醒來是二點鐘，我在房中看書，但時時想到我今天談話的步驟。四點鐘的時候，海倫到，她穿一件純白色短袖的麻紗長衣，我從她袖領間可以看出她裏面米色的綢襯衣。她捧了一大束鮮紅的玫瑰，進來了就找我臺上的花瓶。平時她常常買花來換去我瓶中的殘枝，但是今天，瓶中早已有我上午配置的白花了。她四周看看，不知所措地笑了。

我拿出瓶裏的白花，交給傭人到樓上找花瓶去，讓海倫的紅花放在空瓶裏。我說：

「今天這裏可有點昨夜月下的氣氛了？」

「唔……」海倫四周看看說：「不錯。」又把紅花放在白臺布的中間，說：「讓它象徵著梅瀛子的光彩。」

「你母親可還為你在傷心？」

「這是沒有辦法的事情。」

「她太期望你了。」

「是的，太期望我了。」她加重這個「太」字。

「昨天你母親到我的地方來。」我說：「是不是你們母女昨天有點爭執？」

「近來常常為我多讀書少練唱而不高興。」

「於是你就一個人到兆豐公園去。」我說。

「我很奇怪，她為什麼總是以為我只有她遺傳的才能。」

「不，我不知道她是怎麼樣想法。」我說：「但是在所有我們的環境中，譬如梅百器教授一家、史蒂芬太太、梅瀛子們都以為你放棄歌唱會使我們有太大的損失。」

「你也以為是這樣嗎？」

「自然，」我說：「我的意思：在你，音樂至少比哲學可以充實你自己的生命。」

「不盡然。」

「是不是你發現最近對於歌唱的進步太少。」

「……」她在沉思中。

「這是學習中高原的階段。」我說：「每種學習都有這個階段，常常到那個階段，使我們學習的興趣減少。將來你在哲學範圍內，也會到那個階段。那麼你難道再改變？」

「也很可能。」她說：「我總覺得你們太期望我。為什麼我學一點唱你們就期望我成歌唱家，讀點哲學書就期望我成哲學家？這真是可怕的事。」

「這因為你所表現的是一個天才。」

「我不知道這是恭維我的話還是侮辱我？」她說：「在人類社會裏，父母、家庭、朋友、社會，永遠把人綁在許多責任、許多名義上，叫人為它犧牲。」她說：「我不愛這些。我愛歌唱，因為我心靈有一種陶醉與昇華的快樂；我愛哲學，因為它引導我想一點比較永久的存在，想到比較廣遠、比較細微與根本的問題。」

「但是天才是一個事實，並不是一個名義。」我說。

「這事實假如是存在，那麼也不過因為我的嗓子比別人深厚甜美，這同一個人有較大的力有什麼不同？」她今天有奇怪的興奮，一口氣連下去說：「這個你叫我不辜負這份天才，學習，學習，學習！將來在音樂會伺候一群人，同你們儘量叫一個有力的人整天為你們做苦力讓你享受有什麼不同？」

「也許，」我說：「但是我們活在世上，就是儘量使這世界完美。我們在社會享受，所以我們也要貢獻社會。這是愛。有許多人愛我們，我們也愛人；過去的祖先給我們美麗的創造，我們也創造給我們的後裔。」

「但是我不是機器，制定了叫我生產牙膏，我永遠得製造牙膏。我為什麼不能想製造牙刷？」她很氣憤地說。

「自然，我怎麼能夠干涉你的興趣？海倫。」我忽然發現我的態度太侵犯她的個性了，我的聲音變成非常低柔，我說：「我所以同你談這些，實在因為你母親為你太傷心了，而朋友們為你太可惜了。而我另外還有一個內疚，就是你對於哲學的興趣是我誘發的。假如因此破壞你音樂的前途，我的罪愆是多少呢？」

「那麼你也不相信我別方面的才能？」

「我只感到我們對於哲學的研究，路還太遠，那裏面，還有許多許多複雜與困苦的路徑。而你在歌唱上是已下過了苦功。」我平靜地說：「假如說你過去下苦功的是哲學，現在你母親叫你學歌唱，我一定也是反對你母親的意思。」

咖啡與點心拿進來，海倫沉默地坐到桌邊去，我也站起來。我說：

「這因為人生有限，而我們總希望我們有點成就。」

海倫不響，也不望我，她為我斟咖啡又加糖，我沉默地望著她，我意識到我的眼光裏是充滿著哀求與期待。她攪著自己的咖啡杯，望著牛奶與咖啡的混合，杯裏旋轉著黃色的圓圈，從深黃淡成了金色。慢慢地抬起頭來，看我一下，望著桌上的紅花，用手撫弄著說：

「這因為歌唱已經填不滿我心靈的空虛，我時時感到說不出的寂寞；只有當我讀完一本哲學書，而我思索其中所讀到的問題時我才充實。」

「是真的嗎，海倫？」

「……」她點點頭，眼睛注意著我，眼眶裏似乎有點潤濕。

「……」我避開她的視線沉默了。

半晌半晌，大家沉默著，於是我說：

「用一點點心嗎？」我說著把點心遞給她。

「謝謝你。」她拿了一塊又沉默了。

於是隔一會我說：

「我很奇怪，一個會唱歌的人不願意用她的歌唱發洩她心頭的鬱悶。」

「我現在沒有鬱悶，只是空虛。」她說：「鬱悶是一瞬間的，空虛是長期的。」

「也許。」我低聲地說著。

我在尋話，但竟尋不出一句。我沒有話可以安慰她，因為我沒有話可以安慰我自己。聽憑沉重沉重的靜默，壓在我們的嘴唇與耳朵，天色冉冉地灰暗下來了。

快七點鐘的時候，海倫說要回去，我送她出來，一路上都是沉默。平常我總是送她到公共汽車站，等她上車後，我才回家。今天她走到公共汽車站，並不停下，只是往前走去。我一言不發地跟著她，快到第二個車站時，她說：

「你回去吧。」

「不想在外面同我一起吃飯嗎？」

「我想早點回家。」

「那麼就在這裏等車吧。」

「我走一會兒。」

「那麼我陪你走一會兒。」

「不，」她說：「你回去。」

「不。」

「那麼我就在這裏上車。」她說著停了下來。

最後車又來了，我目送她上去坐下，我一個人從原路走回來。我想到梅瀛子的約會，於是我後悔剛才沒有再對海倫做更深更重的勸告。

但是這些勸告有什麼用呢？一切論理的理論現在似乎都是空的，她是心理的空虛與寂寞，我們需要幫助她充實。天色已經很暗，有一種說不出的寂寞侵襲我心，我猛省到梅瀛子的話，難道真的是她對我有友誼以上的感情了？我害怕，有一種說不出的害怕。這害怕證實我自己對她感情的深奧。這在以往的交友中，我們都沒有發現，而一瞬間擺在我目前的似乎是事實。是燈，把我的影子照在地上，從我的身後轉到我側首，又轉到我的前面，；是燈，我想到史蒂芬太太的話。是燈，是燈，是燈！

回到家裏，說史蒂芬太太有電話來過。我打個電話去，她問我夜裏可是有工夫，希望我到她那裏去談談；我告訴梅瀛子要來。她約我明天上午去吃便飯。我知道她要談的也是海倫的事情，我就答應下來。

十點鐘的時候，梅瀛子來了，她穿一件嫩黃色銀紋的西裝，進來看見四周的白花與房中白色的主調，她說：

「你的勸告可是失敗了？」

「我沒有勸告。」

「那麼我的臆說是證實了。」

「也不確。」我說。

「那麼為什麼不勸告呢？」

「我發現這不是理論的勸告問題，而是心理問題，應當從生活改變。她太沉靜，太抽象，太沒有青年人嗜好。」我說：「我想現在只有你可以幫她，你帶她過一些熱鬧的日子。她需要運動，她需要交際，你可以帶她打網球、游泳，帶她有熱鬧的交際。」

「是的，」梅瀛子笑了：「假如你捨得把她交給我。」

「為什麼說我捨得。」

「我的意思是說，假如你肯放棄哲學的誘惑。」

「我不懂你的話。」

她沉默了，兩手放在袋裏，四周走著，突然轉過身來，她說：

「我覺得你布置這樣的情調招待她，就是一種誘惑。」
「這於她愛哲學與歌唱有什麼關係？」
「這是一種下意識的事情，」她說：「在意識下，她只是愛你而已，而研究哲學是她的武器。」
「你不要這樣說她。」我說。
「那麼從今天起你不再找她、不再看她可以嗎？」
「也許……」我說。
「不是『也許』的問題。」
「也許我真愛著她呢？」
「你將毀滅她一切的前途。」
「笑話！」我說：「我會創造她的前途。」
「那麼你是愛她了？」她把聲音放得很低，微喟而誠懇地問。
我沉默著，站起來，越過她的視線，背著她，我說：
「好的，三個月期內我不同她單獨來往。如果你的工作沒有成就，那麼你把她再交給我；如果你調整了她的情緒，你讓我們恢復友誼。」
「好的。」
她伸出水仙一般的手，同我緊握一會，笑得非常甜美，接著她就告別，臨行時吻吻桌上的紅花。我說：

「這是海倫送來的，她說象徵你無比的光彩。」

「我倒以為你布置它來象徵我昨夜紅色的衣裳，擾亂你們白色的情調呢？」

她說著摘下來一朵，過來插在我衣襟上說：

「我祝福你。」

我送她跳上紅色的汽車，飛也似地去了。

十六

第二天，我到史蒂芬太太地方，史蒂芬太太果然是為海倫的問題要碰見我。她說她對海倫放棄歌唱是因為對於哲學發生興趣，還是對於我發生興趣，她不知道；不過假如發生興趣的是哲學，她覺得我應當設法使她改過來；但她反對曼斐兒太太，要把她女兒嫁給歌唱一樣的態度；並且深以為愛情的事情不能夠阻止，如果真是因為愛的關係，她希望我放棄獨身主義，建設一個好好的家庭，互相鼓勵著在工作上面努力。

史蒂芬太太的好意很令我感激。她不斷地探察我是否在愛海倫，可是說實話，這在我自己也一直沒有想到，沒有覺得。我同海倫的交往，純粹是一種上好的友誼，要是變成了一件麻煩的事情，我不想考慮也不想思索。我的生活方式是獨身主義，非常自由美麗，我還沒有決心去放棄。

我告訴她我與海倫感情的實情，在友誼上講當然很好，但是並沒有明確的愛情。像她這樣的年齡也許很敏感地以為在愛一個男人，實際上她同任何男人接近，都可以有這種感覺的。所以我已與梅瀛子商定，我暫時不同海倫交往。

「很好。」史蒂芬太太聽了我忠實的自白以後，她露出安慰的笑容：「但是假如她來找你呢？」

「……」我說不出什麼，我開始發覺昨天匆忙中我並沒有想到這點。

史蒂芬太太悠閒地坐著，她說：

「你只要避免同她兩個人在一起的場合。她來找你的時候，你很可以多約幾個朋友一同玩玩。」

「這是很容易辦到的事情。」我說。

飯後我回來，我決定明天起照這個決議去做。

但是一切事情竟不能像理想一樣地容易，海倫似乎是一個非常向內的女孩，她不願會見生人，結果是我又同梅瀛子，後來也同史蒂芬、白蘋他們在一起了。

這一種生活，恢復了我過去的隱痛與懺悔，但的確增加了海倫的笑容。起初她在會敘時常常沉默，後來也談笑自若起來；起初總是梅瀛子召集我們，後來海倫也會自動地來約我們了；起初海倫總是最先想回家，後來她也常常要把敘會延長；她習慣於一切狂歡的浪漫的場合，學會了長時間在咖啡店閒坐，學會了瘋狂地跳舞，也學會了小聰敏地嬉謔。座上對於哲學書籍，深究的談話已減少到完全沒有，可是也沒有談到她對於歌唱的努力，日子就在沒有目的、沒有打算、沒有理想中消耗。

梅瀛子同海倫似乎有特殊的關係，我想不到她竟有這樣的熱誠與耐心做我們的中心，凡是我們去電話她總是準時而到，而且常常她同海倫先在一起，打電話來把我找去，又找史蒂芬與白蘋。

史蒂芬似乎無所謂，好像一樣地享受人生，同我們在一起反而見得有趣。白蘋當然也高興有這樣的熱鬧。但是我相信我們對於她的收入是很有影響，雖然在某種場合上，梅瀛子、史蒂芬同我都常常設法在暗地幫助她。

只有我，我一方面在經濟上有很大的虧空，第二方面在精神上有說不出的苦痛。我的精神與時間雖然不是完全耗在這個敘會之中，但是剩下的時間再不能使我集中心力做我的學術研究工作。我原來的目的是使海倫回到歌唱上去，但這個並沒有十分成效，而我自己的生活倒完全破壞了。我幾乎在床上夜夜懺悔我白天的生活，但一到白天我又依舊生活下去。過去，白蘋疑心我愛梅瀛子，叫我與梅瀛子少來往；過去，梅瀛子曾疑心我愛白蘋，叫我與白蘋少來往。不久的過去，她們又疑心我愛海倫，叫我與海倫不要單獨來往。如今大家都不提這些事情，只是天天過著荒唐的生活。

這樣大概過了一個多月，我明顯地發現海倫劇烈變化：她低迷的笑容變成明朗，她溫柔的態度變成顯豁，她遲緩的態度變成迅速；她的頭髮燙成時髦，她的服裝日趨鮮豔，本來是沉默的孩子，如今很愛說話；開始的時候，在團體中常常冷落自己，愛一個人同我提到她對於人生的感想與思想上的問題，如今則愛在團體中發表她在哲學上文藝上的意見，使座中每個人都去注意她。這在九月初史蒂芬太太舉行的一個宴舞會中，表現得更加明顯，我覺得她完全換了一個人了。

這因為我認識她就在上一次史蒂芬太太家裏的宴舞會中，那時她還是一個含羞的孩子，穿著斯文的衣服，敷著很少的脂粉；沉靜的態度，看人都不敢正眼注視，有脈脈含情的溫柔。在當時的場合中，她不過是沒有人注意的小姑娘；但是今天，在同一地方、在同一空氣之中，當她與她母親進來時，已引起全場的注意。

她穿一件微微帶著紅色的晚服，胸背露出很多，頸項上掛著珠圈，頭髮燙得非常漂亮，脂粉搽得很濃，十足發揮她少女的美麗，眼睛閃著靈活的光芒；一進來就四面一看，介紹時也不再依附著母親；最後她同梅瀛子、白蘋做姊妹的親切，同史蒂芬與我做平等熟稔的交際，臨末了發出一種社交上常用的笑聲，剛剛引起附近男性們的注意就停止。我還是第一次聽見她用這樣的笑聲，不知道她在什麼時候學的。她笑完了，就用一種非常美妙的姿態走近史蒂芬太太面前去談話，談話時有萬種的儀態使我不得不注意她。

她是美麗的，除梅瀛子以外，就是她，但梅瀛子沒有她年輕。飯桌上她談笑大方，偶爾把談話拉到思想上來。她用歌唱的天才，對我朗誦幾句Plato的對話，都恰到好處；看我沒有回答，她又同別人來談Wagner，應付得非常美妙。飯後，音樂一開始，許多青年圍著去請她跳舞。她的舞步早已由我與史蒂芬帶成圓熟，今天尤有意外的媚態，點染成特殊的風韻。

曼斐兒太太，似乎非常高興，精神煥發，時時注意著她美麗的女兒，她舌下壓著滿滿的稱讚。當我過去請她跳舞時，她還是望著海倫。我同她起舞時，我說：

「今天海倫真是太美麗了。」

「啊，」她胖胖的面龐笑得非常天真地說：「那全是你們，徐，你們，你們把她人生觀完全改過來了。她再不苦悶，也不沉寂；她再不每天貪看哲學，每天想空虛的問題。你看，她已經變得這樣的美麗。」

她說完了，向著海倫的方向揚一揚手，似乎一定要我去看，我當然側過頭去看一下。

「真是美麗極了！」我說：「但是歌唱呢？」

「啊，」曼斐兒太太胖胖的臉蛋兒笑得更天真了：「一星期前她已經天天在練，為今天史蒂芬太太要她唱歌呢。」

「……」我再尋不出話。

但是曼斐兒太太接下去說：

「梅瀛子已經同梅百器教授商量好，耶誕節的時候，要為她籌備一個音樂會。」

「……」我還是尋不出話。

曼斐兒太太又說：

「但是你現在不要告訴她，恐怕她不願意，我想等今天表演了回去以後，再同她謹慎地商量，叫她每天去練習。」

「是，是。」

我雖然說著「是」，但我並沒有照曼斐兒太太做。因為現在的海倫，早非她母親所擔憂的對象，她的確已沒有空虛與寂寞，但填補她空虛、解除她寂寞的並不是哲學的迷戀，也不是歌唱的耽溺，她已不再為思想、為藝術而生活，她將以最便利與取巧的辦法，採取思想與藝術的光芒，點綴她自己生活上的光彩了。所以當第二隻音樂我伴海倫跳舞時，我就說了：

「海倫，聽你母親說，有人已經同梅百器教授商量好，耶誕節時候，要為你開一個音樂會。我預祝你成功。」

「真的嗎？怎麼她不早告訴我，也好讓我趕緊練習。」

她的願意竟超出我預料以外，她興奮得如初放的玫瑰。

「……」我尋不出話說。

因為我想到水蓮的影子，我想到那天我勸她時我房中白花的布置，我突然想到她帶來的鮮紅的玫瑰。

十幾隻音樂以後，海倫小姐歌唱了，大家熱烈地鼓掌。海倫略一矜持，就大方而婀娜地走到鋼琴的旁邊，面對著聽眾，微笑一下，兩手握一個歌唱家的姿態，跟著鋼琴唱起來——這使我想到那天在這裏我晚到的茶會中，她歌唱的姿態，是多麼羞澀，多麼膽小，這二者的距離是多麼遠啊！

她的聲音深厚甜美，她的確是一個歌唱的天才，但是今天最成功還在她的姿態與美麗。大家一起鼓掌，曼斐兒太太尤其熱烈。當海倫表現一個三十度的鞠躬與甜美的微笑，用流利的眼光瞟著四座，美妙地拖著晚禮服下來，走到她母親身邊時，大家的眼睛都看著她，我看到曼斐兒太太的眼淚都快樂得流下來了。

大家都圍上去與海倫拉手，祝賀她的成功。我是最後同她握手的人，我低聲地說：

「好極了，海倫。」

「太生疏了，」她客氣地說：「我以後要好好地練習。」

「我祝你無限的前程。」我說。

梅瀛子在旁邊笑，是一種勝利的笑容；我驟然感到她的魔力，她的確已經創造了海倫。我覺得她的笑對我是一種侮辱與諷刺。後來，當我與梅瀛子跳舞時，她說：

「怎麼樣，徐？海倫已經完全恢復了。」

「是你的魔力。」我說。

「不也是你的成功嗎？」

「不，」我說：「是我的失敗。」

「可是因為她放棄了哲學？」

「但是她並未回到藝術地方去。」

「你還不相信她以後將在歌唱方面努力嗎？」

「不，」我說：「她以後將永遠為虛榮而努力。」

「悲哀了，朋友？」她說：「是的，她以後永不受你哲學的誘惑了。」

「永遠受虛榮的誘惑。」

「也許這才是女性的世界呢。」她甜蜜地笑：「但是你的情感不過是一種妒忌。」

十七

從那時開始，海倫的確天天在練唱。但練唱出來總是找我們，我們還是過著熱鬧而歡樂的生活。一定要說出什麼不同的話，那是海倫因為唱歌的關係，在飲食起居上略略有點節制：她本來學會了喝點酒，現在她已一點不喝；本來學會了偶爾抽一根煙，現在她也絕對不抽；本來她常常要歡敘到天亮，現在則總在一點鐘左右一定要回家。梅瀛子似乎是她的保護人一樣，時時提醒她許多禁條，而要她遵守。有時候她在舞場裏留戀，不想回家，但是梅瀛子一提醒她，她也就很自然地聽從了。

我還是陪著她們，但一回到家裏我終有說不出的哀苦與懺悔。有時候我在電話裏拒絕她們，但梅瀛子會駕著車子來接我，告訴我海倫沒有我就會寂寞。其實這寂寞只是為團體裏少一個配角，並不是我在她生命裏有什麼重要了。我當初所以聽從梅瀛子天天同她們一起，完全為要海倫從苦悶中浮起來，把興趣轉到歌唱上去。現在的海倫既已有另外的力量帶她到歌唱上的努力，我的犧牲變成毫無意義。我極力設法去擺脫她們，終於我想出一個脫身辦法，布置好一切，在有一天會聚中，我就說：

「三天後我就要回鄉去一趟。」

「回鄉去？」海倫第一個問。

「家裏有許多事要我去料理。」我說。

「我們一同去，」史蒂芬興奮地說：「我們大家去玩幾個月。」

這個使我很吃驚，但是我終於矜持著、微笑著說：

「很好，只是我們鄉下不是杭州，沒有什麼可玩的。」

「你不能晚一點，等海倫音樂會開過後再去嗎？」梅瀛子說：「那時候我們可以一同去住幾天。」

「不，」我說：「我早去可以早回，我想在海倫開音樂會我一定可以回來了。」

「要這許多日子嗎？」海倫說。

「是的，」我說：「十年沒有回家了，有許多事要我去料理。」

座中只有白蘋微笑著沒有說一句話。海倫似乎對我有一種說不出的留戀，想說什麼又不說了。梅瀛子說：

「你不能不回去嗎？」

「這是沒有辦法的事，」我說：「你們不是一樣可以過有趣的生活嗎？」

「你不能為海倫不去嗎？」史蒂芬說。

「我要為海倫早去早回，無論如何我要在她音樂會裏占一席。」

「不行，」梅瀛子說：「音樂會籌備的外務方面事情，你要負大部分責任呢。」

「有你，」我笑著說：「我還擔憂這些事情嗎？」

「等我開過音樂會，」海倫說：「我同你一同到鄉下去。」
「我們都去，」史蒂芬說：「我們伴你去、伴你來。」
「你們不知道我家裏事情，」我說：「我自己何嘗要去過，來回受日本人檢查，多不方便，但是實在沒有辦法！」
我的話終於慢慢使他們諒解，但是一定要我於音樂會的一星期前回來。
白蘋對於這問題始終沒有說一句話，安詳地微笑著。
夜裏，我們在「百樂門」跳舞，當梅瀛子回家的時候，白蘋對我說：
「你願意為我多耽一會兒嗎？」
「你還不想回去嗎？」我笑著說。
「……」白蘋對我笑笑，又對史蒂芬說：
「史蒂芬，你肯陪梅瀛子與海倫回去嗎？」
「你們如還有興趣的話，」海倫說：「我也陪著你。」
「不，」白蘋笑著說：「不好，你應當早回去，明天早晨你要到梅百器地方去練唱。」
「那麼，你還要玩多少時候呢？今天興趣怎麼這樣濃？」梅瀛子問。
「我還到賭場去賭個通宵。」白蘋說。
「到天亮走到徐家匯去望七點鐘的彌撒。」史蒂芬笑著說。
「……」海倫不響了。

「這是你們兩個人的節目。」梅瀛子說：「那麼我們先回去。」她說著站起來，約好明天下午在弟弟氏咖啡店相會。

史蒂芬陪著梅瀛子與海倫出去，海倫臨走時在我耳邊說：

「你可以不回去還是不要回去。」

我對她笑笑。望著他們三個人的影子在門口消失，我說：

「真的又要從賭場到教堂了嗎？」

「不願意再重演一次嗎？」

「我倒以為你早已忘掉這個趣味了。」

「這不是趣味。」她說：「這是自救。」她又站起來說：「你等我一會，我們馬上就走。」

我付了帳，伴白蘋出來，坐上汽車，她告訴車夫地址，我說：

「怎麼？你要回家嗎？」

「是的，」她說：「我要回家一趟。」

「我還帶著些錢，不要回家了。」

「今天我要大賭。」她笑著叫車子前開。

但到家的時候，她付了車錢。我說：

「怎麼？不叫他等嗎？」

「我想換衣服，」她說：「回頭再叫好了。」

於是我伴她上樓，走進她銀色的房間。她招呼我坐下，給我一支煙，她就走進浴室去。我坐在銀色的沙發上，享受四周銀色的溫存。可是這時忽然有觸目的鮮紅，在銀色的被單上擾亂了我的安寧的視覺——我想起了這是梅瀛子的衣服，但是怎麼會跑到這裏來呢？我思索了有兩支煙的工夫，白蘋出來了，洗去了所有的脂粉，換上了黑布的旗袍，穿著軟底布鞋。我稍稍有點奇怪，我說：

「不預備出去了嗎？」

「你還想到賭場去嗎？」

「我想再從賭場到教堂。」

「於是再從教堂回到賭場。」

她說著走到外面，倒了兩杯茶，拿了一點蛋糕來，她說：

「現在讓我來同你靜靜談談。」

她微笑著，坐下，似乎有點怠倦，閉了閉眼睛；這使我想到杭州回來時她在火車上入睡的姿態。我想到我在那時為她畫的像，這像我記得後來是夾在一本書裏的，可是我想不出是什麼書。但她那時隨即振醒過來，面孔變成十分莊嚴，兩隻大眼睛射著正直的光芒，她說：

「你願意說白蘋是你最好的朋友。」

「我自然願意。」

「那麼你說。」

「白蘋是我最好的朋友。」

「那麼你願意說，你對她永遠忠實，像她對你忠實一樣嗎？」

「我願意。」

「那麼你說。」

「對她永遠忠實。」

「好。」白蘋於是用切實、清楚、低微的聲音說：「那麼你什麼時候回鄉下呢？」

「……」我躊躇了，我說：「後天。」

「是為家裏的事情嗎？」

「……」我在喝茶，眼睛望著白蘋。

「我告訴你，」白蘋說：「我所知道的你還是在撒謊。」

我抬頭看她，她正用嚴肅的眼光逼迫著我，眼眶中包含濕潤的誠意，她說：

「我不希望我朋友這樣對我。」

「那麼……」

「我不揭穿你，」她靠倒在沙發上說：「你自己說。」

「原諒我，白蘋。」我說。

「你說下去。」她閉著眼睛，安詳地靠在沙發上。

「我必須離開賭場到教堂去，」我說：「我不得不撒謊。」
「但對我又何必呢？」她說：「那麼到底你預備怎麼樣？」
「我在姚主教路一家公寓裏，租了一間房間。我想躲避。」
「預備什麼時候搬進去呢？」
「後天。」
「那麼同我一同搬進去嗎？」
「你是說……」
「我問你，」她笑得像百合初放。「你猜我是怎麼樣知道你回家是撒謊的？」
「憑你的聰敏。」
「你以為梅瀛子比我笨嗎？」
「也許有一部分。」
「不，」她搖搖頭。「你可是一星期前就定了那間房間？」
「是的。」我奇怪了。
「房租可是三百四十元一月？」
「是的。」我說：「但是你怎麼知道的呢？」
「你可是付了兩百塊錢定錢？」
「是的。」我真的奇怪了：「但是你怎麼知道的呢？」

「那房子可是同這裏一樣組織？」她說：「只是比這裏多一間。」
「是的。」我說：「可是你去過那邊？」
「你知道房東是誰嗎？」
「一定是你的朋友了。」我笑了：「但是我那天沒有會見房東，只同他們裏面一個人接頭的。」
她遲緩地站起來，走到書桌旁，拉開抽屜，拿出一張名片，她用左手手指彈著，過來交給我。這名片就是我留給那位房主的，當面還寫了「付定洋兩百元」的字。白蘋走到她原來位子去，說：
「我就是你的房東。」
「你？」
「是的！」
「你是說那面的房子也是你租的？」
「你奇怪嗎？」
「自然，」我說：「那麼是你的……」
「你是說我的外遇嗎？」
「是你的家屬。」
「老實告訴你，」她說：「我也預備搬家。」

「搬到哪裏去？」

「是的，」她說：「我同我的朋友交換，那面比較大一點。」

「她已經答應了？」

「自然，」她說，但隨即換了一種頑皮的語氣，「但是她說已經於幾天前租出一間。我說道只要把定洋加倍退還就是了。後來一看你的名片……」

「於是你就預備把那間房子租給我了。」

「我當時很奇怪，怎麼你會要租房子。我想一定有什麼蹊蹺，或者是為朋友代租的，今天才知道你的用意。」

「我實在想擺脫這樣的應酬與交際生活。」

「但是為海倫呢。」

「為海倫什麼呢？」

「為她的天才。」

「她的天才已成了生活的點綴，她的生活已成了虛榮的點綴。」

「難道你不喜歡她成你生活的點綴。」

「而我的生活的點綴則是我的工作。」

「那麼你就搬到我的地方來，但是條件是不許有人來看你。」

「好的，但是你呢？」

「我不但不讓人來看我，連我的地址都不告訴任何人。」
「這又是為什麼呢？」
「這因為這裏來看我的人太多了。」
「太多嗎？」
「其實也不多，」她忽然皺皺眉說：「可是有幾個人走慣了，常常來。」
「是不是我呢？」
「你來得多嗎？」
「可是討厭的舞客？」
「難道你以為我連拒絕我不願意會面的男人的技巧還沒有嗎？」
「那麼是女人？」我說：「女人又有什麼關係呢？」
「你還不知道我是一個紅舞女嗎？」她頑皮的笑容堆得非常高。
「你何必又這樣說呢？」
「因為我是舞女，」她帶著辯駁似的口吻說：「所有男子是我的主顧，女子就是我的敵人。」
「這是什麼意思呢？」
「這是笑話。」她真的笑了。
我沒有話說，大家沉默著喝茶，她的笑聲融化在銀色的空氣，變成了平凡的恬靜。我的心境沉靜透徹。這時忽然想讀讀陶淵明的詩，好像在我自己的家裏一樣，想找書似地四周望望，是一種刺目的紅色破壞了我的心境，擾亂了銀色的恬靜，我忍不住問：

「這是你的衣服嗎？」

「當然是光芒萬丈梅瀛子的衣服了。」

「太陽永遠普照著人類。」我說：「她常來嗎？」

「常常來，」她說：「有時候還住在這裏。」

「你也常去她那裏嗎？」

「常去，」她說：「而且我也住過她那裏。」

「我倒不知道你們成了這樣要好的朋友了。」

「也許，」她冷冷地笑：「也許是最好的敵人。」

「可是你們同時愛了同一個男子？」

「你以為……」

「那樣，你們才成了最好的敵人——情敵。」

「並非，」她笑了：「但不瞞你說，我的搬家倒是為要躲避她。」

「怎麼？」我奇怪了：「那麼你以後不同她來往了？」

「不讓她到我這裏來。」

我在吃蛋糕，但是心裏始終想著這個奇怪的事情，可是我也說不出進一步的問話，我只是說：

「我很奇怪，怎麼這許多會面次數中，沒有聽見你們談起你們往來的事情。」

「也許我們兩個人都因為對方不提起而不願先提起。」

「我不懂。」

「不懂很好。」她忽然站起來說：「現在你可要回去了。」

我一看錶已過了三點，我站起來。她說：

「你真的已決定搬去嗎？」

「自然。」

「那麼千萬不要把地址告訴人。」

「自然。」

「那麼你後天就把必需的書稿、用具帶去，」她說：「我相信我會有適合你用功的環境給你。」

她走到走道拿起電話為我叫車，我告別下樓，腦筋裏還浮著她與梅瀛子的疑團。馬路上一個人也沒有，是一種寥落的感覺襲到我的心頭，接著疲倦襲到我的頭腦；我跳上車子，望著空曠的街道，我似乎不願再被她們的疑團所困擾，我想到搬到新居後的工作。

十八

三天後，我理了一點日用的書籍、文具、衣服與被鋪搬到姚主教路的公寓裏，白蘋已比我早一天搬進去了，她歡迎著我。我的房間現在早經過白蘋的布置，她為我配置一套杏黃色簇新的傢俱，配著新糊的嫩黃色的壁紙，更顯得新鮮觸目。四壁是書架，傢俱都懸放在房中，一個白紗的圍屏後面是床，床後是儲衣室，有門微開著。我看了一看，裏面已放有白蘋的兩隻箱子。床頭有一盞落地的腳燈，床上已鋪好的被鋪，又是黃色的毯子蓋在上面。書桌就在窗前矮書架前面，旁邊是一隻杏黃色式樣很古怪的字紙簏。在進門的一首是一套大小的沙發與一隻矮桌，書架在這裏已變成了櫥，配著推移的壁門，中間貯藏著茶壺、熱水瓶與杯碟，是象牙色無花的厚磁。

白蘋望望我的鋪蓋，她說：

「你真當我是精明的二房東呢。」

房間很大，書架占著四周，我想就是把我家裏所有的書籍拿來，最多也只能填滿它二分之一，而現在我是來暫住幾月的，只帶了二十幾本書。白蘋把我的書放在書架上的一角，她笑了，諷刺似地說：

「我想不到你是一個能幹的旅行家。可惜我這裏不是旅館。」

「我想我的家不遠，要用時不是隨時可以去取嗎？」

「假如你真的這樣不能安心，」她坐倒在沙發上說：「我不很希望你住在這裏。」

「白蘋，在這樣的世界裏，我怎麼會不安心呢，」我說：「但是你待我太好了。」

「我不是早同你說過，我常常想做一種試驗，要看看我是否也有力量使一個人在我身邊做他應做的事。」

「自然，」我說：「我一定不負你的期望。」

「那麼你願意把你鋪蓋帶回去，把書籍帶來嗎？」

我完全首肯，我的心已完全在她的意志下折服。下午，我就把書籍及更詳瑣的用具搬來。白蘋整天沒有出去，為我整理一切的東西。此後我就在她那裏面住下來。雖然白蘋是鄰居，但是會面的時候比以前反而少得多了。阿美招待我非常周到，而長期陪伴我的是她那隻波斯貓吉迷。白蘋起來很晚，上午她從不到我房間來，十有九是出去午飯。偶爾在家午飯的時候，我到飯廳裏很突兀地看見她已坐在那裏，她就露出百合初放的笑容說：

「難得可以同你一同吃午飯。」

飯後也許有幾句閒話，但我吸了一支煙，總是就去午睡，醒來時她一定早已出去。至於晚上同飯的機會則更少，平常我們會面總在夜裏兩點以後，那時候，如果我的燈亮著，她一定敲我的門。以後我就習慣地等她，她來時一定帶著糖果點心，或者一本書、一隻人家送她的花籃，於是她有很煥發的精神為我燒咖啡、裝點花瓶；最後她換去衣服，脂粉不敷地來同我喝茶談天，談她白天的際遇、梅瀛子的近狀、海倫的情形、史蒂芬的消息，以及社交上的種種情況，也常常談到愛，談到夢，談到人生的無常、生命的落寞，於是大家沉默，靜聽鐘聲的滴答，最後，是她也許是我，說：

「不早了，去睡吧。」

日子就這樣地過去，我的心境很好，思考的工作很順利地進行；偶爾需要一本書，我常常於早上看報時寫在報紙上。阿美總是在白蘋醒來時，拿報紙給她，她看了就會在夜裏回來時替我帶來。我的情緒很平安，生活很愉快，我耽樂於獨身主義的清淨恬靜。有時候，我就想，假如白蘋是我的妻，我自然不能再讓她做舞女，我自然會想知道她的交際，我也許會嫉妒，也許會干涉她的生活；她也不會再收我的房金，不會再不把家庭的雜務來擾亂我。我們間將失去距離，將沒有美，生活就會陷於庸俗的泥污裏，而現在我獲得美，這美是我們寶貴的情感中節省下來蒸餾出來的東西。

在這樣平靜生活中，我與世界似乎已經完全隔絕，唯一不隔絕的是我與梅瀛子與史蒂芬夫婦與海倫甚至也與白蘋通信。我的信寄到淪陷區的故鄉，叫故鄉的親友把我的信在那兒發出，而他們的回信，也是由在故鄉的親友附寄給我。這樣的通信也很有意思。我談鄉下的趣味，談對於上海的戀念，我談及鄉村裏的人物。這都是在我記憶中的人物，我繪描他們的可愛、樸實與偉大，我還想像幾個鄉下的姑娘，我把她寫得非常可愛，並且開玩笑似地說也許要為其中之一放棄獨身主義。現在回想起來，覺得這些信箚的寫作，正像註定我現在寫這本東西的伏線。

她們的回信也非常有趣，史蒂芬太太寫得最長、最好；梅瀛子似乎雜亂一點，但有特別的警句；海倫也不壞，但已沒有我們討論書籍時的冗長與細膩，她也偶爾提起思想與信仰，但大部分都是實際生活的事情。她總是提起她練唱的生活，也提起與白蘋、梅瀛子、史蒂芬同遊的盛況，總是叫我快點出來，並且叫我於出來時帶著慈珊來參加她的音樂會。慈珊是我信中創造的一個鄉下姑娘，這特別引起了史蒂芬的想像，起初他總是在別人的信上附幾句，後來為了慈珊，他很有興趣寫信談到她，說是早知道我有這樣一位可愛的姑娘在我的故鄉，他一定同我一同回去，並且說下次一定不錯過這個機會，要同她做做朋友。

白蘋告訴我，我給她們的信，總是在立體咖啡館或弟弟氏咖啡館座上傳觀，所以我必須也常常附信給她，而她也必須由她們那裏附信給我。這件事做得很有趣，雖然費了許多寫信的時間，但對於我的生活有很好的調劑，同時也就做了我與白蘋夜裏談笑的資料。

白蘋的交際生活，我從不過問，她也從不告我，偶爾談起她白天的生活，大都是可笑的有趣的材料。她雖然天天回來很晚，但總在兩三點鐘的時候，偶爾在三點以後，臨時一定有電話來，只有兩次沒有回來，但她頭一夜就告訴我第二天要住在梅瀛子地方去，果然第二天打電話來說隔天下午才能回來。平常我總是習慣地在兩三點鐘的時候期待著她，我常常把我的書稿理好，把茶桌、茶具布置好，燒好咖啡，有時候還預備好點心，坐在沙發上拿一本比較輕鬆的書籍，抽著煙等她回來。她始終不曾給我失望，因為偶爾有特別應酬，她也一定在一點左右有電話打來的。

可是有一天，一個例外的日子來了。

那是深秋的夜晚，外面颳著風，水汀旁是吉迷的鼾聲。我於兩點鐘方才將工作告一個段落，我理清桌上的書稿，休息了一會。大概已有兩點半了，我懶得動，有點疲倦有點餓，很想白蘋回來了弄一杯檸檬茶同點心給我，可是白蘋還未回來。於是我自己起來，布置好茶桌、茶具，泡好了紅茶，燒好了咖啡，已經有四點多鐘了，但還不見白蘋回來，也沒有電話；於是我自己先喝了兩杯茶，吃了兩片麵包，過去在我剛剛搬進來的時候也有過這樣的情形，我當時就安心地自己先睡。可是那天，我比平常會特別焦慮，我雖然疲倦，但不想睡，我時時聽啟鎖開門的聲音，時時等電話的鈴聲，但是白蘋竟毫無消息。我走到窗口，開開窗，窗外是淒涼的夜，街樹只有少數的殘葉在風中發抖，街燈落寞得可怕，兩三秋星在天空上戰慄，透露慘白的顏色，對街的屋影與天空鑲著生硬殘缺的線條。我俯視街道，沒有一個行人，沒有一輛車，有黑濁的碎塊在蠕動，還有污白的破片在飄零，在昏黃的燈下，我辨得出是焦枯的落葉、是被棄的報紙；我想到我搬來的時候多麼濃郁的樹木，使我在四層樓上望不見街上的碧綠，如今已在地上憔悴！我想到那報紙的破片昨夜也許還是一張潔白的紙張，從捲筒機裏印出人類的文明與文化，而如今在可怕的夜裏皺碎，污穢地在風中飄零！不知是哪一種的情緒滲透了我的心，我有點冷，有點害怕，但是白蘋還沒有回來！她是從哪一面回來呢？在這樣的街景中回來，跳出汽車，如果略一流覽與尋思，應當怎麼樣感悟到酒綠燈紅、紙醉金迷生活的淺濁。但是為生活，讓青春在市場中出賣，這是人生！讓生活在迷信中消耗，這也是人生！我的同她的沒有兩樣，哲學與歌唱沒有兩樣，海倫的前後沒有兩樣，前浪推著後浪，在無限的時間與空間中滾動……

但是白蘋還沒有回來，也沒有電話，我關上窗，拉上厚呢的窗簾，開亮了我房中所有的電燈。我已經沒有倦意。我在房中來回地走。為期待白蘋，這是從來沒有的顧慮與擔憂！

五點鐘；六點鐘；六點半；……七點鐘的時候，阿美起來；我告訴她白蘋沒有回來，也沒有電話。她也有點奇怪，她開始打電話到「百樂門」去，但那時人已散盡，沒有人知道她的下落。

我想不出什麼理由，除非昨夜這裏電話壞了，使她無法通知，但現在又證明電話未壞，那麼她是到哪裏去了呢？去梅瀛子家？在賭場？在教堂？但無論哪裏，總應當有個電話。

平常我忽略著，今天證明了我對白蘋的關念。我沒有睡覺，洗了臉，去吃早點，阿美給我報紙，我也無心去看，但隨便翻閱，看看標題，我看到一件驚人的消息：

百樂門紅星
白蘋遇刺受傷
兇手逃逸正緝拿中

我吃了一驚，但隨即忍耐著讀下去：

【本報特訊】昨夜二時，「百樂門」紅舞女白蘋偕二日籍舞客自「百樂門」外出，正欲上汽車時，忽自車後飛來二槍，一槍未中，一槍中白蘋右臂。二日籍客慌忙趨避無蹤。時愚園路郵政局前有美兵數名聞聲趕來，但兇手早已逃逸。白蘋受傷後，即由救護車載往仁濟醫院，聞傷勢並不嚴重。至其被刺原因，或謂政治關係，或謂桃色糾紛，或謂兇手原意欲刺日人，而誤中白蘋云。

我讀了好幾遍，再找別的報紙，但都沒有這條消息。我楞了許久，方才告訴阿美，阿美吃了一驚。我說我馬上要去仁濟醫院看白蘋，阿美也要去，我說很好，但想了一想，我覺得阿美應當先去買一點水果之類，再理一點衣服，為白蘋帶去。於是我披上大衣，匆匆出門，到對面花店裏買了一束白色的月季，預備到汽車行去坐車子，這不過二十幾步的距離，但使我想到我去看她有許多不便的地方。第一醫院裏一定有昨夜同她在一起的日本人以及她舞場裏所交的朋友；第二梅瀛子、史蒂芬一看到報，一定會互相通知到醫院裏去看她，那麼我去鄉下的謊話要拆穿。我考慮之下，拿了花回來。阿美告訴我醫院裏來過電話。我把花束交給了阿美，問：

「是白蘋打來的嗎？」

「不，」阿美說：「是一個看護，她叫我馬上就去。」

「好的，你馬上就去。」我說著脫去我的大衣。

「你不去了嗎？」

「我不去了。」我說：「這花你帶去，見了別人不要說起我。」

「我知道。」阿美說著走進白蘋的房間，我跟了進去，我說：「順路買點巧克力同水果去。」

阿美很莊肅地點點頭，把花束放在銅盤上，開始開櫥，理白蘋的衣服。我心境很亂，撫弄著花束，有一種說不出的感覺。這束花都未開足，白得非常可愛，在銀色的空氣中，顯得過分地無邪。我猛然想到那花束上需要點銀色的點綴，我想有一條銀帶來紮這束花，於是想到我一條銀灰色的領帶，回到我房間裏，揀出那條銀灰色領帶，我過去把花紮好。

「你不寫幾句話嗎？」阿美問我。

「不。」我說。

阿美拿衣服與花束，對我說一聲就匆匆出門。但我忽然想到我還有一句話應當託她帶去，我追出去叫住了她，我說：

「假如她傷勢並不厲害，當沒人在的時候，叫她打一個電話給我。」

於是阿美就匆匆走了。我一個人回來，關上門。平常我也常有一個人耽在這幾間房的機會，但是今天我在關門的一瞬間才意識到這個特殊的空氣，我從這間房走到那間房，從那間房走到這間房。我坐在沙發上，隨便拿一本書抽起煙。有一種疲倦襲來，我才意識到我從昨夜到今天還沒有睡覺，於是我開始拉上窗簾，寬衣就寢。

起來已是下午五時，門外已有人聲，我說：

「是阿美嗎？」

「不，」一種活潑頑皮的笑聲，「是梅瀛子。」

「梅瀛子？」我沉著地問著，跳下床來。

「是的，」她說：「你快起來吧。我要燒東西給你吃。」

我聽見履聲走到廚房去。是梅瀛子？她是怎麼來的？又是幹什麼來的？我驚疑中匆匆穿好了衣。想了許多措詞，鎮靜地開門出去，我碰見阿美，我問：

「梅瀛子，怎麼？……」

「啊，好久不見了。」梅瀛子從廚房出來，圍著一條阿美用的雪白的胸衣，露著杏仁色的前齒，親密地笑，輕盈地過來同我握手。阿美匆匆地進廚房去，我握著梅瀛子水仙般的手說：

「好久不見了，你永遠同我夢裏所見的一樣的美麗。」

「在月宮裏面的人會夢見太陽嗎？」

「我在黑暗的泥土中夢見所有的光亮。」

「今夜可以好好同你談一宵。」她說：「白蘋傷得很輕，你放心，現在我要代替白蘋來燒點東西。」

她說著留一層薄薄的笑容，與濃郁的奇香走向廚房，我走到盥洗室去。

在盥洗室中，我悟到梅瀛子的話，覺得她今夜有耽在這裏的意思，這究竟是什麼用意？我怎麼也想不出。我只感到，我必須尋一個機會問一問阿美，到底梅瀛子來此是白蘋的意思還是她自己的意思？她從白蘋地方還是從阿美地方知道地址的？所以當我從盥洗室出來，我用平常從不用的命令的口氣呼阿美，我叫：

「阿美！」

但是廚房裏出來的則是梅瀛子，我故意裝著沒有見著她，帶著怒意，大步地走向廚房。

「阿美！」我一面對阿美示意，一面裝著發脾氣，我說：「你怎麼啦，叫你也不出來！」

「徐先生，什麼事？」

「我要你去買點水果，買點巧克力。」我就拿出皮夾。

「啊！我第一次看見你發脾氣。不像樣。」梅瀛子笑著走過來，「水果、巧克力，我都已買了，在白蘋的房裏。」

「那麼去替我買點香煙。」

「Era嗎？」梅瀛子問。

「就買Era。」我說。

「我已買了四聽。」梅瀛子說。

「啊，」我只好笑了：「謝謝你。」但是仍以莊嚴的語氣對阿美：「晚報來了嗎？」

「在客廳裏。」阿美說。

「有關於白蘋的消息的晚報我都已買來，在衣架隔子上。」梅瀛子笑著，帶著頑皮而諷刺地說。

我不再說什麼，走到衣架隔上拿著報，走進客廳裏。

我翻閱報紙，白蘋的消息都刊在社會新聞第一欄上，多數的報紙還印著她的照相，關於消息的記載都大同小異，兇手還未緝獲，原因猜度甚多，都未證實。

我放下報紙，聽著滴答滴答的鐘聲，心中有說不出的紊亂。最使我關念不釋、奇離不解的是梅瀛子的降臨與她異常溫柔的態度。我除了今夜謹慎地同她談話來探聽以外，似乎再沒有第二種辦法。

最後我看見梅瀛子在飯廳裏布置刀叉，我就鎮靜地走過去，我說：

「是西菜嗎？」

「是的，」她愉快地笑著：「阿美告訴我白蘋備了很講究的刀叉盤碟，到這裏來還沒有用過。」

「我總以為你是漂亮的女孩，想不到你還是美麗的主婦。」

「只有漂亮的女孩才是美麗的主婦。」

我正想溜出去找阿美說話，但是她已經擺好刀叉杯碟，先我出去了。她似乎始終不讓我同阿美有個別談話的機會。終於吃飯的時候到了。梅瀛子坐在我的對面，她現在已經脫去了阿美的胸衣，是藍灰色的旗袍，臉上沒有過敷的脂粉，有我從來未見的素美與娟好。梅瀛子種種不同的打扮在我都是新的美麗的境界，這是多麼可怕的事情！在紅色的燈光下，她閃著萬分嫵媚的眼光，透露著燦爛的笑容。我被窒壓得透不過氣來，沒有正眼看她，也沒有說話，為避免可怕的空氣，我在阿美進來時說：

「阿美，願意給我一點威司忌嗎？」

阿美去拿時，我說：「你呢，梅瀛子？」

「阿美，我想有一杯寇莉莎。」梅瀛子對阿美說了，用俯瞰的眼光對我笑。

阿美為我們斟好酒，把酒瓶放在桌上，她出去，我舉起杯子，我說：

「祝我們的梅瀛子永遠光亮。」但是她舉起了杯子，低聲地說：

「先讓我們祝美麗的女主人白蘋健康。」

「是的，」我說：「祝白蘋永遠活潑美麗。」

我們對乾了杯，我又為雙方斟滿了酒，我說：

「讓我現在祝我們的梅瀛子光亮吧。」

「不，」她微笑，說：「先讓我們祝海倫的音樂會成功吧。」

「是的，」我說：「祝海倫成功。」

我們乾了杯，於是梅瀛子斟酒，我說：

「現在我一定要祝我們的梅瀛子光亮了。」我說了乾杯。

「謝謝你。」

她乾了杯酒，但接著就斟滿酒，她站起來，高舉著酒杯，她用嘹亮的聲音說：

「我祝福你與白蘋。」她乾了杯。

「這是什麼意思呢？」我說。

「今天還要再騙我們嗎？」

「你是說……」

「白蘋已經告訴我。」她說：「這是不必對我守秘密的。」

「你是說我不告訴你搬到這裏嗎？」

「我是說你們同居了很久沒有讓我祝福你們。」

「這是對我們侮辱！」

「這是愛你們。」她說。

「我不希望你這樣……」

「我不希望你們沒有勇氣。」她嚴肅地說：「占有著白蘋，而用欺騙滿足你的虛榮。」

「虛榮？」

「是不是因為怕『舞女』的名字沒辱你的身份？」

「笑話！」我說：「我看白蘋同看你一樣尊貴。」

「那麼，喝酒吧，朋友。」梅瀛子笑了：「希望你是我們女性眼中高貴的男子。」

「高貴是我自己的品性。」

「那麼我祝福你。」她乾了杯。

阿美上菜來，我們開始沉默。在這上好的飯菜中，我對於梅瀛子不瞭解的地方似乎更多了。Pie上來，梅瀛子溫柔輕甜地說：

「我第一次請人吃我手製Pie呢！」

「是真的嗎？」

「撒謊絕不是我的光榮。」她諷刺地淺笑。

「那麼這Pie將是我最大的光榮。」我說。

我的確驚奇了梅瀛子的手藝，這是一種難得嘗到的滋味，我說：

「還要。」

後來我又吃了一點水果，我們在我的房間喝咖啡。梅瀛子很舒服地坐下，平靜鎮定地緩慢地說：

「徐，現在是我們談話的時間了。」她歇了一會，換了非常嚴肅的口吻：「你對於白蘋被刺的原因有研究過嗎？」

「我想是她太出鋒頭的緣故。」

「是比我還出鋒頭嗎？」

「社會寬容你，但並不允許她。」我感慨地說。

「你不想是為桃色的糾紛嗎？」

「如果是桃色的糾紛，你相信我不在糾紛的裏面嗎？」

「這要問你。」她視線沉下，非常低聲地說：「你可有聽見外面的傳說？」

「沒有。」

「不會是政治關係嗎？」

「因為她同日本人來往嗎？」

「自然。」

「但是有比你同日本人來往更親密嗎？」

她不響，笑了。拉起來抽一支煙，走到窗口去，突然回轉來，靠在窗戶上說：

「自然，報上的傳說並不可靠，不過我想你比較瞭解她。」

「我瞭解她絕不如你。」我說：「不過叫我住在這裏正是她絕無桃色糾紛與政治關係的反證。」

「希望是如此。」她說。

「而且她每次深夜回來，同我談話時總是說到厭倦舞女生涯的。」

「於是你住在這裏很舒服。」她走攏來。

「我不過是她暫時的房客。」

「暫時的房客？」她笑了：「我很奇怪你竟永遠不承認你和她的關係。」

「什麼關係呢？」

「一個獨身的男子與一個舞女住在一起，應當說是什麼關係呢？」

「我不希望這種侮辱人的話出於這樣美麗的嘴唇。」

「我可以不說，」她說：「但是你怎樣禁止別人不說呢？」

「我只是希望不出於我的朋友的嘴唇。」

她微笑地走開去。歇了半晌，又走攏來，問：

「是不是為躲避燈光的誘惑，而退隱在月宮裏呢？」

「不是，」我說：「我只要自己的園地。」

「這裏是你自己的園地？」她諷刺地說。

「這書，這靜寂，這夜，就是我自己的園地。」

「那麼你一離開我們就到這裏來了。」

「是的。」

「阿美告訴我你一二星期前才從鄉下出來的呢。」她說：「那麼你同白蘋把我們騙得太久了！」

「但是在你們是無害的。」

「你給我們這許多虛偽的信箚？」

「不也是有趣的友誼嗎？」

「可是這是不應該的，」她說：「你知道海倫怎麼樣念你？」

「海倫？」我說：「她關念的現在只是唱歌了。」

「於是你不高興了。」

「我對她早已沒有理想，」我說：「她的唱歌天才已成了她虛榮的奴隸。」

「是怪我的引誘嗎？」

「怪她靈魂的粗糙。」

電話響，我跑出來，梅瀛子也跟出來，我拿起電話，說：

「可是白蘋？」

「是的。」

「一切都很好？」

「謝謝你。」

「什麼時候接見我呢？」

「明天早晨九點鐘。」

「梅瀛子在這裏，」我說著把聽筒按緊了耳朵說：「就在我旁邊。」

「梅瀛子？」她似乎吃驚了：「她怎麼來的？」

「你要她聽話嗎？」

「好，我同她說話。」

梅瀛子接過電話，她說：

「不痛苦了？」

「……」
「出乎你的意外吧。」梅瀛子笑：「今天允許我睡在你的床上嗎？」
「……」
「謝謝你。」
「一切放心，」梅瀛子笑著說：「那麼早點睡吧。」
梅瀛子掛上了電話，她說：
「白蘋太使我喜歡了。」
說著她走進我的房間，我跟隨著她，我說：
「你肯不肯為我做一點事情呢？」
「是什麼？」
「我希望你不要把我沒有回鄉下而住在這裏的事情告訴別人。」
「誰？」
「任何人，」我說：「即使是海倫與史蒂芬。」
「為什麼呢？」
「我怕他們有別種誤會，尤其對於白蘋。」
「可以，」她說：「但是有一個條件。」
「你說。」

「你在最近搬出這裏。」

「這是什麼意思呢？」我說。

「沒有什麼，」她平靜地說：「這只是，請你相信我，徐，這只是對你的關心。」

「因為白蘋被刺的可怕，而我就因膽怯而搬走嗎？」

「不，」她誠懇地說：「因為白蘋被刺的原因不明。」

「……」我再說不出什麼。

我覺得我並沒有理由可以相信白蘋有什麼桃色糾紛與政治關係，但是我更沒有理由說我的生活要同她有什麼糾葛，而我住在這裏的消息如果傳了開去，還有誰肯相信，我與白蘋的關係是只限於友誼呢？這於我固然有害，於白蘋又有什麼益處？於是我說：

「可以，但必須待白蘋出院以後。」

「自然。」她說：「那麼你以後對海倫、史蒂芬就說你接到我的電報，知道白蘋被刺的消息就趕來的好了。」

「謝謝你。」

我的心開始平靜下來，我對梅瀛子有很大的感激，暗防的心理早已消散，我深深地體會到她的大度與溫柔。夜色慢慢濃了，她的談話更趨恬靜與美麗，像一支香發著她的煙氳，沖淡而深沉。今夜的梅瀛子真的已完全兩樣，她談到自己，又談到海倫。

她說：「你總是把人生太看得嚴肅了，為哲學、為藝術難道是人人的職責嗎？」

她說：「人類童年的生命是屬於社會的，人類中年以後的生命也是屬於社會的，只有青春是屬於自己，它將社會中採取燦爛的讚美與歌頌。」

她又說：「人生不過幾十年，有什麼了不得？女子的生命就是青春，虛榮就是人類點綴青春的錦花。那麼為什麼不讓海倫好好享受青春呢？」

她又說：「我已經充分享受了青春，我希望每個比我年輕的人都瞭解這個哲理。多少人為某種迷信而把生命整個消耗在犧牲之中，貽誤了無可挽救的後悔。」

她又說：「把生命交給一種學問與一種藝術，這是修道士、苦行僧的理想。一切大學中發這樣議論的人有幾個是做得到的呢？」

她又說：「曼斐兒太太對於女兒歌唱的理想就是現在的途徑，並不是你書呆子的迷信。所以我所引導的是正常的人生，而你對於海倫的期望只是永生的鐐銬。」

像溪流的夜唱，像夜鶯的低吟，她用無限的徹悟與感慨把燈光點染成無救藥的命運，到處閃著燦爛的光芒。像這樣美麗女子的心中，竟埋藏著這樣可怕而悲觀的想法！我再無法可以點化這個透明的靈魂，我再無心與她做反面的爭論，我再無情緒為她提供許多哲學家對於人生意義的理論。

我沉默著。

於是她談到白蘋：

「欲望是沒有止境的，女子在青春時沒有充分發揚她的光芒，中年以後不是貪財就是弄權。武則天是這樣，西太后是這樣。像白蘋，在她的環境之中已經到了鋒頭的頂峰。自然她的才具與容貌並不止此，可是在這樣環境之中，再上去是什麼呢？不是征服男子，不是妒忌女孩，而是將冒險當作有趣，把政治當作玩具。」

於是她談到史蒂芬太太：

「這是最平靜的生涯，從社會的享受到家庭的享受，她是從海倫到我的前驅，是最正常與定命的路徑。她現在需要的只是孩子。」

我沒有話說，靜聽這個美麗的生命遙望她命定的前途；是一朵盛開的花朵，已看到自己凋謝的影子；沒有一絲表情，悄悄地出去，剩我一個人呆坐著，我陷於迷惘的思緒之中。

五分鐘後，她托著熱茶與晚飯吃過的Pie進來，她說：

「餓嗎？」

我沒有回答，幫她布置與分配。我喝到暖熱的茶、美味的Pie，我感覺難得的舒適。對面的梅瀛子，一瞬間似乎已不僅是鮮紅的玫瑰而也是潔白的水蓮，她眼睛閃著慈愛徹悟的光芒，英秀的眉梢籠罩著沉默的煙霧，我算是完全在她所創造的空氣融化了。

「夜深了，」最後，她站起來，說：「晚安！」

「晚安。」

我望著縹緲的曲線駛過門檻。她用水仙般的手，輕慵地帶上了我的門。我不知是徹悟、是懺悔、是感激還是愛，癡呆地倒在軟椅背上，我發現眼淚爬癢了我的面頰。

十九

我寬衣就寢，揀了一本沉悶的書籍，我想藉此解脫我煩悶的心情。半點鐘後，我腦筋尋到了新的事實。有倦意襲來，我熄了燈，擁緊了被，正預備睡熟的時候，忽然有人敲門了。

「是梅贏子嗎？」

「是阿美。」

「進來。」我開亮了燈說。

阿美推進了門，走到圍屏邊，我問：

「有什麼事？」

「你沒有事嗎？」阿美說。

「啊，」我坐起來問：「梅小姐今天是同你一同來的嗎？」

「我先來。」

「可是你告訴她地址的？」

「沒有。」

「那麼，」我再問：「可是你進來後不久她就來了嗎？」

「是的。」

「好，」我說：「我已經知道了。你們可是在醫院會見的？」

「我先去，」她說：「接著她就來了。」

「你走時，她呢？」

「她還在。」

「不錯，」我說：「她是尾隨著你來的。」

「還有事嗎，徐先生？」

「白蘋小姐對你說什麼呢？」

「她說不礙事。」

「有沒有告訴你她猜想的兇手是哪一方面的人呢？」

「沒有。」阿美說：「我問她許多，她似乎一點也不願提起昨夜的事。」

「有誰在那面嗎？」

「許多人，」她說：「但我都不認識。」

「白蘋小姐沒有叫你帶什麼信嗎？」

「她只說夜裏打電話給你。」

我沉吟了好一會，阿美說：

「沒有什麼事了嗎？」

「謝謝你。」我說。

但等阿美出去時，我又說：

「阿美，明天七點半叫我。」

我聽見阿美帶上了門，我才熄燈就枕。

……

早晨七點半鐘的時候，阿美來叫醒我。我起來盥洗，趁梅瀛子睡得正好，我就披上衣服預備出門。

「不吃早點了嗎？」阿美問。

「外面隨便吃一點好了。」

「就去看白蘋小姐嗎？」

「是的。」我說著就走出來。

但是阿美跟我到門外告訴我：

「昨夜我從我房間出來，我聽見梅瀛子小姐在小姐房間內，好像在翻什麼似的。」

「……」我沉吟了一會。

我無從解釋，也無法補救，但我下意識地折回了房間，拿好鑰匙，鎖上了門，我說：

「回頭梅小姐問起來，你說我出門鎖門是我的習慣好了。」

說著我就出來，在一家小咖啡店中就點，看了幾份報紙，也都有點關於白蘋的無關重要的消息。九點半的時候，我抱一束鮮花到仁濟醫院去訪白蘋，一個看護問我姓名，她就帶我到頭等病房二〇號，我敲門。

「進來。」正是白蘋的聲音。

我進去，白蘋就坐在斜對著門的沙發上，她穿著白緞的晨衣、銀色白毛口的軟鞋，晨衣內似乎穿著白布的病人衣服，散著頭髮，未敷脂粉，右手放在沙發邊上，左手拿著報紙，似乎正在等我似地，露著淺笑，面上閃著愉快的光彩招呼我。

我把花束交給看護，走過去，我坐在她的對面，我說：

「是右臂的上部嗎？」

「是這裏。」她說著用左手指給我看。我坐過去，輕撫著她放在沙發邊上的右臂，我覺得裏面包紮得很厚，我說：

「痛嗎？」

「動的時候有點，」她笑著說：「不厲害，昨夜我已經沒有熱度。」

「這裏好嗎？」我看這房間不很寬敞，我說：「或者到中西療養院，去住些日子。」

「不，」她說：「這裏看護很好。我問過醫生，他說再住一兩天就可以出院了。」

「早點回家也好，」我說：「我們可以叫史蒂芬來為你換紗布、藥膏。」

「史蒂芬昨天來過，也叫我明天出院，說他可以天天來看我。他同這裏的醫生都熟，所以他也很周到。」她說：「我想住幾天醫院也很有意思。」

「你知道兇手是什麼背景嗎？」

「誰知道，」她說：「我也不想知道。」
「你以後不會有危險嗎？」
「我想到天津去耽些時。」
「天津去？」
「也許香港。」
「是別人勸你嗎？」
「我自己這樣想。」
「暫時你還是休息幾時。」
「自然。」
有一位看護拿進一束鮮白的玫瑰，片子上是一個古怪的日本名字；我現在也想不起來，似乎是「宮間登水」吧。
「日本人嗎？」白蘋問。
「我說你昨夜失眠，早晨服了安眠藥才睡。」
「他去了？」
「他說下午再來。」
「很好。」白蘋說著把視線轉到我臉上，笑著說：「不高興嗎？」
「白蘋，我想你還是去香港吧，省得這些日本人麻煩。」

「這不過一群豬，人說他們在玩弄我，我可相信我在玩弄他們。」她笑：「人說我是他們的傀儡，我可覺得他們是我的傀儡。」

「太自大了，白蘋。危險不就在那裏發生嗎？」

「不。」白蘋堅定地說，在沉思中沉默了。

「去香港吧，白蘋，我陪你去。」我低聲緩慢地說。

「香港嗎？」她笑：「你以為太平洋戰爭不會發生嗎？」

「不會，」我說：「日本還敢同美國宣戰嗎？」

「但假如有人說我是日本的間諜呢？」

「辯明。」

「當槍彈指定我是間諜時，我用什麼辯明呢？」

我沉默了，我尋不出話可以回答。半晌，她拍拍我的肩膀說：

「朋友，放心，我的事情都是我的。相信我並且原諒我，你就是我最好的朋友。」

我還是沉默。

「告訴我，梅瀛子可是尾隨阿美去的？」

「我想一定是這樣。」

「睡在我的房間裏？」

「是的。」我說：「阿美說夜裏似乎在翻你的東西。」

「沒有睡在你的房間裏嗎？」她玩笑地說。
「這是什麼話呢？」
「我的意思是她也許會愛睡你的床，而叫你睡到我的房間去。」
「這是什麼心理呢？」
「她不是永遠有新奇的念頭嗎？」白蘋笑。
我沒有回答，我只覺得白蘋今天的態度是出我意外的。她又說：
「梅瀛子發現你在我那裏有奇怪嗎？」
「我像在睡夢中，沒有看到她的驚愕。」
「你告她你沒有回鄉下去。」
「是的，」我說：「但是我叫她不要告訴別人，即使是史蒂芬與海倫。」
「她答應了？」
「是的，她將說我是聽到你被刺而趕來的。」我說：「但是她叫我搬出你那裏。」
「對的。」白蘋說：「我搬回家，史蒂芬天天來看我，你住在我那裏，不是證明你並非為聽到我被刺而趕來的嗎？」她微微地歎了一口氣：「所以我不想馬上搬回家。」
「那麼明後天我搬出你那裏。」
「很好。」她輕鬆地說。
我於十一時半出來，心裏有許多不解的疑團，對於白蘋，對於梅瀛子，一時都變成我的問題，我厭憎她們的神秘與詭譎。我決心明天搬回自己的家去，同她們少發生聯繫，但同時我又覺得白蘋的前途實在黯淡，她雖然極力不想談她的問題，但是我在友誼上似乎非幫她解決不可。可是她究竟有什麼政治關係呢？我的思緒在迷惘之中忐忑。

我回到白蘋寓所，梅瀛子已經出去。

當天夜裏我理東西，第二天我就搬回家去。午後十時，我打電話給白蘋，告訴她我已經搬回家，叫她有事情打電話給我。第三天我也沒有去看白蘋，也沒有同梅瀛子會面，但在夜裏九點鐘的時候，我接到白蘋的電話。她告訴我明天早晨就搬回家去，下午七點鐘叫我去吃飯。

第二天下午七點鐘，我去赴白蘋的飯約。我抱著非常沉靜的態度，預備在夜裏與白蘋研究研究她被刺的原因，與兇手的線索，以及她以後生活的途徑。

那天我精神很好，心境非常安詳，也有興趣換一套比較整潔的衣服，挑選一條比較合適的領帶，我吸一支煙，坐一輛汽車到白蘋那裏。跳下車，我輕快地上樓。門外就聽見裏面嘈雜的人聲，阿美開門時，我立刻聽見梅瀛子的聲音，我輕輕地對阿美說：

「梅瀛子嗎？」

阿美笑了，她說：

「人都來了，就少你。」

那麼原來是請客，我把大衣帽子交給阿美，整一整領帶走進了客廳。

「啊，徐，真是好久不見了。」梅瀛子像久別重逢似地，第一個同我握手。

接著是史蒂芬夫婦與曼斐兒母女同我寒暄。海倫比以前更顯得光耀奪目，在她笑容中我已尋不出兆豐公園河邊低迷的風采；她的母親比以前更胖了。史蒂芬夫婦改變很少。在大家坐下時，梅瀛子故意望著我說：

「人黑了，似乎胖了些，鄉下的生活於你竟有補藥的效力。」

「慈珊呢？」史蒂芬太太問：「你沒有叫她到上海來玩玩嗎？」

「我來得太匆忙了，我一接到梅瀛子的電報就馬上趕了來。」

我望了望白蘋，她穿了一件博大的黑布旗袍，像是專為創傷的手臂新做的。我走過去，輕握她右臂，我覺出包紮還是很厚，我說：

「還需要這樣包紮嗎？」

「可以免得震動。」史蒂芬說。

「這是剛才史蒂芬為我包紮的。」白蘋露著感謝的笑意。

「我們剛才正說白蘋穿著這件衣服顯得更美了。」梅瀛子說。

白蘋今天的確有一種另外的風致。她沒有塗脂，但似乎很仔細地敷過粉。我特別發現她的皮膚可以吸收較多的粉意；意態舉動，不知是衣服使然呢，還是她有意變化，好像不是都市姑娘一般的風度。自從美國影片廣傳中國以來，時髦的女孩子都學美國女明星的派頭，開頭的時候，似乎還新鮮，日子久了，就不覺得什麼，白蘋平常當然也是相仿的派頭，今天則似乎完全兩樣。我忽然想到她像一個人，但怎麼也想不起像誰，最後我方才悟到是像我想像的慈珊，我不覺發笑。

白蘋在我面前對於梅瀛子總像有點芥蒂，梅瀛子在我面前對於白蘋也似乎有點芥蒂，但當她們兩個人同時在我面前，像今天這樣的場合，總顯得她們的感情超於別人，今天尤其明顯。自從那天醫院裏會見白蘋以後，不知道她們有過什麼樣的談話，梅瀛子似乎處處關心白蘋手臂似地，代替白蘋做主人的事務。突然使我懷疑到梅瀛子那天晚上的來此，以及她勸我搬出此處，完全是白蘋預先知道的，也許還是白蘋的授意；甚至是因為不好意思自己叫我搬走，而叫梅瀛子來說的。我心中有說不出的不舒服。

阿美來請吃飯。我們走到飯廳去，我坐在海倫的旁邊。海倫對我的態度雖比以前保住了較遠的距離，但話還是談得很多。她高興地告訴我最近的歌唱很有進步，告訴我她感到我以前所說學習高原的理論是對的，她現在似乎已經越過了這個高原。她叫我到她家裏去，她要唱給我聽。她還自負地說在上海她的歌唱已經沒有敵手。我提起幾個中國女孩子，她們也是梅百器教授所喜歡的學生，她總是毫不客氣地批評某人的聲質太粗糙，某人的嗓子不夠，某人的聲音太無情感。自始至終她沒有同我談到思想與哲學。她現在已經完全不是以前的她了。

飯後我與史蒂芬夫婦談話特別多，史蒂芬太太總是勸我放棄獨身主義。她說，她並不是反對獨身主義，等於她不反對蔬食主義，但如果獨身主義者一直忘不了對於女孩的興趣，就和蔬食主義永遠想念葷腥一樣，那是非常滑稽的，她說這種勉強的信仰都是罪惡，會留給將來痛苦的懊悔。

九點鐘的時候，大家走散，我心裏有許多煩惱。我想到梅瀛子今天的作偽，假裝著同我久別重逢，實在是逼真得漂亮，我想到白蘋與她奇怪的關係。我想到今天的飯約與我去前想像的不同，但是在昨夜談話中白蘋為什麼不告訴我？總之，我歸納的結果，覺得白蘋對我的感情有了變化是沒有問題的，而梅瀛子叫我搬走是白蘋的暗示，也成了我下意識的定案。

因此，自從那天以後，我對白蘋有比較地疏遠，我很少去看她，只是偶爾打電話去問問她。但是她並沒有去天津或去香港的音訊，也沒有進舞場的決定，只是告訴我決定了再通知我。

海倫不再來找我。梅瀛子碰到更少，只有一二次在史蒂芬與海倫家裏碰見她。我曾去海倫家裏吃晚飯，她們很客氣待我，我聽海倫美麗的歌聲，耶誕節的成功已經是沒有異議的事。史蒂芬，聽他太太說很忙，不但不來看我，我每到他家去，總沒有碰見過他。史蒂芬太太同我談得更投機，她的思想情緒是正常而堅定，我成了她客廳裏的常客，一談就是很久。這一份感情是自然美麗而溫暖，這是我第一次經歷到所謂真正「淡如水」的友誼，有深切的瞭解，有相互的融洽，最寶貴還是黃金的距離。這種友誼的距離同美感的距離是一樣，等於照相機上的距離，多一分就太過，少一分就不足，使我悟到了所謂友情的藝術。我很後悔當初與海倫過分地接近，也很後悔搬到白蘋地方去住，是這些失去了我們適當的距離，破壞了我們最好的友誼。

海倫的消息倒時時在史蒂芬太太處可以聽到。白蘋的消息越來越隔膜，一直到有一天，報上刊登了白蘋重到「百樂門」伴舞的消息。我到她家去看她，她不在家，我同阿美談了一會。阿美告訴我白蘋被刺的原因已經打聽明白，完全是為一個日商與一個日本軍人爭風，那位軍人派人去刺那個日商而誤中的，所以現在毫無問題，可以進舞場伴舞了。我出來買了一隻花籃送去，夜裏到舞場盡一點照例的捧場義務。但是白蘋忙得非凡，最後坐在我的檯子上，似乎很生氣。言下說原來我的目光中她也還是一個舞女。我沒有法子回答她，不到五分鐘，我就回家。以後也曾去看過她，她既不在家又不在舞場，夜裏我打電話到她家去，她不是沒有回來，就是已經睡覺。我既沒有什麼事，所以也不叫醒她，只託托阿美為我問候問候就是。在報紙的娛樂版上，我時時看著白蘋的消息，她的舞客已不限於日人，而一切她的舞客都在尊重她的自由，在舞女中，這樣的境界，已經像是超於政黨的政客。像這樣紅忙的明星，我自然不能也不想常去找她了。

我的生活的確比較平靜，我很安詳地有主動的地位來支配我自己的生活。

可是這樣的生活並沒有多久，一件震動世界的大事發生了。它不但擾亂了我的生活，它也打斷了海倫音樂會計畫的實現，它還破壞了史蒂芬太太美麗的環境與心境。它波動了社會，還翻亂歷史與地圖，自從抗戰以來，它從新估計了我們民族流血的意義。

二十

一九四一年十二月七日夜深時，當我正放下書，預備吃一點東西就寢的時候，我聽見了炮聲。

那麼難道是太平洋戰爭爆發了？我想。

這許多日子中，太平洋風雲飄到上海的已經不少，先是美國駐軍的撤退，再是美國一再召回上海的僑民，最近又有許多船隻的停駛，以至於已出發來上海的船隻的折回。在這些風片雲瓣中，我也偶爾與史蒂芬夫婦談到，他們始終無確定地判斷，也沒有發表過什麼詳細意見。史蒂芬是軍人，他似乎除了聽上面的命令外，不必預料一切的變化。史蒂芬太太是音樂家，對於政治很少興趣，所以每次偶爾談到，始終未成我們談話的中心。

然而如今是炮聲！究竟來自什麼地方呢？租界中已無英、美駐軍，那麼自然是英、美留此的軍艦。可是這究竟是一個臆斷，無從證明也無從打聽。我開了無線電，方知太平洋戰爭確已爆發，黃浦江上，英艦與日軍在開火。

有點冷，也已經很疲倦，我開始就寢，我想第二天的報紙總可以有更詳盡的消息。

但是第二天的報紙，竟什麼都沒有；我出去看看，馬路一切依舊。後來到報館看一個朋友，才知道四更時的炮聲果為日軍與英艦的衝突，這隻英艦因不願繳械而被擊沉，全體艦員都以身殉難。還有一隻美艦，則因眾寡不敵，已被繳械，艦上人員，都成俘虜而進集中營了。

這使我想到了史蒂芬。我直覺地有點驚慌，是這樣可愛的一個朋友，難道就此永遠不見了。如今回憶起來，才意識到我同他近來會面的機會實在太少。我於是拿起了電話，滿以為史蒂芬太太總可以在家，但是她竟一早就出去了。我留話請她回來時打個電話給我。

我從報館出來，到錢莊去取點錢，錢莊上人擠得厲害，我等了半天方才拿到。匆匆出來，心境非常不安，沒有雇車，也沒有目的地，我一個人走到了南京路。那時南京路上有許多日本的軍用車來回地走，車上有日本人也有中國人，散發許多荒謬的傳單與可怕的禁令。路旁都是人，有的站著觀望，有的匆忙地奔走，市面非常混亂。我順著南京路走到靜安寺路，許多地方都已有日軍在布崗，沿途忙著裝軍用電話線；牆上只有日軍布告，沒有一點別的東西。我很想回家聽點無線電裏的消息，但從英租界到法租界的路都已封鎖。後來聽說有一條路可以走過，我於是繞著彎過去。這時候，我想到了白蘋，在這樣慌亂的情形中，白蘋不知怎麼在安排自己？我同她好久不見，也許她還可以告訴我史蒂芬的消息，於是我坐上一輛車，一直到白蘋那裏。阿美來開門，她說：

「怎麼這許久不來呢？」

「所以我今天來了。」我說：「白蘋在家嗎？」

「在家。」

但是我還站在門口，她笑了，說：

「請進來吧。」

「有客人在嗎？」我問。

「沒有，」她諷刺地笑：「專等著你來。」

我沒有說什麼，走了進去。白蘋的房門關著，可以聽到日語廣播的無線電聲音。我略一沉吟，我敲門。

「請進來。」

我推門進去，白蘋穿著灰布的長袖旗袍，捲起袖子，露著兩寸的白綢襯衫，非常安詳地坐在矮小的沙發上。腳穿著軟鞋，伸得很遠，吉迷就睡在她的腳旁。右面開著電爐，左面茶几上是一匣巧克力。她看我進來，沒有動，眼睛望著我，反手關了無線電，露著百合初放的笑容說：

「是你嗎？」

「奇怪嗎？」

「沒有，」她說：「我想你也該來了。」

我脫去大衣，坐在她的對面，她說：

「坐到這邊來，比較暖和些。」

我坐過去，她拿了兩塊巧克力，拋了一塊給我：

「吃一塊巧克力吧。」

「謝謝你。」我說。

她半晌不說什麼，露著低淺的笑，端詳著我，於是遲緩地說：

「更清瘦了。」

「你太悠閒了。」我說。

「怎麼樣呢？」

「外面這樣混亂，你一個人這樣安詳在家裏。」

「不這樣有什麼辦法呢？」

「你有史蒂芬的消息嗎？」

「好久不見他了，他怎樣啦？」

「好久不見他了？」

「他好久沒有找我，」她說：「也沒有打電話給我。」

「你知道他所屬的那個軍艦昨天被繳械了？」

「自然知道。」

「他呢？」

「想來是進集中營了。」她微笑著說。

「白蘋！」我歇了半晌，抽起一支煙，眼睛低視著莊嚴地說：「我很奇怪你這樣，史蒂芬到底也是你的朋友。」

「自然。」

「那麼你一點也不著急。」

「你怎麼知道我不著急？」她頑皮地笑。

「你的態度。」

「你要我滿街去叫嗎？」她還是頑皮地笑。

「我們是人，我們有情感，我們有愛。」我說。

但是她頑皮地接我的話：

「我們應該著急。」

「而你安詳地坐在這裏！」

「你呢？」她頑皮地說：「你也安詳地坐在這裏。」

「你知道我上午跑了幾個地方？」

「你知道我從有炮聲時候起，跑了幾個地方？」她始終頑皮地溫和地說，但是忽然換了純正的口吻：「我該著急的事情多了。我自己的處境、我自己的生活、我自己的前途，我還有更好的朋友在香港。我難道應當在你的面前披頭散髮、揮手頓足地失聲大哭嗎？」

我低頭不語，她又說：

「難得到這裏一走，何苦繃著臉來同我吵架；朋友，你也有，我也有，各人去盡自己的責任，去盡自己的愛心。也許你為史蒂芬跑了一上午，也許我為史蒂芬哭一宵，但這些都是我們對史蒂芬的感情，你也不必表現給我看，我也無須對你裝作慌張。」

「但是我們應當商量著想辦法。」

「商量？」她說：「假如為營救史蒂芬，我同日本人商量，不是比同你商量來得有效。但是這是有效嗎？戰爭！朋友，戰爭！你知道嗎？」

「……」我似乎有話，但是說不出什麼。

「不要這樣，給我一點笑容看，」她笑著，於是朝著外面叫：「阿美！」

阿美在門口出現，白蘋說：

「拿兩杯葡萄酒來。」

阿美去拿葡萄酒時，白蘋開了無線電，她似乎在尋什麼，終於尋到了爵士音樂。

「是慢狐步，」她說：「很好。好久沒有同我跳舞了，同我跳一隻舞嗎？」

在銀色的地氈上，我同她跳舞。

「我有什麼改變嗎？」她問。

「你更紅了。」

「此外呢？」

「更深刻了。」我對她的確有另外一種瞭解。

音樂告終的時候，她舉起葡萄酒感傷地說：

「為史蒂芬夫婦祝福吧。」
我們乾了酒，她坐下，望著我，平靜而嚴肅地說：
「我不是深刻，我是更老練。」
我沒有說什麼，望著她，等她說下去。
「我是舞女，我必須藏著一切可怕與著急、一切痛苦與焦慮，露著愉快安詳的笑容去應付外物，用鎮靜沉著的態度處理自己的事務與情感。」她灰色而莊嚴地說：「那麼請你原諒我。」最後，她叫：
「阿美，開飯。」
在飯桌上，她說：「現在，你真該打算回到後方去了。」
「我剛才在路上也這樣想過。」我說：「那麼你呢？」
「我還值得提嗎？」她笑得頹傷而冰冷：「那麼允許我活在你的心上吧。」
飯後，她說：「史蒂芬也許可以出來，也許不能夠，但這都是你能力以外的事。」
她又說：「早點預備到內地去吧，需要錢，你不要客氣，到我地方來拿。」
最後她說：「現在你回去吧，以後不要常來看我，除了我約你。」
我沒有問她理由，匆匆出來。白蘋竟是越來越神秘了，我心裏有七分不安與三分擔憂。
我一直回到家裏，知道史蒂芬太太沒有來過電話。從二時到夜裏十二時，我前前後後少說也打了二十個電話去，她都沒有回家。第二天我又去看她，但她的女僕說她一直沒有回來，我請她的女僕於她回來時打電話給我，另外我還留一個條子。我現在擔憂的不僅是史蒂芬，而且還擔憂史蒂芬太太，難道她也被日軍擄去了麼？——這也並非不可能的事。

十一日早晨，史蒂芬太太的音訊還是一點沒有，但是我接到海倫的信，她說：

徐：

打了好幾個電話你都不在，只好寫這封信給你。

炮聲毀滅了我歌唱的計畫，毀滅了我的前途，毀滅我的光明與夢。人生到底是為什麼？人類到底在幹什麼？我現在需要朋友，需要冷靜地思想。

接到這封信請馬上來看我，並請帶我幾本幫助思想的書。淡淡的月光中，我期望你一切的奔走忙碌都有燦爛的收穫。我祝福著你。

海倫・曼斐兒　十二月十日夜

穿著深色的常服，金黃色頭髮鬆散地披在後面，素淡的脂粉，靜肅的表情，這是寫這封信前後的海倫・曼斐兒，在讀信的兩點鐘以後，我就在她的面前。她露著慘澹的淺笑說：

「你消瘦了。」

「怎麼？」我說：「你的身體不舒服嗎？」

「沒有。」她低下眉梢與眼睫，輕微地說。

「你母親呢？」
「她出去了。」
我把書交給她，她沒有打開，接過去放在鋼琴上。鋼琴上放著花瓶，瓶裏的花似已有幾天不換，顯得黯淡與憔悴。我四周望望，頓覺得房中的空氣已完全改變，所有的活潑已變成雜亂，所有清靜已變成寂寞，像一個人的病後，像一張畫的被蝕後，像一株花受過風雨的打擊，像一塊園地挨過牛羊的踐踏；為太平洋的風雲掠過了這裏的屋脊，為黃浦江的炮聲震動了這裏的牆頭！我感到煩躁與鬱悶，我過去打開了窗，深深地吸了一口氣。
「可是這裏什麼都變了？」海倫低聲地問。
「是怎麼一回事？」我說，但是我立刻感到這句話激動了她的感觸，她眉心起了薄顰，露出黯淡的淺笑，於是我振作了自己的聲調，逼出輕快的語氣，我一面跑過去，一面說：
「一定是你好久不歌唱了！你想，這間屋子，吸引過你多少的歌聲？它靠你歌聲而生存，靠你歌聲而燦爛。你的歌聲是這間屋子的糧食，是這間屋子的靈魂。但是如今它枯竭了，正如花失了水的培養，草失去了露的滋潤。」
「……」她嘴唇微顫，但沒有說出什麼，癡呆地望著我微笑。
在我的目光與她的目光相遇時，我親切地問：
「是不是你好久不唱歌了，海倫？」
「我永遠不再歌唱！」她含恨地說。

「那麼，」我說：「這屋子就會憔悴，憔悴，以至於倒塌。」
我走到鋼琴邊去，我說：「你看鋼琴上都是灰，是灰！」
我為她打開了鋼琴。我過去請她：
「來，來，為我唱一隻歌。唱一隻你所喜愛的歌。」
「不，不。」她拒絕我。
「唱一隻，為我，僅僅為我，我已經許久沒有聽你歌唱了。」
「不，不，」她眉頭皺一皺，換了莊嚴的語氣說：「不要這樣勉強我。」
我看她心中好像有一種說不出的苦悶，又似乎要生氣的樣子，我沒有法子再求。我沉默地坐下，無意識地微喟一聲，抽起了一支煙。
但是她注視我一下，略一沉吟，好像用著許多力氣似地，慢慢地從沙發上站起，遲緩地到鋼琴邊去。她坐下，突然輕撥著琴，漸漸地高起來，她開始唱歌。
是這樣深沉，是這樣悠遠，它招來了長空的雁聲，又招來月下的夜鶯。它在短促急迫的音符中跳躍，又從深長的調中遠逸。像大風浪中的船隻，一瞬間飛翔騰空，直撲雲霄；一瞬間飄然下墮，不知所終；最後它在顫慄的聲浪中浮沉，像一隻猛禽的搏鬥，受傷掙扎，由發奮向上，到精疲力盡，喘著可憐的呼吸，反覆呻吟，最後一聲長叫，戛然沉寂。
我起初愉快地望著她掀動的背項，後來慢慢難受，像看護守著難產的產婦，於是我閉起眼睛，靠在沙發上靜聽，我感到我心弦抽搐，神經顫慄，眼淚在眼眶中湧騰，最後潸然從我面頰上流下。我拿出手帕，揩我的眼睛。

她闔上鋼琴，我沒有鼓掌，舉目望她。她莊嚴地站起，臉上沒有一絲表情，眼眶含著淚珠，緩步出來，走到原來的沙發上坐下，臉埋在手上，她竟嗚咽地哭了。我沒有話可以安慰她，我跑過去，俯身在她的耳邊，我用最低的聲音說：

「你的確成功了，海倫，努力！我期望你努力。」

她還是伏在沙發邊上啜泣。

「努力，海倫，」我說：「永遠為你祈禱。」

她還是伏在沙發邊上啜泣。我站起，心裏有說不出的沉重，我不知道她為何啜泣，也沒有話可以安慰她，也不想給她勸慰。她歌唱的成就已出我意外，我驟覺得我非常渺小，在一個天才的面前，同在一個威赫的偉人，四周站著閃亮武裝兵士的面前一樣，我感到自己的渺小，我想離開那裏，我輕輕地拿起大衣與帽，偷偷地走出去。

但就在我出門的當兒，我碰見了曼斐兒太太回來。她神情很匆忙，豐胖依然，但面色非常灰暗，見了我，她露出淺鬱的笑說：

「徐，怎麼，預備走嗎？」她拉住我，又說：「在這裏吃飯，我正要同你談一談。」

我只得同她進來，海倫閉著眼睛靠在沙發上，曼斐兒太太說：

「不舒服嗎？海倫！」

「沒有，」她臉上露出苦笑，張開濕潤的眼睛，對她母親說：「你回來了？」

海倫也許發覺我走過，也許沒有，她似乎沒有關心我的存在，但是曼斐兒太太對於這場合似乎覺得奇怪，她知道我走，又看到海倫哭過，於是她用疑問的目光望望我又望望海倫，她沒有發言，於是我先說了：

「曼斐兒太太，海倫的確已成功了，她剛才的唱歌，幾乎使我昏暈了。」

「你唱過歌？」曼斐兒太太問。

「是的，」海倫說：「我發覺我第一次真的在歌唱。」

「你是說……」曼斐兒太太似問又似解釋地沒有說下去。

「過去我的歌唱只用我的嗓子，今天我似乎用到了我的靈魂。我已經忘去我的嗓子，我覺得我的每一絲神經、每一粒細胞都在歌唱。」

「願意再唱一隻嗎？」曼斐兒太太問。

「不，不，」海倫說：「只能有一次，偶然地碰到，偶然地碰到，奇怪，我自己也覺得奇怪。」

我沉默地坐在旁邊，曼斐兒太太不再勉強她，悄然站起，對我們說：

「你們談談。」她留下黯淡的笑容出去。

海倫沉默著，但我注意到她剛才的情緒已經平復，我說：

「為什麼又好久不唱歌呢？」

「算是為什麼呢？」

「難道你的歌唱就為耶誕節的音樂會嗎？」

「不，」她說：「但是我什麼都沒有興趣。人生到底為什麼？戰爭？金錢？我……」

「人生是一張白紙，隨便你填。」

「必須填嗎？」

「事實上你每天在填，吃飯，睡覺，起來，坐下，頭腦想，手動，活著就是在填人生的白紙。除非死去，你死了方才算是交卷。」

「那麼什麼是人生的意義呢？」

「就在白紙的填寫。兒童拿到了白紙亂塗，商人在白紙上寫帳，畫家在白紙上繪畫，音樂家在白紙上畫音符，建築家在白紙上打樣，工程師在白紙上畫圖。」

「於是你在白紙上寫哲學。」

「那麼我……」

「好好壞壞在上帝交我的白紙上填寫點意義上去。」

「歌唱，歌唱，歌唱，這就是你的意義。」

「……」她不響。歇了一會，忽然問：「你近來碰見梅瀛子嗎？」

「梅瀛子，你沒有碰見她嗎？」

「長遠了。」

「我比沒有看見你們還久。」我說。

曼斐兒太太進來，她邀我們到飯廳去。席上我們又談到梅瀛子，談到白蘋，大家都好久不見她們了。於是我談到史蒂芬的被擄，大家都感到人事的寥落，與變化的可怕。最後我說到史蒂芬太太沒有音訊，我擔心她會出事。

「史蒂芬太太？」曼斐兒太太說：「我在外灘碰見她。」

「她怎麼說？」

「沒有招呼，她坐在汽車裏，想來沒有看見我。」

「一個人嗎？」

「好像還有兩個男人。」

這使我非常奇怪，但是假如真是史蒂芬太太，那麼她沒有被擄終於得到證明。我問：

「你沒有看錯是史蒂芬太太嗎？」

「沒有，絕對沒有看錯。」

我的心寬慰了不少，我馬上打電話到史蒂芬太太家裏。史蒂芬太太不在家，我想告訴她女僕叫她放心，但是她的女僕知道是我，先告訴我昨天史蒂芬太太曾經派人去拿衣服、用品，只是沒有說出地址。那麼史蒂芬太太的平安已經沒有疑問，我掛上了電話。

飯後在客廳裏，海倫不在座，曼斐兒太太開始告訴我她家裏的情形。我想到外商銀行都已落於日人之手，外僑是否可以提款，辦法似乎還沒有公布。而她們是沒有男人也沒有十分親密的親友的家庭，而且現在外僑的情形都是相同的，也很難有什麼照顧。那麼她們的經濟情形是怎麼樣呢？我頓悟到這間屋子空氣黯淡的原因，我用最誠懇的語氣低聲地說：

「需要錢嗎？」

「但是……」她囁嚅著，不好意思地望著我。

我當時口袋裏有七百多塊錢，我把六百元給她。我說：

「先收著用，隔天我再送來。」

「不，不。」她不好意思似地不肯收。

「這有什麼關係？曼斐兒太太。我們不是很好的朋友嗎？」

「……」她還不肯收。

「戰爭，」我說：「誰都有困難。我們應當互助，我情形比你稍微好一些，你儘管收著。」

曼斐兒太太用感激的眼光望著我，她收了錢握在手裏。我說：

「明後天我再為你送點來，以後不夠請隨時同我說。」

「謝謝你的尊貴的好意。」

「我們是朋友，患難中自然應當互助。」我說：「但是你千萬不要告訴海倫。」

「為什麼呢？」她說：「海倫會同樣感激你。」

「不，不，你千萬聽我話。」我說：「我知道像她這樣愛自強的尊貴的個性，絕不願讓自己的困難給外人知道的。」

「你太好了！」她露出和藹、光亮、感激的笑容說。

「把錢收起來吧，海倫進來看見不好。」

曼斐兒太太把錢收在皮包裏，我聽見海倫在外面叫她母親的聲音。

二十一

十二月十三日，我終於接到了史蒂芬太太的電話，她的聲音還是平常一樣地安詳。那時上海電話裏很難說話，日本人派人在電話公司裏竊聽，一有懷疑就會出事情。所以我什麼都沒有問，她也什麼都沒有說，只是閒雅恬靜地問：

「可是徐？」

「是的，」我說：「好久不見了。」

「好久不見了，」她說：「今夜到我家裏來吃飯好嗎？」

「好的。」我說。

六點半鐘的時候，我到史蒂芬太太那裏，她在那間乳白色、點綴著黃綠的房間招待我。她有點消瘦，但精神還是很好，沒有一點不安與慌張。房間內空氣，還是明朗而新鮮，瓶花非常豔麗，淡竹葉盆也碧綠青翠，葉上還有剛剛灌水的痕跡。她站起來，兩隻紅棕色的狗從她的腳前站起，過來嗅嗅我的衣履，史蒂芬太太揮牠們出去，接待我坐在她的對面。她說：

「你來看過我好幾趟了。」

「是的。」我說：「史蒂芬怎麼樣呢？」

「在集中營，」她說：「很好，謝謝你。」她眼睛垂視著，似乎不想談這件事。

「這些天你忙些什麼呢？」

「為打聽史蒂芬的下落呀。」她微喟著。

「沒有需要我幫忙的事情嗎？」

「現在已經打聽出，」她說：「他在浦東那兒一個集中營裏。」

「可以接見人嗎？」

「一星期一次，但限於直接的眷屬。」

「你去過嗎？」

「昨天去過。」她沉鬱地說。

「怎麼樣呢？」

「送點東西給他就是了。」她傲然微喟。

「有出來希望嗎？」

「沒有，」她說：「除了交換俘虜的時候。」

她愀然無言，似乎為避免面上的哀容，她站起來，悄然背著我走向圓桌。我心中雖有說不出的同情，但是尋不出話可以安慰。我燃起紙煙，默默地望著她莊嚴的背影。我頭腦裏並沒有思索横在她心頭的問題，也沒有考慮我們在什麼範圍內去幫助史蒂芬，我只是空虛而模糊地晃著我的同情與焦慮。

天色暗下來，她開亮了電燈，走到窗戶邊，望著窗外，拉上了窗簾，於是回過頭來說：

「是吃飯的時候了吧。」

她同我一同下樓，兩隻紅棕的狗跟著我們。在飯廳裏，我們對坐著，一瓶很大葉的雛菊隔在我們中間，使我們互相容易避免了對方的視線。好幾次，她似乎有話要同我講，但不知怎麼，總沒有講出。我也像有許多話想談，但竟不知要說什麼話。非常沉靜，除了刀叉的聲音外，偶然是院外的汽車聲音。這沉靜的空氣融沒了我們的話語，我們一直沉默著，沉默著。飯後，我們都沒有打破這沉默，也沒有站起，只是默默地坐在咖啡的殘杯面前，最後我說：

「不早了，你需要早點休息。」

「不，」她說：「我還有話同你講。」

於是她伴我隨著兩隻紅棕的狗上樓，走進乳白色的房間裏，把兩隻狗指使到門外。關上門，她坐下了，我無目的地到書架前面流覽。她說：

「坐下談談好嗎？」

我回來坐在她的對面。她忽然用沉靜嚴肅的眼光說：

「假如可以的話，」她站起來，走向書架，拿出一本聖經莊嚴地說：「我希望你肯對聖經發誓。」

「你的意思是守秘密？」我站起來問。

「是的，」她說：「假如你我的交情可以使你允許我不將我們今夜的談話說出去，請你發誓。」

「可以。」我說著，勇敢地把左手放在聖經上，舉起右手，我說：「我發誓守秘密。」

「所有今夜史蒂芬太太同我的談話，不同任何人去說。」史蒂芬太太說。

「我發誓不將今夜史蒂芬太太同我的談話，對別人去說。」我繼續發誓。

於是她收起了聖經，放到原來書架上面，她莊嚴地過來，用乾淨的聲音說：

「我現在要問你一句話。」

「請隨便問。」我微笑地靠倒在嫩黃色的沙發上。

「你願意忠實地回答嗎？」

「凡是我肯回答的我一定忠實。」

「那麼，」她笑了：「假如我問你，你可是政府委派的間諜人員？」

這真是我意料以外的問題。我很吃驚，像我這樣喜愛抽象哲學問題的人，怎麼竟被史蒂芬太太有這樣奇怪的猜想呢！我禁不住笑了，我說：

「你怎麼想到這種地方去了？」

「你以為這是我一個人的猜想嗎？」她還是莊嚴地說：「現在只是回答我『是』或者是『否』。」

「否。」我說。

「真的？」

「我不是答應過你不撒謊嗎？」

「假如政府派你做點間諜的工作，」她眼光盯著我的眼睛，冷靜得已經使我不相信是史蒂芬太太，她說：「你願意擔任嗎？」

「不會派我，」我輕快地說：「間諜人員我想一定是敏捷幹練人才。」

「不，」她說：「假如有某一種工作，有人以為你最合適，你願意擔任這份工作嗎？」

「沒有人會以為我是合宜於這類工作的，」我說：「我又不敏捷，又不幹練。」

「但是你有冷靜的頭腦與敏捷的思想。」

「你過獎。」我說：「但即使是這樣，這只是一個思想家的才幹。」

「當全國動員拯救民族的時候，這類人才是徵做間諜之用的。」她說：「我現在只問這句話，假如有人派定你，你願意接受嗎？」

「如真是為愛與光明，我接受。」

她避開了我的目光，輕盈地站起，悄然走到我的附近坐下，她柔和地說：

「如今，當這太平洋戰爭已經開始的時候，我們是確切地站在一條戰線上了。」

「自然，」我說：「也因此，除了友誼以外，我也特別地關念史蒂芬。」

「現在，」她放低了聲音說：「我們的間諜工作已經展開起來，很希望你肯幫同我們工作。」

這真是使我吃了一驚，像史蒂芬太太這樣雍容華貴的太太難道是一個間諜，我心中忽然浮起了奇怪的感覺，我驚奇地問：

「你是……？」

「我們都是美國駐遠東海軍的工作人員。」她冷靜地低下頭。

「……」

「你需要錢？」

「我知道你們有錢。」我諷刺地微笑。

她裝著沒有聽見地走開去，走到窗戶口冷笑地說：

「因為太危險嗎？」

「……」

她又悄然地走過來，冷淡而和氣地說：

「我給你五分鐘的考慮。」說著她悄然走了出去。

我一個人在房間內，這時候心中湧起了說不出的迷惘。像史蒂芬太太這樣的人會是間諜！那麼我為什麼不可能呢？自從「七七」以來，我始終迷戀於我所研究的哲學問題，而收穫遠不如先初的理想。一次一次地因時局的變動、因心境的不安，使我不能耽於工作。幾次三番都想到後方去找點實際切實有時效的工作，終因我的著作沒有完成而擱下。現在我的心境既然不宜於哲學的研究，有這樣一個機會，而照史蒂芬太太的態度，好像我對於她們的工作進行上是有點便利的，那麼我為什麼不能答應她呢？

門響，史蒂芬太太進來了，她用疑問的眼光看著我，一聲不響地站在我的面前等待我的回答。我說：

「好的，我擔任我能力所及的工作。」

她笑了，伸出她的手同我的親切地握著。最後她坐下來，似乎要說什麼，但是我先問了：

「我可以知道你們的詳細的情形嗎？」

「這連我都不知道。」她說：「我們只知道我們的工作。」

僕人拿著紅茶進來，尾隨著那隻紅棕的大狗。於是史蒂芬太太為我斟茶，她叫僕人把狗帶出去，開始說：

「奇怪，我們都以為你是中國的工作人員。」

「我的行為詭秘嗎？」

「許許多多論證，」她說：「我所見到的是你的生活與你的態度不一致。」

「這是怎麼講呢？」

「你一方面有很強的民族意味，一方面你似乎對於戰事漠不關心。一方面很厭憎繁榮的都市，另一方面又耽溺於都市的繁華。」

「這都是間諜的特徵嗎？」

「這是說，你相反方面的行為都是偽作，而一切的生活不過是你工作的手段。」

「這也許是史蒂芬，不是我。」我說：「我不過是苦悶與矛盾的集體。」

她微笑，不說什麼。我問：

「你以為我能夠勝任我的職務？」

「自然，」她說：「我想你的職務不會在你的勝任以外的。」

「那麼什麼是我的工作呢？」

「我也不知道，」她說：「明天下午五點鐘的時候，叫你到費利普醫師診所去。」

「好的。」我說。

「進去，你可以說是神經衰弱。」

「好的，」我說：「那麼我去了。」

我告辭出來，心中似乎都是興奮，覺得在這灰色平凡的生活中，現在可以有一個新奇的轉變，可以從煩瑣沉鬱的問題上，轉到乾脆明顯的工作去。這是多麼愉快的事。而幾年來，我想擔任一點直屬於民族抗戰的工作，現在居然一旦實現了。這是何等的生活。回到家裏，我不能安睡，我想理理我在研究的文稿，但在整理之中，我發現許多正在參考的書籍與材料，如一經擱起，繼續時又將重下一番功夫，必須再有一個月的工夫，才可以告一段落。但是這是不可能的。無可奈何之中，我只得放在一邊，沒有整理它，也沒有管它。心境浮起了繚亂的煩慮。我打開窗子，站在窗口，呼吸著窗外寒冷的空氣。天邊有無數雲瓣在推動，淡月忽隱忽顯，終於被雲層密密封住，於是下面的雲層又聚攏來，像織布似地，很快很快又編成一層，這樣一層一層地編織，天慢慢低下來，有風，於是雨點蕭蕭地下來，間隔著瑟瑟的雪子，偶爾飄打在我的臉上，有一種凜冽的感覺。我不知道在想什麼，但是這種感覺於我是好的，像是排除了過去種種的膩熱，我吸收了新穎的水份。

兩點鐘的時候，我感到倦，我開始就寢。憶及傍晚史蒂芬太太所談的使命，我興奮起來，我有矛盾的想法，也有奇怪的感覺，對於新有的使命是否能夠勝任，我自己毫無把握。但是我有學習的自信，我好像突然強壯起來，敏捷起來，也好像幹練起來，我看到黑暗中的光明，一小點，到處閃著，閃著，蠕動，蠕動，凝成一塊，拼成一片，融成一體，透露出光芒，亮起來，亮起來，照耀著玲瓏的大千世界，圓的，方的，六角的，菱形的，各色各樣的結晶，反射出五彩的光亮。我的肉體好像透明起來，有東西在我心頭跳動，是光。它越跳越高，越跳越高，高出我的心胸。

我似乎失去了自己，我在發光，在許多發光體中發光，像是成群的流螢在原野中各自發光。所有的光芒都是笑。

二十二

費利普醫師的診所，是我與史蒂芬第一次交友的地方。自從那天以後，我從未來過。現在是我第二次來。

我在門口掛號，填病單進去的時候，大概是四點半。候診室裏還有六個人，兩個男的，三個女的，還有一個十二三歲的白種小孩，依靠在一個近四十歲的婦女身旁。有兩個人在翻閱雜誌。我就坐在他們旁邊的沙發上。大概半支煙工夫，裏面有人出來。有一個看護，是穿白衣的中國女孩，拿著病歷單叫下一個人進去。

我拿架上的雜誌，隨便翻翻，但心很不安，並未閱讀。最後我又回到原處坐下靜候。

大概診到第三個的時候，外面又進來一個老年的病人。他坐在我的斜對面，面色很不好，還有點焦慮。我進來的時候，心裏總好像是有重大的使命，但在這樣期待之中，我好像覺得我也是病人一樣。但是我忽然想及——「可是這些病人都是海軍的工作人員，到此聽候工作的？或者其中有幾個是與我同樣的使命？」我開始在他們的臉上、舉止上考察，但我看不出什麼。這樣等了許多時候，看著座中的人進去出來，出來的人走了，座上的人進去。候診室的人越來越少，最後終於輪到了我。但是看護叫的竟不是我的名字，我望著斜對面的老人應著進去。一刻鐘後，這位老人出來，他悄悄地走出去，接著看護出來叫我。在史蒂芬家裏，我與費利普醫師，曾有幾度的會面。是四十幾歲模樣，上唇蓄著髯髭，態度非常莊嚴文雅的紳士。我進去，他微笑點頭，當我坐在他寫字檯旁邊時，他同我握手，但並不熱烈。他穿著白衣，寫字檯上是我空白的病歷單與藥方簿子。他手上長著茸茸的毛，右手拿著一支鉛筆輕敲著他的左手，說話時聲音低微而有力。他說：

「感到不好嗎？」

「是的，」我說：「我想是神經衰弱。」

他開始注視我，是一對碧藍的眼睛，發著堅強有力的光芒。

他似乎很少注視人，但每一注視必用這逼人的光芒似的。我避開他的視線。

他把旁邊另一隻凳子拉過來，過去洗手，於是坐在我的對面，兩膝頂住我的膝頭，叫我輕閉眼睛，又叫我張開，於是拉開凳子。他叫我脫去衣裳，接著又坐在我的對面，他聽了又聽，敲了又敲，於是把聽筒收起，站起來叫我穿上衣裳，他回到寫字檯前，開始寫藥方。我這時好像是真為來看病似的，心裏浮起了病人的情緒，我問：

「肺有病嗎？」

「沒有，」他沒有望我，淡然說：「神經衰弱。」

他把藥方交我，似乎不再同我說話。我自然意識著我的使命，但是他已經站起，過去洗手，我於是也站起來，我問：

「沒有什麼了？」

「多睡，少用腦，常用冷水擦身。這些大概你都知道的。」

他一面用乾布擦手，一面微笑著，目光似乎在送我。

我同他點頭，眼睛望著他，遲緩地奔向門口，他竟一點吩咐都沒有，我驚奇得不知所措。難道史蒂芬太太沒有同他約好，再不然是起初想用我，後來覺得我不合適了？

在這樣的疑慮中，我開門出來。我進來時，候診室中，已沒有人，但現在又有一個女人了，站在窗口，剛在我不知怎樣好時，她回過頭來。

是梅瀛子！

「啊，是你？」梅瀛子露著杏仁色的稚齒，笑著站起來，她說：「好久不見了。」

「好久不見了，你還是這樣光亮。」我過去同她握手。看護拿著病歷單站在門口。

「你有病嗎？」我問。

「打針。」她說：「你在這裏等一會，我馬上就出來。」

她留下一個美麗的笑容進去了。我坐下抽煙。我開始悟到史蒂芬太太所謂來同我接洽的人一定是梅瀛子無疑。那麼梅瀛子原來是他們的同夥，怪不得一直同日人交際。

我拋去煙尾，走到窗口。雨已經停，天邊有紅黃的晚霞，上面白色的雲片下也透著紅光，很美。

「對不起。」梅瀛子已在我的身邊。

「近來好？」

「謝謝你。」她說：「怎麼，陪我吃飯嗎？」
「你沒有應酬？」
「最光榮是和你一同吃飯了，」她笑：「我應當忘去了別的應酬。」
「是我的光榮。」
她挽著我的手臂走出來，坐著電梯，門口是她的紅色汽車。我說：
「『賽羅凡』嗎？」
「不，」她說：「檳納飯店。」
「檳納飯店？」我問。
「你不知道嗎？」她說：「所以我要帶你去。」她駕車由靜安寺路向西行。是黃昏，馬路上人很多，電車擠極，但是汽車極少。上海的汽油早受日本統制，汽車也在隨時徵用。但是梅瀛子居然可以隨意駛行，這可見她在日人圈中的地位，而她是美國海軍的工作人員？我忽然想到莫非她並不是史蒂芬太太所謂同我接洽工作的人，而真是偶然同我碰到的？
靜安寺那面行人更擠，汽車慢下來。就在那時候，有一輛車子轉彎過來，是三個日本軍官間坐著一個衣服麗都的女子。一轉彎就疾駛向東而去，我們的車子穿過海格路到大西路，梅瀛子忽然笑著問：
「你沒有看見嗎？」

「什麼？」

「我們美麗的白蘋。」

我忽然想到與日本軍官坐著的女子，我問：

「真的是白蘋嗎？」

「你連白蘋都不認識了？」

「我好久不見她了。」

「好久不見她了？」她驚異地問。

「怎麼？」我反問。

「白蘋現在真是賽金花了！」

「你是說……」

「我是說她重要而且忙呀！」

路上行人稀少起來，汽車的速度快到四十三哩，穿過荒涼的地帶突然又慢了下來。我問：

「在這裏？」我奇怪，在這樣的地方會有飯店。

「就到了。」梅瀛子說。

我看到一排綠色的短木柵，車子彎了進去；前面是一所三樓的洋房，窗口亮著燈光，四周是草地，似乎種滿了樹木，因為是冬天，我看到很少的葉子，車子停在二排整齊的冬青樹的夾路面前。我跳下車，看到對面的路燈，也可以說是門燈。在左手冬青樹後面的草地上，球形的白磁罩上寫著Benner Inn的字眼；我們從小路走進去，看不到房子上其他的標幟，一直到我到了門口，在擦得很亮的一塊銅牌上面，才看到同樣的字記。梅瀛子按鈴，一個白衣的侍者來應門。在走廊上，梅瀛子掛置了大衣，我也把衣帽放好。梅瀛子帶我到客廳。她自己就告歉一聲去了。這客廳是道地英國式的布置，兩隻寫信的書桌，上面小架上插著信紙與信封，一隻圓臺在房中，四周小沙發接著小沙發，分組似地排著，後面或旁邊放著小几。對窗的角上，則有一套沙發，圍著一隻輕巧的橢圓形小几。房中水汀很熱，窗戶都密垂著窗簾。我進去時候一個人也沒有，但隨後有兩個中年的男人進來，說著德文，我不懂。我坐在一角，好像一隻鳥飛進了室內，生疏的環境使我感到非常不安，但同時我直覺地感到了這個地方的神秘。

梅瀛子進來，她已重新洗梳了，又換上晚服，風致嫣然。

「原來梅瀛子就住在這裏。」我想，梅瀛子的寓所，白蘋曾來投宿過的，當時偶爾談到，我沒有細問，但似乎並沒有提起檳納飯店過，那麼是她新近搬來的了？

梅瀛子輕盈瀟灑，走到我的面前，又轉到我側面的沙發上坐下。她說：

「這裏還不錯嗎？」

「很靜。」我說：「你就住在這裏？」

「是的。」

「很久了？」

「不，」她說：「不到一星期。」

一個侍者進來，對梅瀛子說飯已經開好。梅瀛子就同我到飯廳去。飯廳裏黃色的牆壁，上面掛著兩張色彩明朗的靜物，大概一共有十來張桌子，約莫五六桌坐著人。梅瀛子同他們約略招呼，我們就面對面地坐在布置好的桌子兩端，梅瀛子叫來了酒。

我總以為梅瀛子這時候應當有什麼話吩咐我了，但是並不，她淺笑低顰，很少說話。廳中人固不少，但都十分靜寂，無線電開始播送了幽靜的夜曲，梅瀛子似乎在傾聽，我也慢慢融入音樂的想像中，一瞬間竟忘了我應當期待的使命。

很久很久，我沒有這樣甜美的享受，好的音樂，好的友伴，好的飯菜，在幽美潔淨的房中消一個黃昏與半個夜晚。這能使我靈魂有再生的新鮮，使我的工作有更大的效率。但是今夜，我並不能夠耽於這種享受，我的心靈周圍蕩漾著一種說不出的氣氛，使我期望早一點揭穿這個謎底。但是梅瀛子沉默著，室內只有偶爾的細小的刀叉聲音。

一直到餐罷，梅瀛子在一曲音樂告終時，她說：

「到我的房間去看看嗎？」

「……」我沒有發聲，點點頭。

她站起來，我跟著她站起來，跟著她走出餐廳，跟著她上樓。跟著她走進房間，立刻有一種她身上常用的香味襲來。外面似乎是很小的起坐間，一套沙發、一隻寫字檯，疏落地安放著。黃色垂地絲絨大門帷，掛起在那裏。我在外面可以看到床，看到燈桌。這當然是她的寢室無疑，但是我始終沒有進去。梅瀛子在沙發上招待我坐下，她用輕盈的笑容帶出低微的聲音，她說：

「給史蒂芬太太的諾言有後悔嗎？」

「自然沒有後悔，」我說：「我不是小孩子。」

「但是這不是玩笑，」她說：「我現在給你一個最後挽悔的機會。」

「你放心，」我說：「不會後悔，也無須挽悔。」

「真的？」她說：「但是工作只是服從與勇敢。」

「我知道。」

「那麼，」她說：「我現在要請你去做一件事了。」

她坐在我的旁邊，拿起一支煙。她抽煙是偶然的事情，但是總有很熟練的姿態。我為她燃煙，她開始望著她吐出的煙霧，莊嚴而沉靜地說：

「你多少日子不同白蘋在一起了？」

「已經很久。」

「啊！」她看我一眼，又沉靜地說：「現在的工作就是請你在白蘋地方把一包白封袋的東西拿來。」

「白蘋？」

「是的，」她說：「過去我已經暗示你。」

「你是說她……」

「是的，」她說：「但是你無須問下去。」於是她輕微地笑了一笑：「封袋是二十四開報紙大小，印有日本海軍部的字樣，沒有拆封，反面有火漆的印子。」

「一定在白蘋地方？」

「一定，」她說：「但是你必須快，今夜，明天，明天，」她計算著又說：「明天中午前我在這裏，後天早晨七點鐘我在兆豐公園等你。」

「……」我說不出什麼，我在沉思之中。

「否則我怕這東西已經不在她手頭了。」她說：「你必須今夜馬上拿到；否則明天你不要離她，明天還有一個機會。」

「好的。」我堅定地說。

「一切希望好好地進行，不要同白蘋衝突，不要讓她發現這東西是你拿的。」

「但事後怎麼能掩飾她發現呢？」

「我只要用一個晚上，第二天原物還要請你拿回，放在她原來地方。」

「唔。」

「今後你必須同她保持經常的交往，但不要被她疑心到你的目的。倘若你由她而交際到與她有關的日本軍人，而不使那些軍人妒忌你同白蘋的交情，那你就完全成功。你必須有超然的姿態，同白蘋在一起。」

「好，我試著做。」

「你千萬不許對她有什麼暗示，或者有勸她改邪歸正的意思。」

「為什麼？」

我驚奇了，因為這正是我所想要做的。像白蘋這樣的人，如果被日本人買去，那完全是因為她奢侈，因為她需要錢，因為她自暴自棄。到底她是中國人，如果給她錢，她不是同樣的可以是我們的人？但是梅瀛子竟預先禁止了。這是什麼意思？

「這關係你整個的工作，這關係你的生命。」她冷靜地說。

「我不懂，」我說：「她是一個人才，是不是？」

「是的。」梅瀛子俏皮地笑。

「她是中國人，是不是？」

「為什麼你不能用她？」我說：「我以為你用我還不如用她。」

「是的，但是你怎麼知道我沒有試過？」

「就不許我再試呢？」

「但是你的工作只是竊取那文件，還有是同她保持很好的交往。」她忽然站起來，走開去，冷靜嚴肅地用命令的口氣說。

「那麼我遵守。」我說。

「謝謝你。」她說著站起，走到寫字檯旁打開抽屜拿出一張支票，輕盈地過來交我，她說：「這是錢。」

「錢？」

「收著。」她平淡地講：「有特殊的需要時告訴我。」

我接過支票，是福源錢莊的，數目是兩萬元。我收起，她說：

「現在你可以走了，我這裏電話是××××，電話內當然不能說話，非必要時還是不打。明天中午前我都在這裏。你如不來，後天早晨七點鐘，我在兆豐公園池邊等你。」

「那麼再見。」

「再見。」

她同我握手，只用一個美麗的笑容送我，門輕輕地闔上。當我再回頭時，我聽見下鎖的聲音。

二十三

是我應當不同白蘋見面就去竊取呢？還是我先去會見白蘋再趁機竊取呢？白蘋現在一定不會在家，我可以趁她不在設法去竊取；但是我一到她家，在情理上我只能見她不在就走，或者一直在那裏等她，絕不能耽了許久，偷到了文件就走的；如果我要先會白蘋，那麼我就得先去舞場看她，可是她也不見得在那裏，就是在，也一定有許多人包圍著她，那麼她會約我一個時期去看她，這樣受了她約期的限制，如果在她所約的期前去就有點唐突了。我走出檳納飯店，衡量著這兩種計畫，在大西路上走著。

才八點鐘吧，街頭已經很寥落，路燈顯得分外亮，照我人影在地上摸索，天上凝雲如凍，淡淡的星影如淚痕，街樹現在只剩枯枝，更顯得電線杆的消削。我順著街樹與電線杆走去，心中有說不出的感覺。像是一個無家可歸的旅客，也像是深夜行竊的小偷。

有汽車疾馳而過，裏面都是日本軍人，這時正是他們夜樂的開始，也許正約著白蘋預備狂舞豪飲到天明呢！

汽車行已被封存，街頭也沒有洋車，我需走到靜安寺才有電車可乘。於是我排除了一切的感念，加緊了腳步。

快到靜安寺的時候，我看到一家花店，布置得很好，提醒我進去選買了一束美麗的花束。

在靜安寺左近，我又買到一些水果，這才坐車到白蘋地方去。

我已經好久不來白蘋地方，到樓上的時候，心裏有一種不自然的情緒。但一切似乎都沒有改變，我小心地敲門，有一種偷竊者的心理使我心跳。應門的是阿美，她一見我就說：

「是徐先生，怎麼好久不來呢？」

「我知道白蘋是很忙的。」我說：「她有沒有在家？」

「沒有。」

「可以進來嗎？」

「自然。」她說。

我把花與水果交給阿美，我個人走進客廳。客廳的布置稍稍有點變動，但看不出有什麼客人常來。阿美倒茶給我。我說：

「我住過的那間屋子，現在也租出去嗎？」

「沒有，」阿美說：「現在純粹成了一間書房。」

「我去看看去。」我說著站起來。

阿美跟在我面前，到了那房間的門首，她上來為我開門。我一眼就看到四壁的圖書，我像吃驚似地，不覺叫出：

「書？」

「是白蘋小姐的朋友寄存的。」

房間布置都已改過，中間是一隻寫字檯，寫字檯前面是一隻小沙發。再前面是矮長桌，四周放著軟凳。矮長桌上面是煙灰缸。寫字檯上面有零亂的書籍與信箚，似乎有人在辦公似的。我略一瞥視就走到書架前面，架上大多數是經濟學與政治的書，英文的居多，日文的不少。偶爾還有幾本法文書。

轉瞬間我發現阿美已經出去，我忽然想起一個計畫我跑到外面，看到阿美正走進白蘋的臥室，我跟著進去。我說：

「我可以走進來嗎？」

阿美笑了。

「白蘋小姐大概什麼時候回來？」

「沒有一定。」

「近來回來得早嗎？」

「還早，」她說：「最近很少晚回來。」

「那麼我在這裏等她。」

「要不要我打電話給她？」

「不要，」我說：「我也沒有要緊事，不過好久不同她見面了，今天想同她談一夜。你願意為我買點東西嗎？」

「買什麼？」

「上好的煙、高貴的酒、新鮮的點心。啊，做點豐富的sandwich、美麗的果子凍，好不好？」

「怎麼，這麼高興？」

「好久不來這裏，」我說：「這裏成了久違的故鄉。」

我說著拿錢給阿美，但是她說：

「這裏有錢。」

「不，」我說：「這是我的事情。」

阿美收了錢，她拿著白蘋房中的花瓶出來。她讓我一個人耽著，我坐下，開始注意那房間。牆上的畫換了一幅石濤的山水，同任董叔的字條。傢俱略略有點更改，所有的書都已搬出，大概是搬到書房裏了。桌上有幾本American與Harper's，我正想拿一本翻閱時，阿美捧著花瓶進來，瓶上已插好剛才我帶來的花束，我說：

「近來客人多嗎？」

「很少，很少。」

「梅瀛子小姐常來嗎？」

「一直沒有來過。」

阿美一面說，一面把花瓶捧到白蘋床邊的燈桌去。放好了花，她說：

「那麼我去買東西了。」

「好，謝謝你。」我說：「你要鎖門嗎？」

「你要耽在這裏嗎？」

「假如你不當我是外人。」我說：「這個房間令人坐下來不想走。」

「那麼你就在這裏，」她說：「我出去了。」

阿美的人影消失後，我聽見外門闔上的聲音，於是我輕輕地站起，我的心突然跳起來，我遲緩地走到外面，到門口看看阿美的確走了。我巡視了每間房間。發現現在在這個世界中只有我自己，但是我的心跳得更緊，我走到白蘋的寢室。櫥門鎖著，寫字檯當中一隻抽屜也鎖著，我將其他可開的抽屜，一隻一隻查閱，有一隻裏面放著兩三封信，有一封是日文的，我很想看她的信，想證明她究竟她的身份可如梅瀛子所料，可是我沒有時間，我必須很快把可能檢查的都查到，如果是有鎖的地方，那只有在阿美地方騙鑰匙，或者將白蘋灌醉，偷她身上的鑰匙。我翻遍了所有抽屜，連五屜櫃都在內，竟沒有梅瀛子所說的東西。最後我走到她後面的衣箱間，但門鎖著，我無法進去；於是我走到那間書房，寫字檯抽屜有三隻都鎖著，沒有鎖著的都沒有什麼東西，有一隻滿滿的都是信，有一隻是零星的雜物，有一隻是一些帳單與信封信紙。那間房間布置很簡單，再沒有地方可查。我想這一定是在鎖著的抽屜裏，抽屜的鎖很講究，絕不是可以隨意打開，我想撬開抽屜的底板，但撬開似乎不難，而放上去可就難了。我預算阿美出去要半個鐘頭，現在已經過去一半還多。這是不可能的。我只有等白蘋回來時，設法叫白蘋開這中間的抽屜，我覺得這是最可能放那文件的一隻；又要她偶爾在我面前打開，讓我確實知道那文件在裏面。我明天想好開抽屜的辦法再來，那就有把握了。但是我怎麼叫她為我打開抽屜呢？我異想天開，撿出一張名片，用桌上的鋼筆我寫：

「什麼時候你打開這抽屜，什麼時候請你打電話給我。」

但我沒有把這名片塞入抽屜，因為這時候我忽然想到那間當初我放行李的套間。我過去，門沒有鎖，裏面很空，堆著舊報紙與雜誌，下面是兩隻一直放在那裏的箱子，以前好像是壓在我的行李下面，似乎從來沒有打開過。我試試這箱子，箱子鎖著，但是好像與我的箱子有點相像，我就拿出鑰匙來試。這時候我發現箱提上的已變灰色的白布，上面寫著「陶宅寄存」的字眼，我試我的鑰匙，恰巧正好，果然一開就開。我正想搬動上面的報紙，但是外面鎖響，我吃了一驚，馬上出來，輕掩上門，順手在書架抽一本書，坐在沙發上，我已經聽見阿美的腳步。

「阿美，你回來了？」我還是坐著，比較大聲地說。

「是的。」

我為要聽外面的鎖音，所以我把房間開著，我聽見她的聲音時，我斜眼已經看到她的腳步。

「真快啊。」我站起來，迎著出去。

阿美果然買來一切要買的東西，我非常熱心地幫她拿東西到廚房裏。等阿美開始忙於做果子凍時，我才拿著一罐Abdula同一盒Era到書房裏，這一次我可關上了門。

我估計阿美一時不會離開廚房，我趕緊拿出鑰匙，跑到小間裏，把剛才的箱子鎖好。我心裏雖然急於想看這箱子的內容，但是我必須非常謹慎，不要讓人對我疑心。於是我悄悄地出來，關上門，就在四周書架前流覽。書籍分類似乎很清楚，兩面是社會科學的書籍，以關於經濟學為最多；一面很雜，有哲學、心理學、人類學等書；一面則都是文藝書籍，我隨便抽一本到沙發上坐下翻閱，但是一點也看不進去。看錶已是十點多，我開始感到不安與寂寞，我打開Abdula，抽上一支，踱出去看阿美已經把果子凍放在冰箱裏，她正在做Sandwich，她問我可是要茶。

「不。」我說。

「你等得膩煩了？」

「沒有，」我說：「只是要你太辛苦了，弄好早點去睡吧。」

「我天天十二點才睡呢。」她笑著說。

沒有說幾句話，我又回到書房，我開始後悔我剛才竟沒有打開那箱子，不然也許已經找到了所要的文件。但現在似乎我更不能動。我在房內擲踢，把剛在翻閱的書放在原處，順著書架一路走過來。到了一面社會科學的書架前，在高度與我視線相等的地方，正是一列經濟的書籍，我無意識地一路唸著書名過去，Contemporary Theory of Monetary、Monopoly、Money、Faust……我奇怪了，怎麼這裏來一本Faust？我無意識地抽了出來。我發現裏面正夾著東西。翻開一看，是白封袋，厚紙製成的，印有日本海軍部的字樣，我的心突然跳起來，反面果然有火漆，上面有印，但我不及細認，我的心跳著，好像門口就有人看見我似地，但我鎮定地捧著書，一面注意所夾的頁碼是八十三頁，一面偷看阿美是否會從房門進來。

不，房門好好地關著，我這時再沒有猶豫的餘地，我把它收下，但是我的衣服內袋，無法裝下，外袋也嫌小，而且太露，最後我把它收到襯衫與羊毛衫的中間，正貼在我的胸膛。這文件不厚，我扣好背心扣子，就一點也沒有痕跡。但是我的心依舊跳著，似乎我犯了大罪，又似乎門口有人，我望望房門很安謐，我做一個深長的呼吸，開始把那本Faust放到原處，我一次、兩次地注意它是否同剛才放得一樣。

然後，我輕輕走到門口，忽然聽到門外有人聲，我吃了一驚，馬上拉開門。

「渺乎。」原來是吉迷，那隻波斯種的貓，伸著懶腰，進了房門。

我走出去，但廚房裏竟沒有阿美，我有點驚慌，於是我叫：

「阿美。」

阿美在浴室裏答應我，不一會她就出來。我說：

「剛才門口有聲音，我以為是白蘋回來了，一看不是，我想可是你出去。」

「不，我在洗衣服，別是吉迷吧。」她微笑著說：「要什麼嗎？」

「沒有。」

「你等得心焦了？」

「不，」我說：「我看看書很好。」

我說著抽上煙，回到書室去。這時候我的心比較安定下來，在書架上抽一本文學書，坐在沙發上，用最安適的姿態，集中心力來讀，我想暫時忘去我心中的不安。這是一本講文學上想像的書，我現在想不起這書的作者。他把想像分成四類：第一是創造的想像，第二是聯合的想像，第三是說明的想像，第四是假設的想像。他論到創造的想像是選定各種經驗中的成分成一新的整體，聯合的想像是提煉對象中精神的成分，或賦對象以精神價值，假定的想像是在對象上假定它的生命情感與感覺。在書中作者有很長的論證與舉例，但我覺得這一種分類太死板，在研究上或者有點幫忙，在欣賞上並沒有什麼用。作者只談到文學，但我想，創造的想像似乎宗教上較多應用，聯合的想像是音樂家最常用的，說明的想像是畫家雕刻家更常用的，假定的想像則是詩人常用的。如果以派別說，浪漫主義似乎多用創造的想像，寫實主義多用聯合的想像，象徵主義多用說明的想像，表現主義似乎多用聯合的想像。

我把書放在膝上，一個人這樣在胡思亂想的時候，門突然開了，我好像從夢中驚醒，我的心跳起來。

是白蘋！

「你吃驚了？」白蘋穿著藏青紅紋的呢旗袍，站在門口，一隻手慢慢拉上了門。

「啊，白蘋，」我說：「你回來了？」

「你一個人在想什麼？」她說。

「看這本書，」我說著拿起膝上的書，站起來，說：「我正在想它對於想像的分類。」

「那麼同我談談嗎？」

「自然可以，但是我們好久不見了，我要同你商量比較現實的問題。」我把手上的書放到書架上去。

白蘋已經坐在寫字檯前，我說：

「不以為我找你唐突嗎？」

「很歡迎。」

「你變了許多。」

「人嗎？」

「地方也一樣——」我說：「這許多書。」

「別人寄存的。」她說。

我這時忽然覺到我手上的灰，我猛然想到這是我在套間中摸來的，那麼裏面一定留著我的痕跡，我必須設法掩蓋過去才好，但我還是望著她說：

「你似乎胖了。」

「不見得吧？」她說：「你好久不來了。」

「我常常想來看你，但因為你說過要等你的電話……」

「今天你來得很好，這幾天我每天想打電話給你。」

「我想你一定太忙了。」

我說著來回地踱步，四周看看。我說：

「這房間經這樣一布置，似乎更加莊嚴了。」

我好像不經意地走向套間去，我又好像不經意地打開門。我一面走了進去，一面說：

「這裏還是箱子間？」

「都是別人寄存的。」白蘋說著走過來。

我故意推動著報紙，我說：

「你還保存報紙？」

「唔……」她在我身後回答我。我回過頭去，看見她百合初放的淺笑。

這笑容使我想到我們過去的感情與距離，我頓悟到今天的談話顯得我們過分的距離了？抑或是我今天的行動使我自己失了常態？還是她對我的態度本質上有什麼變化？

在我，站在正義的立場，我自信我的行動是正確的；但是在這個過去完全信任我、對我有無限友情的人面前，我深深地對我行動有點慚愧，照我平常的態度與氣質，我一定用最真的情感來對她訴說，最正直的理論來使她折服，我要叫她自動地把那文件交給我，讓我帶給梅瀛子；但是這是梅瀛子再三叮嚀過我，而我應遵守的禁條。同時，我已經偷獲了文件，已失去了我可以忠於朋友的資格。就在她一笑的瞬間，似乎有一種靈感襲來，我用非常真誠的眼光，從她的嘴角望到她星光般天真的眼睛，我一手挽住了她的手臂，伴她走出套間，我用喉底的語氣說：

「還當我是你最好的朋友嗎？」

「自然。」她笑了。

「但是我現在想離開上海了。」

「後方去嗎？」

「是的。」

「我早就這樣勸你了。」

「我希望你同我一同去。」

「原來你不去是為我了。」她撒開我的手，嘹亮地笑著，倒在沙發上。

「事實上我不放心你。」我莊嚴地坐在她前面的腳凳上，冷靜地說。

「你在這裏，倒使我很不放心。」她突然嚴肅起來。

「但是你一直沒有打電話叫我來看你。」

「因為我忙。」

「忙，」我說：「這就是我不放心的地方。」

「為什麼要對我不放心呢？」她說：「我是一個舞女，忙就是我的收入。你應當放心才對。」

「你講收入？」

「自然，我告訴你，你到後方去可以做應當做的事，我去不過是消耗。」她說：「我希望你不要為我想什麼，你自己好好地走吧，需要錢，我這裏來拿。」

「你以為我是來問你借錢的嗎？」我站起來。

「怎樣，」她說：「問我來借錢是恥辱嗎？」

「不是這樣講，」我說：「我要問你借錢我就乾脆地借，何必同你說這許多別的。」

「那麼你來勸我同你走了？」

「是的，」我說：「我想知道你的意思，因為我已經料理好我的一切，如果你不走的話，我也決定不走，那麼以後我要常常見你。我們似乎不應當這樣難碰到。」

「那就隨便你了。」她說著就站起來走出去。

我一個人坐在那裏，心中有許多紊亂不安的情緒；白蘋的態度似乎是自暴自棄的墮落，但是對我殷殷期望，始終是我所應當感激的。站在最高的友誼立場上，我必須對她坦白地做最誠懇的勸告，但這正是我職責上所不允許的。我猜想她是十二點回來的，阿美應當還未就寢。她進來脫去大衣，也許會見過阿美，也許在衣架上看到我的衣帽，所以能夠從容地開門進來。從她的表情上看，似也並沒有對我的使命有什麼懷疑。我很希望我可以馬上離開這裏，到梅瀛子地方去，早點可以把原件拿回來放在原處，但是一時似乎沒有脫身的辦法。我現在思索我是否遺留了什麼可疑的痕跡，我已經在她面前到箱子間去過，那麼假如裏面灰層上有我痕跡，一定再不會懷疑在她來了以前我有什麼探索了。其他呢？抽屜裏似乎不會有什麼，假使有浮面的移動，也只是我一個人在期待中偶然的動作。於是我想到書架，我視線立刻注意到Faust上面，我忘了我取文件以前的樣子，我竭力追想當時的樣子與現在比較，似乎覺得那書的兩面鬆了一點，但是我立刻意識到這也許是神經過敏的幻覺。

「徐，到這邊來坐吧。」這句話提醒了我白蘋剛才出去的意識，我站起來開門出去。

白蘋已換了灰布的旗袍，手裏捧著剛才阿美預備好的食物，走向她自己的寢室，我跟著她進去。

白蘋在圓桌上鋪好臺布，我幫助著放好夜點。她又拿燈桌上剛才阿美放好的白花瓶，放在圓桌上面，燈光下這花有特別的風姿。白蘋坐下，萬種安詳的表情聚在眼梢，眉心中放露幾分疲倦。她微喟一聲，喝一口茶說：

「謝謝你還關注我。」

「你已經忘了我。」

「我忙得把什麼都忘了！」她說著頭靠在沙發上，閉上了眼睛。

這印象使我想起了我同她從杭州回來火車上的輕睡姿態。我憶起那天我為她畫的像，這幾張像在我記事簿裏，我一直把它忘去。後來這本記事簿抛在抽屜中，記得搬在白蘋地方時，就已經沒有見到過，現在更不知放在什麼地方了。這記憶實在有點奇怪，因為它一方面使我對白蘋有一種說不出的情感。我感到白蘋對我始終沒有帶一點不好，而我今天，就利用她對我歷來的感情，來偷她的文件，有一種慚愧從我心頭浮起，我覺得我有坦白地同她說明的必要，但是另一方面似乎有一種力量牽制著我。我望著白蘋倦怠的姿態，聽憑兩種不同的力量在心頭激沖，最後我終於開口了，我說：

「白蘋！」

這突兀而苦澀的聲調使白蘋張開眼睛，振作了一下，我說：
「假使你在上海這樣下去，你一定會被人利用，說不定最好的朋友就成了敵人。」
我語氣太生硬，聲調太苦澀，在說出以後我才感覺到。
「你是說你同我嗎？」白蘋振作了一下，坐直身體，微微露出笑容。
「我想假使我進了內地以後，你一直在這裏……」
「我倒很喜歡我的敵人裏有一個是我的朋友，」她說：「並且也很想我的敵人有一天又做了我的朋友。」
「我雖然喜歡敵人做我的朋友，但不喜歡朋友做我的敵人。」
白蘋低頭沉默許久，忽然站起來，她踱出了座位，話不對題地說：
「這些話我們以後不要再談，人與人中間也許有愛，但人與人中間不能有瞭解。」
「你以為我不瞭解你嗎？」
「我自己也不瞭解自己。」她走回來說。
突然，她坐在另外一個沙發上，面部帶著痛苦的表情，頭靠在沙發背上，兩手蒙上了臉，半晌不動。
這表情使我覺得是一種良心的發現，這時候，似乎是最好進勸告的機會，我決心違背梅瀛子的叮嚀，準備用最誠懇的態度，叫她告訴我她錯誤的行為；用最坦白的心，對她供認我今夜的使命。我悄悄地過去，俯身下去，在她的耳根說：

「白蘋，你悲哀了？」

她不響，不動。我胸前所藏的文件使我姿勢非常不適，我激蕩一種奇怪的情感，跪在她的座前。

「白蘋，告訴我，為什麼忽然這樣呢？」

她啜泣起來。

「白蘋，當我是你的朋友，把你的心告訴我。」

她似乎用整個的意志在克服她的情感，她隱泣著。

「白蘋，讓我們彼此坦白，」我說：「讓我們一同到後方，到山鄉去做教育工作去。」

她似乎已將感情克服，恢復了不響動的凝結。

「白蘋，假如你一定對政治工作有興趣……」

「廢話！」她叫出來，馬上站起，推開了我，冷靜地說：「你回去吧。」

「白蘋……」

「讓我一個人。」

「白蘋，難道……」

「我需要孤獨，」她冷靜地坐在另一個座位：「你出去！」

「不能讓我再說幾句話嗎？」

「我不聽！」她發怒了。

這是第一次我見她發怒，銅鈴大的眼睛發出灼人的光芒，嘴唇上鎖著堅決的意思，睫毛閃著剛才的淚痕，渾身是熱是力，像一條靈活的龍在施展不開的水沼中盤旋。她在房中來回地走，又說：

「出去，我討厭你。」

在平時，我相信我會有比較幽默的態度使她息怒，我會一直設法使她的怒氣平消後再走；但是今夜，我胸前藏著我的贓物，我心中懷著說不出難堪慚愧的感情。我在這個場面中竟失去了我的個性，我說：

「那麼再見。」

我沒有走過去，鞠躬時胸前的文件限制我只能微微低頭，我低聲地說：

「原諒我，白蘋。」

這原諒，表面上說，是我使她悲從中來，但是我的意思還指著我偷她的文件的。不知是良心還是什麼別的內心衝動，我有淚從鼻心湧到眼眶，我用我剩下的淒咽的聲音說：

「早點睡呢，明天下午我再來，一切的責備，我都願承受。」

白蘋沒有望我一眼。我悄悄走出門外，帶上門，穿好衣帽，從淒寂的樓梯走到淒寂的街道。

二十四

冬夜，街燈的光芒在馬路上凝成了霜，沒有人，只有帶刺的風，從光禿的街樹落在我的身上。我拉下帽子，翻起衣領，兩手插在衣袋裏蕭瑟地走著，我已經忘記打算我應當走向何處。汽車都已被徵，電車早已沒有，梅瀛子地方太遠，那麼我是否該坐車回家呢？但這聯想與概念，只是模糊地在腦中滑過，而我思想與意識只浸在白蘋的態度上。是她良心上的激沖，還是發現我知道她的底細而惱羞成怒了呢？不然，難道還有特別不能告人的隱衷，使她的理智與情感衝突了呢？

我默思著，低著頭，遲緩地走著。我沒有注意街景，但似乎沿馬路上有一輛黑色的汽車，車影斜睡在地上，正當我履步踏著這車影的時候，突然車門開了，一個黑衣的女子從車上下來。

「辛苦了。」一聲輕笑，她站在我的面前。

「……」我楞了。

「上車吧，朋友。」

「謝謝你！」我輕蔑地一瞥低下頭，像俘虜般跨進了車子。

「該慶賀你成功了吧？」

在車燈中，我看到黑色面紗裏閃光的眼睛，眼睛下是甜蜜的笑容，我開始聞到那熟悉的香氣。

不錯，是梅瀛子。突然她關滅車燈，車外的光亮進來，我從黝暗中看到黑色面紗上細白的珠子，與粉白的面龐上漆黑的眼珠。是一種威脅，我悄悄地從襯衫裏，把那包文件摸出來，平淡地遞給她。我沉默著，也沒有看她。

「後悔了嗎？」

「並不，」我冷淡地說：「你放心。」

「回家嗎？」她發動了車子。

「聽憑你。」

「讓我帶你到新鮮地方去尋樂一下吧。」

「謝謝你。」我說。

她用極快的速率在馬路上飛駛。我在迷惘中沉默著沒有注意路徑，沒有望窗外，也沒有望她。

總有一刻多鐘的時間，車子方才慢下來，彎進一條竹籬的胡同，從深灰、淡灰，以至於透明，於是我看見燦爛的燈火。車子就在燈火中進去，停在園中。梅瀛子打開車門，有刺激的爵士音樂擁來，我在這音樂氣氛中跳下。我看到霓虹燈Standford的字眼。

多少的燈光集在黑色的姑娘身上，如今我注意到梅瀛子在玄狐外衣中的風韻。但是她笑了，手臂挽著我的手臂，越過了花園，在花木枯盡的四周，輪柏顯示那無比的燦爛。彈門啟處，水汀的熱度外擁，刺激的音樂突然響亮，我伴著梅瀛子進去，同在衣帽間存放了衣帽。梅瀛子現在穿著藍色上衣，白綢的反領吐露了柔和頸項，淡黃底紅藍方格的呢裙，未掩去小腿勻稱的線條。她邊走邊笑：

「你第一次來這裏吧。」

我點頭，我始終沒有說一句話。

從層層的深幔裏進去，我看見了光，看見了色，濃郁的音樂與謔笑中，我意識到夜闌世界裏的罪惡。

坐下，梅瀛子對侍者說：

「薑汁酒。」於是問我：「你呢？」

「永遠追隨著你。」我說。

「兩杯薑汁酒。」她又說。

我沉默，沒有聽，沒有看，對一切聲色的刺激我沒有反應。一直到酒來的時候，梅瀛子舉杯說：

「祝你勝利。」

「勝利屬於你的。」

「不跳舞嗎？」

我搖搖頭，抽起煙，呼吐那消散的煙霧，像呼吐我淡淡的哀愁。

音樂停時，電燈驟亮，無數的青年男女都過來同梅瀛子招呼。我沒有理他們，梅瀛子也沒有同我介紹。

第二次音樂起時，有幾個男子到梅瀛子前來請舞，但是梅瀛子謝絕了。過後她說：

「今夜第一隻舞，我永遠為我們的英雄保留。」

「我只是你的奴隸。」我諷刺地說著，站起來到她的面前，我說：「似乎不能讓我美麗的主人失信，也不能讓無數的青年失望了。」

在舞池中，我開始發現這裏竟是另外的世界。擁擠的人群裏，我沒有看見一個中國男子，日本人倒是不少。我說：

「這是什麼樣一個世界呢？」

「是香粉甜酒與血的結晶。」她說。

回座後，我又開始沉默，梅瀛子低聲說：

「還不能忘去你工作中的緊張嗎？」

「怎麼？」

「初次的征戰常常是這樣的。」她笑：「現在你來，」她站起：「你必須有更大的刺激來忘去你的緊張。」

她走著，我伴著她，沒有給她回答。

她走到我身邊，緊靠著我，看看周圍沒有人她才低聲地：

「豪賭一下吧。天明時我來尋你，你應當早點把白蘋的文件拿回去。」

出了層層的深幔，走過彎彎的過道，又走進層層的深幔，於是我們踏進了賭窟。梅瀛子從玄狐錢包裏，拿出兩束鈔票給我。

「讓我們合股。」她說。

當我在輪盤桌邊坐下，侍者遞來了紙煙。梅瀛子說：

「那麼讓我回頭來看你。」

我望著她陽光般在深幔中消失，我不經意地跟著人們在賭盤裏下注。但是我的心是迷惘的，我沒有意識到什麼，但隨時有白蘋的怒意、火漆封好的文件、梅瀛子的笑容，以及友誼、工作、戰爭、間諜等的概念，似有似無、像快像慢地在我的觀念的海裏忽隱忽沒地浮沉。待賭注陸續輸去，我的心開始收回，慢慢地我集中在賭博上面。我在巨大的籌碼進出中，終於忘去剛才煩惱的綜錯。

人生也許就是賭博的陶醉，在這一瞬息間，我沒有想到世界，也沒有想到梅瀛子與白蘋的存在，沒有想到我在世上的意義，甚至我也沒有想到金錢，我只計較籌碼的漲落與輪球的旋律，我在淺狹的範疇裏摸索我的命運。

我注意時間已近五時，但是梅瀛子還沒有回來。我不想再賭，於是把籌碼兌現，悄然走到舞場。音樂臺上，這時有日本的美麗少女在歌唱日本歌，我走到近旁傾聽，在曲終掌聲之中，大家爭呼再一曲時，我用英文寫一個字條，我說：

「姑娘，這是中國的土地與中國的夜闌，唱一隻中國歌吧，〈黃浦江頭的落日〉如何？」

我的請求竟沒有失敗，再唱的時候，果然是〈黃浦江頭的落日〉。於是我鼓掌，全廳都鼓掌了。在她下來的時候，我過去求舞。到舞池中我才說：

「謝謝你，你沒有拒絕我的請求。」

「自然，」她笑：「你是梅瀛子的朋友。」

「不，」我否認說：「我在這裏並沒有朋友。」

「那麼太可憐了，」她嬌憨地笑：「我做你的朋友好嗎？」

「為什麼？為我意外的請求、為我袋裏的錢，還是為我心頭的愛呢？」

「為你把第一隻舞贈我。」

「這有什麼稀奇呢？我是一個毫無尊嚴的男子！」

「但是梅瀛子把第一隻舞留著贈你，而你把第一隻舞贈我。」

「又是梅瀛子！」我驚奇而憤恨，我說：「你難道就自以為不如梅瀛子嗎？」

「你以為你高於梅瀛子嗎？」

我沉默，舞終時我就一個人出來，穿過了層層的深幔，沒有穿大衣，就走出到小園。

今而後我就是梅瀛子的工具了嗎？——我抽起煙，想：「為自由，為愛，為民族，我難道必非在梅瀛子的支配下工作，我不能到後方去做任何的事情嗎？把我安置在白蘋的對面，永遠在狹小的圓圈裏盤旋，這難道就是我唯一的能耐嗎？」

無數的哀怨在我心頭浮起，我決計要脫離這份羈絆，我不再遵行梅瀛子的吩咐。我一時決定了馬上回家，預備一覺醒後再打算我的前途。我敏捷地走向裏面，我想去取我的衣帽，但剛一進門的時候——

「怎麼？哪裏去了？」迎面就是梅瀛子，她似乎已經在賭窟舞場中尋遍，微喘著說。

「在散步。」我淡漠地說。

看到她手裏的錢包，與錢包後面報紙包著的書本，這本書很厚，我想到這裏面正夾著白蘋的文件。

「走嗎？」

「好的。」我說著去拿衣帽。

披好大衣，我們一同出來，外面天色已經微亮。她把紙包交給我說：

「需要錢嗎？」

「啊，」我說：「賭贏了，這是錢。」我拿袋裏厚重的鈔票給她。

「你留著。」她說：「看過白蘋後，夜裏再在這裏會我。」

「不。」我說。

「是後悔了嗎？」

「並非。」

「那麼到檳納飯店來吧。」

「好的。」

她伴我到園中，在我們坐來的黑色的車前，她交給我車鑰匙說：

「這車子你可以坐去。」

我看到旁邊還停著她紅色的車子。我點點頭，打開了車門。她略一沉吟，莊嚴地說：

「最好你找一間公寓，從家裏搬出來。」

「可以。」我說著跳上了車子。

「再會。」我說。

「檳納等你夜飯。」

她說著背著我跳上了紅車。

我駕車從竹籬的胡同出來，才辨明這是哥倫比亞路的僻底。現在我想到，梅瀛子當我在賭窟時，並沒有出過大門。因為在小園中任何的車子進出，絕不會沒有看見，而衣帽牌也在我的手頭，難道她不穿大衣就出門了嗎？那麼她就在裏面，也許在密室中。無論如何，這是一個她們間諜的機關是沒有疑義的。

我從哥倫比亞路向東南，心中對於梅瀛子起了敬仰、害怕與厭憎。那日本歌女的話語，就反映梅瀛子光亮的燦爛。但是我現在還得為她工作。

天色已經較亮，我把車放到一家廣東食堂門前，我選定了座位，就去廁所。我關上門把這紙包打開，原想看看這文件裏面到底是什麼。但是密封與火漆依舊，一切似乎沒有動過一樣，這使我無法偷看，只是把紙包取消，將文件藏到我原來襯衫的裏面。

我回座就點，暗想白蘋早上一定睡得很遲，我將在她未起的時候，在書房裏把文件安置原處。於是在八點鐘的時候，我買了兩匣廣東點心，逕駛到姚主教路。

為避免驚醒白蘋，我沒有按鈴，輕輕地敲門。

「是誰？」

「我。」

門開了，阿美說：

「一個人嗎？」

「幾曾我帶人來過？」

「那麼你沒有碰見白蘋小姐？」

「她出去了？」

「她七點鐘就去找你。」

「她找我有什麼事？」我深怕這檔事情已經發現了，但是我控制我聲調不失於驚慌。

「不知道，」阿美說：「不過……」

「怎麼？」

「你幾點鐘出來的？」

「我整夜沒有回去。」
「那麼她就會回來的，我想。」
「她出去時說什麼沒有？」我說著，走進了書房。
「她只說去看你。」
「她昨夜沒有睡好嗎？」我問。
「我兩點鐘起來，她在寢室裏發氣。」
「她一直在寢室裏盤旋嗎？」
「不知道，」她說：「但是我早晨起來的時候，她在這裏來回地走。」
這一下可真使我吃驚了，但是我必須把文件歸還原處再說，於是我說：
「她吃了點什麼出去的？」
「我問她可是一直沒有睡，她不響，只是叫我預備些咖啡與土司。」
「於是她吃了就出去。」
「是的，她吃了洗澡換了衣服才出去。」
「打扮得非常華麗還是很樸素呢？」
「非常華麗。」她說。
我想這也許不是發現文件遺失後的情緒。我能夠從阿美地方知道的不過這一點了。我必須在她回來以前先把文件放好，至於她是否知道，我唯有同她會面時來觀察，隨機應變地應付她對我的態度，於是我說：

「我等她，你也可以給我一杯咖啡與土司嗎？」

「自然。」她說著，望望我的神情，她問：「昨夜你同她吵了架？」

「怎麼會呢？」我說。

「原諒她一點，」阿美說：「她待你不錯。」

「即使她殺死我，我也原諒她。」我的腦筋裏真想到白蘋在發現文件被我偷時會把我殺死。但是阿美誤會了，她幾乎噓著淚說：

「她是一個無父無母、無兄弟的人，只有你這樣一個朋友，不好的地方你自然要勸勸她，但千萬不要給她痛苦了。」

「是的，阿美。」我沒有看她，正經地說著，心裏可有說不出的慚愧。

假使真的這文件的洩露於白蘋生命是有危險的，我將如何對得住自己？於是我開始後悔。我竟沒有問清楚梅瀛子，究竟這於白蘋的影響是什麼樣呢？否則，或者讓我告訴白蘋，說梅瀛子已經看過這文件了，但是這樣做假使會有害於歷史的前途，那麼我的行為又是什麼呢？然則我唯有聽憑自然地發展，所祈禱的是白蘋在今天的會面中，會告訴我一切，而願意改變她的人生。但是目前最要緊的總是將文件歸還……

阿美不知道什麼時候出去了，我趕緊起來，帶上了門，在書架前，取出我胸前的文件，又抽架上那本Faust，輕輕地把文件夾在八十三頁的裏面，我輕易地把它歸還了原處。

這樣我的心似乎平靜一點了，我抽起一支煙，坐在原來的沙發上，良心的波瀾雖還在心頭激蕩，但是一天一夜連三接四的緊張，一瞬間鬆弛下來，似乎多年的疲倦都浮起來，它壓抑了我的心跳？我的呼吸，壓抑了我每個神經的波動，我就在沙發上迷蒙過去。

但阿美送咖啡進來，我就立刻驚醒了，我以為是白蘋回來，有一種說不出的心理使我心狂跳。

「驚醒你了？」阿美說。

「怎麼我就睡著了？」我說：「白蘋還沒有回來？」

「我想就會回來的。」阿美說著出去，剩我一個人在房裏。

我喝了咖啡，吃了土司，又吸支香煙。最後，我倒在沙發上真的入睡了。

沒有風雨，沒有太陽，似乎是黃昏，我踏著白雪上山。沒有飛禽，也沒有走獸，雪上沒有一個腳印，我看著我的腳從雪裏埋下去，浮起來，一步一個印地走上去，回頭看看整個的山上只有我的腳印。我非常得意地繼續往前走，往前走，但不知怎麼，好像踏到一個陷阱一樣，我突然墮入深坑，似乎所有的雪都化作了水，從我的頭上倒下來，我倒在坑底，讓所有的水傾在我身上。我想山上所有我留著的腳印都該消滅了吧，但是水不斷地下來，我感到冷。於是我感到有人把毯子蓋在我的身上，是白的，白得同雪一樣，是用雪編成的毯子嗎？我心裏想，我用眼睛細辨，我清醒過來。

是白蘋，她正用純白的羊毛毯子蓋在我身上。我發現我枕在沙發邊上的頭已經滑下，我像蝸牛般地在沙發上面蜷縮。

「白蘋！」我把頭移上沙發邊上。

「是的，」一個百合初放的笑容，「昨夜我傷你心了，是嗎？」

「不，」我說：「是我傷你心了。」

白蘋坐在我的身邊，從她的面容表情，我斷定她並未發現文件的失蹤。但是我有良心在那裏跳躍，一種慚愧感激與淒涼的情緒，使我的眼淚從心頭湧到眼眶。我說：

「原諒我這次。如果有什麼危險的話，請隨時告訴我，我願意為你去死的。」

「……」她低下頭，用潔白的手絹揩她晶瑩的淚珠。

「白蘋，不要留戀上海了。」我握她的手，撫握她手背與手心，我說：「伴我到後方去，讓我們在民族懷抱裏發揮我們的熱情。」

「……」她點點頭。

「真的，白蘋！」我興奮了。

「自然。」她冷靜地說。

「那麼什麼時候去呢？」

「我想，我想……唉，這似乎是不可能的。」她沉著而冷靜。

「為什麼？」

「不要問我。」她說：「但是或者你先進去，我以後也許會進來。」

「不，」我說：「要去就一同去。」

「那麼你等我就是。」她說：「但這是渺茫的。」

「那麼，在我還留上海的時候能不能讓我們常相會相談呢？」我說。

「自然可以。」她就站起：「現在，你再睡一會吧。」

「不，你也應當去休息了。」我跳下沙發，我說：「讓我回家去睡，明天我再來看你。」

二十五

我想不說穿一個人過錯，是容易使人改過的。那麼白蘋的態度該是覺悟了？但是並不，從第二天起她再不提起這事情，而她的生活依舊，交際依舊。所不同的，是我參加了交際的活動。在許多場合之中，我變成了她的保護人；在許多場合之中，我又變成了她的秘書；在另外許多場合中，我又成了她的舞客。

起初還有我私人的意思，是想阻止她不再墮落，鼓勵同我內行。如今則只有梅瀛子所吩咐的職務了。

梅瀛子在巧妙的場合中，讓我認識了一個日本的鉅賈本佐次郎，叫我假裝著與他們合股營商，又叫我與這兩個鉅賈一同為白蘋捧場。後來，為商務上便利的名義，由這兩鉅賈宴請了許多日本軍官，應酬往還，幾次以後，我的世界已經與白蘋打在一片。但是梅瀛子則永遠躲在幕後，她認為我的交際與活動非常成功，可是並沒有指派我什麼特殊的工作。

在社會上，我已經以一個發了點財的商人姿態出現，似乎我也是一個沒有頭腦的奸商，不但日本人對我沒有懷疑，就是我自己也時常懷疑到底我的生活是否是一種工作。

在這種生活開始的當兒，白蘋有時候常常提醒我：

「怎麼？你完全變了！」

「為什麼你可以跨進的社會而不許我跨進呢？」我總這樣說。
「你同我比！」她冷笑地生氣了。
「等你放棄你這個生活時，我也放棄。」
「好的，你等著吧。」
這樣的對白以後，我們總是不談下去，也許會怕對方傷心，也許會怕對方懷疑。我們繼續過我們的生活。
但是如今，我與白蘋已經不談這些。在許多地方，我暗暗地保護她；在許多地方，她也暗暗衛護我。但整個的心靈則越來越遠，雖然生活常常闃在一起。
不錯，生活上常常闃在一起，但單獨在一起的機會則越來越少，也許機會並不少，而是我們沒有單獨在一起的需要。遇到這樣的機會，也沒有過去互相關切與期望的心理了。
日子這樣地過去，在交友中，我在白蘋身邊的地位，已經是到了無人妒忌的境界。這完全是白蘋在交際上的優勢。在許多日本軍人中間，她總是搶到主動地位的。從情形上看，起初也許有人對她懷有特殊的企圖，但現在她只成了他們交際的偶像。我自然也不過是她群眾之一，假使悄悄地比別人接近的話，完全為我認得她日子較久，在她的旁邊，有一半侍從的性質。譬如在許多人的集會中，白蘋常常指揮我做零碎的事情。所以很自然地當夜闌人散的時候，如果有一個日本軍官要陪她回家的話，據說在過去她總是拒絕的，而現在她則常常接受，同時一定用命令口氣對我說：

「一同去。」

「我不去了。」我故意說。

「去，」她說：「明天我要請客，我要你為我設計。」

於是我就服從著跟去。而幾次以後，送她回家則成了我固定的差使。這樣的差使已經是沒有人妒忌與羨慕，在我也不以為光榮。常常在汽車裏一句話都沒有，送到以後，說一聲「再會」就聽她下車，很少再上去在她的家裏靜談的。

有一天，是一個日本軍官請我們在霞飛路上吃日本火鍋。大家吃了點酒，席終時，許多人都主張去跳舞，但是白蘋一定要去賭場，而賭場是日本軍人絕對禁止去的地方。於是有一個軍官叫做有田大佐的提議到他家裏去賭，這是過去所沒有過的事情，可是白蘋接受了。我在與白蘋關係上需要同去，在我暗中的職責上也要跟去。座中有田大佐與武島少將是有汽車的，於是我們就分坐著這兩輛汽車。我根本不知道有田大佐住在什麼地方，後來我知道白蘋也似乎並不知道。車子一直駛到虹口，從北四川路彎到施高塔路去，在一個很大的巷堂前開進去。有田大佐用低級的上海話對我們嚮導，告訴我們前面住的都是小軍官，每人占一層兩間，後面高級軍官則是每人一幢的，於是就在裏面一幢房子前面停下來。有田大佐得意地帶我們進去，會客室居然掛著中國畫，傢俱都是西式的。地氈則是舊的，這無疑都是擄掠來的東西。有田大佐很有禮貌招待我們，並且指揮傭人在樓上預備賭具。接著我們就跑到樓上去。在分配座位的時候，我不知道為什麼在窗前立了一會。這窗戶正對著前面房子的後窗，那窗子有白紗的窗簾掩在那面，但燈光把兩個人影投在窗上。我自然注意了一下：似乎是一個男子在追迫女子，女子害怕地在退讓；又似乎男的是一個日本軍人，女的是一個西洋人；又似乎……我大吃一驚。

「看什麼？」白蘋走過來說。

我按捺一切的驚慌，不響，在白蘋走到我身邊時，我深沉而確切地說：

「看。」

白蘋楞了。

「認識嗎？」

白蘋幾乎快失聲了，我冷靜地提醒她：

「鎮靜！」

但是前面的影子已使我無法鎮靜，因為女的已經快在男的掌握中了。我正想提醒白蘋趕快救她的時候，白蘋已經嚷出來：

「海倫！」這聲音很急很響，我吃了一驚。

「白蘋！」海倫厲急地答應，參雜著恐怖的聲調。

我看見一隻粗野的手按她的嘴。我的心直跳，但極力抑制著，想用冷靜的理智求一個妥善的方法，可是白蘋竟改用活潑高興的語調說：

「巧極了，海倫！」她說：「白蘋在有田大佐家裏呢！」

有田大佐以為是誰，他也走到窗口來，但是白蘋反身迎住了他，她說：

「是我的朋友，巧極了，去叫她一同來玩。」她說著就拉著有田大佐往樓下走。

我心裏總算安定下來，我驚悟白蘋剛才的急智，我相信海倫的危險一定可以解除。但是海倫怎麼會在那裏呢？這是我所不瞭解的事。我已經好久好久沒有去她家，自從上次拜訪以後，我曾兩度派人送錢去，但第二次她母親就退還給我，附著一封很誠懇的信，告訴我海倫找到了職業，她們情形已經轉好，後來陸續還把以前借去的錢送來還我。我回過她母親兩封信，說何必把這點錢看得這樣認真，希望她不要客氣，需用的時候再來問我拿。此後我對她們就很放心，一方面因為心緒煩亂，生活忙碌，沒有想到去看她們。但現在她怎麼會在這裏呢？

前面是牌桌，圍坐著熱鬧的賭客，他們在玩弄紙牌，有說有笑。等待有田與白蘋回來，我坐在沙發上抽煙，心裏思索著這個問題。

先聽到日本軍人的靴聲，接著是白蘋的笑音，於是我看到白蘋，伴著一個打扮非常摩登的女子進來了。

白色的哥薩克帽子，白色的長毛輕呢大衣，手袖著同樣的白呢手包，倦澀地走在白蘋旁邊，臉上濃妝得鮮豔萬分，但眼角似乎還閃著淚光，好像是莊嚴，但含蓄著驚慌與害羞。

而這是海倫，竟是海倫。我要是坐著汽車在她面前滑過，我一定不會認識她的。她胖了，美了，鮮豔了，成熟了，我過去同她問好。

她微笑著同我拉手，白蘋在旁邊對我使個顏色，她說：

「巧極了，又多了兩位朋友，我們可以熱鬧一宵。」

接著我為大家介紹海倫，後面跟著有田。有田後面是一個三十左右的日本軍官，在身材與面龐上講，不算太醜惡，我相信就是剛才強逼海倫的人。我注意他臉與眼睛，顯然是喝過酒，現在似乎有點惶恐害羞的態度。

「這是山尾少佐。」白蘋大方地對我們介紹。

大家很有禮貌地同他招呼，我極力裝得完全不知道剛才的事，很誠意地接受介紹。我發現他帶著紅絲的眼睛還不敢注視人，座中沒有別人知道剛才的事，只有白蘋與我，而我們總算裝得好，終於使山尾少佐恢復一點常態，但他還不敢看海倫一眼。海倫在我的旁邊，我為她脫大衣，這時她似乎稍稍安詳，我看出她甚至也以為我不知道剛才的事。

我心中有勝利的光榮，開始佩服白蘋的聰明機警與跌宕。對於這樣的事，我知道只有不把這件事戳穿才能勝利，否則無論哪一著都是失敗——山尾穿著人的衣裳，他想做人；把他衣冠撕去，他就索性不想掩蓋自己，這是危險的。而且撕穿山尾的衣冠，就是撕穿有田的衣冠，一時之間有田也許作偽一番，但惱羞成怒必謀報復是不成問題的，這不但危及海倫，恐怕還更有害於白蘋。而現在，山尾還要作偽下去，在有田面前也想冒充漂亮，那麼一切似乎沒有問題。我望望白蘋，但白蘋毫不在意地對山尾說話了。

我學作狂熱於賭博似地，拉著海倫走近了牌桌。

在幾圈豪賭之後，山尾的態度已經恢復正常，他的興奮與緊張，完全集中在賭博之中。這是一個粗野沒有修養的人，要是在白蘋手裏，他是很容易被控制的。但是海倫……怎麼海倫會變成這樣，而落在山尾的手裏呢？我一面在賭，一面心裏想著這些問題。

海倫始終很沉默，是驚慌過後的頹傷，賭博在她已不是刺激了。我暗指明示地鼓勵她，她總是不興奮、不狂歡。要是山尾稍稍有點頭腦，我想心裏不見得能夠如此安然無事。我怕別人看出海倫的淡漠是出於在山尾地方時的驚慌。這當然是神經過敏的顧慮，可是海倫的厭倦則在加濃，她的思想似乎一直未忘去剛才的場面。最後，當我與她的牌都拋去的時候，她輕輕地對我說：

「我想回去。」

「不，不，」我說：「忍耐忍耐，高興起來！」

「我不舒服。」

「不許這樣說。」我說著暗暗用我的膝蓋碰她的腿。於是我拿她身旁的紙煙，又說：「什麼都聽我，我求你。」

於是她微喟一聲不再響了。我發現她的眼睛裏充滿了最複雜的情緒：深刻的悲哀、淡淡的恐怖、驚魂未定的不安、暗暗地燃燒著的憤怒、對這個空氣的厭憎、對山尾的仇視，以及對白蘋的無限感激……不知道怎麼我想到了梅瀛子，可是她把海倫拉進這個環境？這樣一個孩子，難道梅瀛子在利用她？於是我想到海倫的職業，從她的打扮與態度上看，她有了什麼樣的職業呢？很明顯，這一定是梅瀛子的津貼在驅使。那麼她也正是同我一樣是梅瀛子部下的人員了？但是她是一個孩子，一個純潔的孩子，一個世故不深的孩子，她沒有能力可以擔任這件事……

白蘋在豪賭，吸著煙，銳聲笑鬧著，好像沒有注意海倫與我。她在許多日本人歡鬧的情境中，她總居歡鬧的頂峰，煽惑著別人，鼓動著整個的空氣。誰沉默，她就鼓勵誰，她總是貫串著無比無比的興趣，一直等別人個個都倦了，提議休息的時候，她方才罷手。我在近來許多場合中，對於她這樣的態度總覺得才是充分低級趣味的表現，這種感覺使我與她間有了更多的距離。但是當局散人各歸的當兒有時候同我兩個人在汽車裏，她就萬分怠倦地歎一口深沉的氣，一言不發坐在我的旁邊，眼睛空望著車前，這時候我對她有特殊的憐惜。但是我一切慰勉的話，她現在都不理會；有時候不睬，有時候無精打采地用一個字兩個字來回答，有時候則帶著諷刺的語調截斷了我的本意。她總安詳地靠在椅背上，眼睛滯呆地望望車外，忽然閉了一會，又無神地舉起，輕溜了一圈，回到車外的空漠上。雖然我瞭解她的疲倦，但同別人一起的興奮與同我在一起時的冷落，兩種的比較，使我感到這無論如何是對我的交情遠不如以前了。但是在今天，在這一剎那，我從海倫的遭遇、從山尾忘機的賭興上，悟到了白蘋之所以為白蘋，之所以在許多獸性的人群之中開著不謝的花朵，之所以讓一切接近她的人都只在她周圍飛繞——像飛蟲圍在電燈泡外面，像群蜂圍在被罩著的花朵。

她像玩虎者一樣，讓老虎力量在各種的刺激上消耗，使牠再無餘力吃人，到最後以為玩虎者是在可吃的人以外的超人了。在我的面前，現在她正在玩虎，是矯健、輕盈、活潑、美麗。兩三次都與山尾對賭，瀟灑漂亮，輕嗔淡笑。山尾的面孔通紅，焦急異常，這自然因為他是輸了，並不是剛才的影響；但是我可想像到我從窗口看到的黑影，一定是同樣的獸相，同樣的醜惡，也許更帶著怒意與無恥。於是我望望海倫，海倫似乎也有同樣的聯想，她眼睛充滿憎恨與憤怒，閃著可怕的淚光，注視著山尾。她竟這樣沉不住氣！使我浮起焦慮。但幸虧大家都望著白蘋與山尾的牌戰，我立刻用膝頭敲海倫的腿，找出一句意外的話：

「海倫，你母親呢，近來好嗎？」

「啊？……呀？」

「你母親近來好嗎？我好久沒有去拜訪她。」

「啊，」她閉了閉眼睛，笑了：「很好，很好，謝謝你。」

「你還常常唱歌嗎？」

「好久好久不唱了！」

「看你的！」白蘋平淡地微笑，指著山尾臺面的錢。

海倫與我都被吸引過去，我看見山尾未敢拿出牌來，白蘋就用她細長的手指，遲緩地把牌打開在山尾面前。五隻鮮紅蔻丹精修的指甲按在五隻牌上，是一對「J」。她望著山尾甜笑。

山尾望望白蘋的牌，額上流著汗，頹然地把牌抛在別的牌堆上。

「怎麼？你什麼都沒有嗎？」武島問。

「我知道他是Bluff！」

武島把錢爬到白蘋面前。

白蘋的勝利總使我感到高興，海倫也閃著復仇的得意。但是白蘋一點都不理睬我們，也不看我們，她也並不整理推在她前面的紙幣——那裏包括日鈔與國幣，只是同武島談這副牌的經過。

白蘋現在所表現的，從我的印象上，她的確已經偉大起來，這時我意識到她是我政治上的敵人。但為什麼她是我的敵人呢？從我想到梅瀛子利用海倫這點上的反感，覺得白蘋的慷慨、勇敢、機警更是一種不可企及的行為。但是她是我的敵人！是我工作上的對象！那麼會不會是白蘋在利用海倫，把海倫帶到現在的情境呢？

對於海倫，這是我的謎，幾天不見，她已經變了，是什麼樣的生活在引導她？她所就的是什麼樣的職業？假如是職業帶她進這樣的生活，那麼是誰把這份職業介紹給她的呢？而介紹職業的人，是否有預定的用意？那人是白蘋嗎？不，那麼是梅瀛子？

但是一切推測都是空的，我會很快地向海倫問得，但是現在……

桌上發齊了牌，我淡漠地一看就拋牌了，我的心被零亂的感覺與思想所占據。我走出座位，到茶几上拿一點水果來吃，於是抽著煙，走到窗口邊去。

二十六

歸途中，有田的汽車上，海倫坐在我與白蘋的中間。白蘋一聲不響，萬分怠倦地坐在角落上，眼睛半閉著，臉上沒有一絲笑容，毫無談話的意思。

海倫則比在有田家裏時要振作得多了，但因白蘋的沉默，她幾次想說話都嚥了下去。

十一時半，北四川路的街頭已經很靜寂，可是日本的茶座上還亮著燈，白俄的酒排間還鬧著人聲。汽車從馬路上駛去，時而隱約地聽到西洋的歌曲，也時而聽到日本的夜唱。沒有別人，暗角裏偶有日本的崗兵，兩兩三三的日本軍人在酒排裏進出。我的心在這樣的空氣中有憤恨的顫抖，旁邊的海倫大概是剛才驚嚇的關係，緊張而嚴肅地望著車外。我們一點沒有倦意，只感到空虛與落寞。只有白蘋，她安定而怠倦地坐著，眼睛雖時時遠望窗外，但我相信她已經沒有感覺，她神經鬆弛著，似乎所有思維、情感也都已停頓了。

走完北四川路，穿過了橋，街頭更顯得清靜。這裏已無酒排與茶座，光更淡，聲更靜，人影更加寥落。但接著慢慢地又熱鬧起來。看到小攤與小販，在弄堂口亮著油燈，呵著氣，一種說不出溫暖的感覺，浮到我的心頭。海倫的面上亦塗上了光彩，她回顧白蘋，白蘋依舊同樣地坐在那裏，她輕拉白蘋的手，溫柔地說：

「白蘋，你疲倦了？」

「……」白蘋沒有說一個字，但張大惺忪的倦眼，對海倫微笑。

海倫似乎找到了機會，終於提起許久想提而未提的事，羞澀地囁嚅著說：

「剛才要沒有你，我……」她忽然改變了語調，嗚咽著說：「白蘋，我永遠感謝你。」

「這是他的功勞。」白蘋安詳地微笑，拉著海倫的手，輕舉了一下指我。

「不，」我說：「我不過是發現，一切的功績都是白蘋。」

「……」海倫忽然因羞澀而沉默了，她雖已發現我也知道那事，但沒有對我稱謝，只是依靠著白蘋，像孩子偎依著母親，眼瞼下垂著，無限地嬌憨，使我回憶到去年同她在史蒂芬家初會時的神態。

車子已駛出南京路，我看到跑馬廳上面的月亮，月光直照進了車內。白衣的海倫，使我回想到水中的水蓮；我注視著她，有許多奇怪的問題同時浮起，但是我無從開口。車夫忽然問我們先到哪裏，我問白蘋：

「先送海倫回家嗎？」

「不，」海倫拉緊著白蘋的手臂：「你不是倦了嗎？」

「不，我不睏。」白蘋說：「自然先送你回去。」

「不，我還想同你談談。」

「那麼你到我家住一晚好嗎？」

海倫笑著點頭。於是我叫車子駛到姚主教路。

快到的時候，海倫對我說：

「你也願意陪我去談談嗎？」

「自然，」我說：「假如我不妨礙你們的談話。」

於是我們三個人走進白蘋的樓上，白蘋領我們到書室內，她自己走進了寢室。

海倫似乎第一次來這書室，對一切有好奇的觀察與詢問。但是我可只惦念我種種的關念，而現在又是只有我們二個人在這裏，於是我撥開了她的話語，我說：

「你怎麼會去山尾那兒呢？」為怕引起她的羞慚，我眼睛望在別處。

「我想不到山尾是這樣的人。」

「你認識他多久了？」

「兩星期。」

「是職業上認識他的嗎？」

「是交際上。」

「那麼你的職業是交際了？」我笑著說。

「笑話。」她說。

「真的，我還不知道你在哪裏做事呢？」

「你不知道？」她奇怪了，但接著好像悟到她並沒有告訴過我似地說：「我在海鄰廣播電臺。」

「是歌唱？」
「主要是歌唱，但還有一點英語新聞報。」
「是日人的電臺……」
「我想總有關係。」她掩蓋自己的態度又說：「為生活呀！」
「報酬好嗎？」
「不錯。」
「是梅瀛子介紹你進去的嗎？」
「是的，」她說：「她告訴你的？」
「我猜的。」我試探地說：「她沒有叫你擔任別的事情嗎？」
「什麼？」

在我的猜疑中，她一定還有別的同我相仿的任務，但她的神情似乎極其莫名其妙，好像一點沒有引起她心底的驚奇，難道她竟偽裝得這樣像嗎？

白蘋進來，她已經換上了布棉袍，穿著軟鞋。我的話就中止了，白蘋說：
「怎麼不打開電爐？」

於是我開開電爐。海倫要打電話回家，白蘋陪她出去，我一個人就坐在爐前。

自從太平洋戰爭爆發以來，我對於無線電的新聞報告，簡直沒有聽過，偶爾開開無線電，也總是找古典音樂唱片的廣播。最近更因為生活的忙碌，好久沒有聽無線電了，所以對於海倫的廣播也會沒有知道。這職業既然是梅瀛子介紹的，那麼是純粹因為生活而給她幫助呢？還是還有別種政治的意義？

我本來想細細地在海倫回來時向她探詢，但是白蘋竟先進來——她用遲緩的動作、怠倦的神態，像蛇一樣地，把門開成了一個剛剛合於身體大小的口縫輕柔地蠕入。

跟著是吉迷，那隻波斯種的貓，好像模仿她的動作一樣，一聲不響，緊隨她的腳跟，等她在一個沙發坐下的時候，牠很自然地一躍就跳在白蘋的膝上，尋一個合適的姿勢盤曲著臥下。白蘋於是低垂了眼瞼，用染著鮮紅蔻丹的手指撫摸著吉迷。於是她眺起她的視線，疲憊地望著我，似乎不足輕重，又帶著諷刺的語調說：

「你真不知道我們紅透了的廣播女郎的職業嗎？」

「我真是剛才才知道。」

「那麼可曾怪我？」她垂下眼瞼說：「我沒有及早告訴你。」

「知道不知道你以為於我是這樣重要嗎。」

「……」白蘋微笑，望望我，望望吉迷。

「聽說是梅瀛子介紹的。」

「自然，」白蘋沒有看我，她淡漠地說：「太陽光照的地方，自然有明星出現。」

門啟處，海倫進來，脂粉已經下脫，披一件白蘋的黃呢棕紋晨衣，與她金黃的頭髮形成了天然的調和。

「明星，」我望著海倫想：「海倫真是明星了。但是她是明星的材料嗎？她聰敏、美麗，但不夠活潑、敏捷，性格太深沉，思慮太複雜……」

海倫坐在白蘋的旁邊，大家都沉默著。我想探聽海倫的話也無從說起，好幾種可以做引語的詞句，都怕引起白蘋的誤會而隱下，最後我不得不說一句為打破這寂靜的空氣的話：

「還常看書嗎？」

「偶爾。」海倫說。

「以後還是少一點交際吧。」

「我並不想交際，」海倫說：「但這已成了我職業的一部分。」

白蘋始終不響，安詳莊嚴地坐在那裏，她控制整個的空氣，使我們的談話再無從繼續，於是又呈死寂的沉默，聽憑夜在黝黑的窗外消逝。最後我起身告辭，我對海倫說：

「一二天內我來拜訪你母親。」

白蘋沒有留我，海倫也未說什麼，只用親切的眼光送我出門。

我走到街上，夜已闌珊，蕭瑟的風、淒白的月光，伴我走寂寞的道路。我毫不疲倦，也不覺得冷。眼睛放在地上，手插在衣袋裏，空漠的心境上翻亂著零星而紊亂的思慮，我一口氣一直走到了家。

第二天是我搬家的日子，我已經在威海衛路一家公寓裏，尋到二間房間，附一間浴室。兩間房間只有一個門，浴室上則有門可通走廊的另一方面，非常清靜而乾淨。這是根據梅瀛子的吩咐而租定，也依照她吩咐沒有告訴白蘋也沒有告訴海倫。

自從我的生活與日本人常常絞在一起以來，在親友的社會中，我早已變成一個畸零而落寞的人了。起先還有幾個至親好友對我進誠懇的勸告，但是現在都同我疏遠了，見面時也只是同我做浮泛的敷衍。我想得到他們背後是怎麼些為我可惜，在對我詛咒。但既無法對他們自白，我只有儘量規避。晨起晚歸，總免不了還須見這些難堪的面孔，這是我近來最感痛苦的事。為這個緣故，我的搬家倒是一種解脫。

等什麼都布置好以後，我開開電燈，拉緊窗簾，一個人坐在沙發上，抽一支煙，我感到說不出的舒適，覺得我已經逃出了痛苦的世界。

有人敲門，這當然是僕人來理什麼了，我沒有思索也沒有注視，就說：

「進來。」

門聲以後是一陣香。

是梅瀛子？我驚異地回過頭去，果然是那個奇美的身軀，閃耀著鮮豔的打扮，套著白皮的手套捧一束帶著水珠的玫瑰。

「是你？」

「難道我以外已有人知道你的地址了嗎？」

「自然，」我說：「這裏的房東。」

「還有茶房。」她說：「但是他們知道的你並非是我所認識的你。」

不錯，我在這裏改名為陳寂了。於是我沉默，沉默中我感到痛苦是跟人而走的，心裏浮起一種傲然的感覺。

梅瀛子笑。現在我覺得她的笑是可怕的，因為我想起海倫，我斷定海倫的一切是在她笑容中崩潰的。我馬上想責問，但是梅瀛子放下皮包，捧著花走進浴室，使我把問句抑住。但她馬上又出來，脫去大衣手套，接著又捧著花瓶回去。我一面掛起她的大衣，一面說：

「贈我這許多光榮嗎？」

「你不相信我仍是一個女子嗎？」她在裏面說。

「你預先想到我沒有買花來布置花瓶嗎？」

「你竟不知道這花瓶是我昨天親自買來放在這裏的嗎？」

我竟沒有想到我上次看房時並沒有花瓶，於是我說：

「一萬分感謝你。」

「為我們英雄服務，」她說：「在我都是光榮的。」

自從上次白蘋的文件偷得與還去以後，在我與梅瀛子兩個人的時候，她就常常用「英雄」這兩個字來誇讚我。可是每次我聽了都覺得難過，好像是重新叫我思索我的行為是不是美善一些。現在她又用這兩個字了，我感到一種沉重的壓迫，我沉默。

梅瀛子捧著花瓶出來，白瓷鏤花簍形的瓶子，配著純白白玫瑰與碧綠的葉子，這房間立刻被點化得靈活起來。我馬上感到一種溫暖與親熱，不知是不是這些花影響了我的心情，我有清澈的理智，考慮到剛才想責問她關於海倫的問題，於是我的態度完全改變成另外的方式。在梅瀛子坐下以後，我用幽默的語調說：

「昨夜在山尾那裏，我會見了我們廣播的明星。」

「是海倫嗎？」她安詳地回答。

「你以為除了海倫，還有誰值得我叫她明星嗎？』

「那麼你妒忌了？」

「同山尾嫉妒嗎？」我笑了：「不瞞你說，海倫是跟我回家的。」

「這也值得驕傲嗎？」梅瀛子漠然淡笑：「現在海倫的交際已經深入日本海軍的中樞，夜夜都有人送她回家的。」

「山尾是海軍少佐嗎？」

「自然不。」梅瀛子勝利地笑：「讓陸軍與海軍為海倫爭風吧。」

「這自然也是你的傑作了。」我說。

但是梅瀛子忽然緊張地說：

「你同海倫沒有談什麼吧？」

「談什麼？」

「也許你問她我給她的工作？」

「這不是也很自然的事情？」

「不，不，」她說：「這是大錯。」

「怎麼？」

「她還幼稚，我不能派定她工作。」梅瀛子嚴肅地說：「一定等到相當的時期，等她自然地同敵人混熟了，我遇到有需要的時候再用她。」

「那麼現在你只是利用她，叫她莫名其妙地做你的手腳。」

「我問你。」她嚴厲地說：「你究竟有沒有同她談什麼？」

「我的女皇，」我說：「你放心，你還不知我是最服從與最謹慎的人嗎？」

「謝謝你。」梅瀛子馬上露出安慰的甜笑，用十足女性的語調說：「但是這真的把我駭壞了。」

「但是我不贊成你這樣的手段。」

「我只是忠於工作。」

「但是海倫是一個無邪的孩子。」

「這與她有什麼損害呢？」

「她的音樂、她的前途、她的性格、她的美麗，是不是會因此而斷送？」

「為勝利！」梅瀛子說。

「你自己工作是可敬的，利用無知的孩子則是可恥的。」

「我的工作是動員合宜的人員。」

「但是海倫是具有音樂的天才，有難企的前途，為藝術、為文化，我們應當去摧殘這樣的萌芽嗎？」

「她的哥哥不是有音樂的天賦嗎？在前線。你不是有你的天賦嗎？在工作。世界上有多少天才，有多少英雄，有多少將來的哲學家、藝術家、科學家在前線流血，在戰壕裏死，在傷兵醫院裏呻吟；這是為什麼？為勝利，為自由，為愛……」她清晰而堅強、嚴肅而沉靜地說。

「我懂得，懂得，」我截斷她的話，「但是總該讓她自己知道才對。」

「是工作，」梅瀛子說：「必須顧到整個的效率。你知道她幼稚，那麼她的幼稚就會使她懦弱徬徨而失敗，假如她常常意識到自己的使命。」

「可是，」我說：「假如她犧牲了，而工作有沒有幫助呢？」

「這是命運，」梅瀛子嚴峻地說：「沒有開到前線就死的兵士也很普通。」

「……」我想了一會，又說：「我不懂你的用意，在她與日本軍人交際之中，於工作到底有多少好處呢？」

「不瞞你說，現在我已經知道了哪幾個海軍的軍官與哪幾個陸軍的軍官一定是不合的。」

「就是為這點好處而犧牲海倫嗎？」

「這不能用尺量的，朋友。」梅瀛子肯定而冷淡地說：「而且在以後，當我有需要的時候，隨時可以動用海倫……」

「可是那時，」我說：「你以為海倫不會被日本人先動用嗎？」

「這是技術。」她得意地笑：「當海倫以美麗天真的姿態同日本軍人交際，結局是痛恨日人的。」

梅瀛子的話是堅如鐵、冷若冰，使我每一根神經都震動起來。我想到昨夜窗上的黑影，想到山尾在賭博時的面孔，那麼那些都是梅瀛子所預料的？她先要海倫痛苦，再要海倫痛恨，於是海倫成為最堅強的武器。我說：

「那麼她的這些交際都是你支配的了？」

「這是自然的。」梅瀛子諷刺地說：「當海倫成為明星，慕拜的人也不僅是日本軍人了。」

「你是說？」

「我是說你在愛她，」她透露美麗的冷笑說：「你愛她已經超過愛你自己了。」

「這是笑話，」我說：「即使愛她，愛的也是她的天賦、她的靈魂，而不是她『明星』的頭銜與風度。」

「記住，」梅瀛子笑了：「你也還是一個男子。」

「你就是熟識了男子的虛榮！」

我猛然想到她為海倫介紹職業的用意，我說：

「那麼你存心想使她成為這類的明星了。」

「自然，」她勝利地說：「音樂會是我第一步計畫，廣播是我第二步計畫。」

我沉默了，一尺外是這樣美麗的梅瀛子，但只看到她的陰狠殘酷與偉大！是一種敬畏，一種卑視，一種陰幽的悲哀從我周圍襲來，從我內心浮起。

梅瀛子幻成魔影，白色的玫瑰幻成毒菌，整個的房間像是墓地。我窒息，我苦悶，有無數的哲學概念從我腦中浮起！愛與恨、生命與民族、戰爭與手段、美麗與醜惡、人道與殘酷、偉大與崇高，以及空間與時間、天堂與地獄……這些概念融化成繭，我把自己束縛成蠶蛹。

「音樂會，」梅瀛子似乎也從思索中覺醒自語地說：「其實現在要舉行倒更容易了！」

我沉默著，但有說不出的苦悶使我的視覺模糊，淚珠爬癢了我的面頰。我站起，悄然避入了浴室。

二十七

是一架簇新的富麗的鋼琴，鋼琴上是鮮豔的花，金黃的陽光穿過潔白的窗紗，照在花瓶上，花影投向水綠色的地氈。傢俱是發亮的克羅米與玻璃的組合，透明的閃光使我精神為之一振。牆壁已裝修一新，有一幅豔麗嬌美的小姐的照相，在克羅米的鏡框裏微笑。

這應當是我沒有到過的地方，但是並沒有錯，這是曼斐兒的家，框鏡裏笑的正是海倫・曼斐兒。

曼斐兒太太穿一件深藍的絲絨衣裳，把肥沃的手交我，親熱地同我握著，馬上對我致謝那夜陪海倫到白蘋家裏的事。

「海倫呢？」

「她出去了。」曼斐兒太太招呼我坐下：「就會回來的。」

「她現在是很忙了。」

「很忙，很忙，」她說：「應酬，總是應酬！」

「你怎麼？瘦了！」她堆下和藹的笑容，關切地說：「身體要當心呀！海倫現在身體倒好了，她很忙，但是我關心她起居。滋養是最要緊的，她回家常常很晚，我一定要她睡前喝一杯牛奶。像你們晚睡的人，睡前的牛奶是最要緊的。現在我們的境遇比較好，我可以用種種的方法保養海倫的身體。我不許她睡前看書，我選好最靜美的唱片催她入睡。早晨我製造最清靜的環境、最合適的溫度，讓她甜睡。睡眠的安詳與充足是健康的根本……」

「自然，自然。」我打斷了她的話，站起來，到桌邊抽起一支煙。

望著牆上海倫的照相，我誇讚地說：

「這照相真是美極了。」

「很漂亮吧？」她說：「人人都誇讚她。」

「……」我沒有回答，還望著她的照相。

「裏面還有好幾張，你去看看。」

她帶我到海倫的寢室裏。從這間寢室，已經可以知道女主人是多麼燦爛的明星了。兩張海倫的照相——一張是她坐在鋼琴旁邊，四面圍著花；一張似乎是在播音臺前，有一大圈花籃在她的腳下——掛在牆上，桌上還放著一張小的——曼斐兒太太坐著，海倫站在旁邊，海倫的眼光是天真的，曼斐兒太太則露出得意的笑容。有這樣美麗的女兒在旁邊，誰忍得住她的笑容呢？在我看的時候，曼斐兒太太又從五屜櫃裏拿出一封袋照相來，裏面都是一個海倫，但都是不同的服裝，不同的裝飾，不同的姿勢。

我看完了以後，重放到封袋裏去，但是曼斐兒太太在放到五屜櫃時拿了一張出來，她說：

「把這張換到外面去好不好？」

「自然很好。」我說著為她拿出來。

這是一張時裝的全身照相，似乎是學作好萊塢明星的姿態照的。

到外面，我又取下那張半身的照相，曼斐兒太太興高采烈又把它從鏡框中取出，把全身的換上，我又把它掛上去。

掛好以後，我望了一望，我說：

「這樣有點像梅瀛子。」

「像梅瀛子小姐嗎？」

接著曼斐兒太太坐下為我談梅瀛子。她誇讚梅瀛子美麗、漂亮、聰敏、能幹，又誇讚她人好。她說：

「自從你幫助我們以後，梅瀛子不久就來看我們，說可以為海倫介紹職業。但提起幾個職業，海倫都不願去，後來就介紹她到電臺廣播，我們的生活就此入了正軌。只是海倫的交際太忙，我有時候覺得太寂寞。」

我雖然不想在曼斐兒太太家裏說梅瀛子什麼，但是我的確想說說這個職業於海倫前途是多麼不好的。曼斐兒太太對於海倫現在的處境是這樣地滿意，我自然沒有法子再說什麼，我只是說：

「梅瀛子常來嗎？」

「現在好久不來了，」她說：「她一定很忙。許多朋友在我們得意時候常常來玩，我們困難時候就沒有來過；梅瀛子可剛剛相反。那時候為海倫的職業，她來過好幾次，現在倒不來了，這真是一個好人。」於是眼睛閃出肯定的光芒：「你一定常常碰見她了？」

「偶爾。」我說。

門鈴響，曼斐兒太太站起來，她說：

「海倫來了。」

一個白衣的女傭從裏面出來，在門口走過去應門時，曼斐兒太太也迎到了門口。

海倫真是明星了，那香氣，那打扮，那舉動，那談話的聲音。

曼斐兒太太大聲地說：

「有客人呢！」

海倫過來同我握手。曼斐兒太太拿著海倫的大衣出去時，海倫低聲地同我說：

「你沒有把那夜事情告訴我母親吧？」

「沒有，」我說：「你沒有告訴她？」

「我只說有一個日本人纏繞著我，你同白蘋為我解脫了，陪我到白蘋家裏去。」她說：

「我恐怕她聽了擔心。」

在海倫說這話的時候，我從她的目光發現她對於現在的生活是不安的。我說：

「你覺得現在的生活快樂嗎？」

「沒有什麼。」她說：「但自從那夜以後，我覺得我必須設法脫離那個環境了。」

「真的是這樣覺得嗎？」

「我很早就覺得這生活於我的個性是不合的。我厭煩同鉅賈、政客、軍人們的交際，也不一定因為他們是日本人，而是這空氣，這空氣使我回家後感到自己不過是人家享樂生活的點綴。」她說：「但是為生活……」

「完全是為生活嗎？」

「自然在狂歡熱鬧的生活中，我也享受到我的光榮，我也忘去了我的現實。而且母親，母親似乎喜歡我這樣。」

「……」我沉吟了一會，想說一句什麼來著。

可是海倫深沉地歎了一口氣：

「現在我真的想設法辭職了。」

「打算怎麼呢？」

「我竟想不出來。」她沉默了。

我也沉默著。這一瞬間的沉默，使我想到過去——她的含笑的依偎，她的特別的溫柔，她對哲學的迷戀、對世事的淡漠、對歌唱的厭倦，接著她落寞與孤獨、淡淡的哀愁，與幽深的靜默；於是虛榮的消失，活潑玲瓏的韻律，漂亮俐落的談吐；最後是情境的蕭瑟，前途的絕望，頹傷的悲觀。於是我看到這間現在透亮燦爛的房間的憔悴，鋼琴鋪滿了灰塵。我看到她莊嚴滯呆的表情，我聽見她唱，一次永遠在我心頭的歌曲！是這樣深沉，是這樣悠遠，它招來了長空雁聲，又招來了月夜的夜鶯，它在短促急迫的音樂中跳躍，又從深長的調中遠逸。像大風浪中的船隻，一瞬間飛躍騰空，直撲雲霄，一瞬間飄然下墮，不知所終，最後它在顫慄的聲浪中浮沉；像一隻兇猛的野禽的搏鬥，受傷掙扎，由發憤向上，到精疲力盡，喘著可憐的呼吸，反覆呻吟，最後，一聲長嘯，戛然沉寂。接著我看她走出鋼琴，臉上沒有一絲表情，眼眶噙著淚珠……

臉上沒有一絲表情、眼眶噙著淚珠的海倫竟是這樣地站在我的面前。然則一瞬沉默之中，她也同我一樣地回憶著這一切嗎？

「海倫！」我低聲地叫她。

「……」她在抽搐，坐到沙發上，臉埋手心，竟嗚嗚地哭了。

我沒有話可以安慰，我只是低聲地說：

「海倫！」

這時曼斐兒太太進來了，她一看這情形，望望我，對我說：

「怎麼，親愛的？」她坐下去撫愛她：「親愛的，是不舒服嗎？」

「不，沒有什麼。」海倫揩乾眼淚，抬起頭來。

一瞬間我發覺她臉上的光彩，是把痛苦發洩以後的愉快，是純潔的淚洗淨了她的矯揉，顯露了一個多麼尊重、無邪、純潔的面部？她還用純白的手絹輕按她的眼角。曼斐兒太太不斷地問那樣、問這樣，海倫總是搖頭。最後曼斐兒太太說：

「去睡一會吧。」

「不要緊，媽，」海倫笑著說：「你儘管去，讓我同徐談一回。」

曼斐兒太太又走來關照我不要傷她的心，才悄然地出去，屋內又剩了我與海倫。

「這裏倒是很清靜。」我到窗前，隨便尋一句話來說。

「是的，」海倫過來站在我的旁邊，也望著窗外，她說：「現在因為我常常出去，舊朋友來得少了，而新的交友，我沒有帶他們到這裏來過。」

「梅瀛子也不常來嗎？」我回過頭去問她。

「好久不來了，她大概很忙的。」

「許多新的朋友是她介紹給你的嗎？」

「在介紹職業前後，她介紹我不少人，後來我都由這些人中介紹認識的。」

「是日本軍官嗎？」

「幾個日本海軍方面的人。」

「日本海軍軍官，我想都比陸軍方面的人有修養。」

「是的，他們都到過歐美。」

「那麼這種交際於你是……」

「你怎麼說這樣的話？」海倫突然變成厲急的音調。她坐下，沉吟了一會說：「我的父親，我的哥哥都在美國軍隊服務，你以為我同日本軍人交遊是一件光榮的事情嗎？」

「那麼你沒有想過你所做的工作是有助於日軍嗎？」

「你以為這一種報告於他們宣傳有幫助嗎？」

「很難說。」

「你常常相信現在無線電報告嗎？」她笑了。

我沒有回答，我在思索。我想到她的生活，想到梅瀛子，我覺得梅瀛子這樣利用海倫無論如何是不應該的。但是站在我的立場上，我沒有法子說明梅瀛子的用意，也沒有法子表白我對梅瀛子的不滿。我所能做到的只是使海倫覺悟到這生活於她心靈的生活是矛盾的，她的生活水準現在不是普通的幫助可以解決，那麼我想告辭。但是海倫一定留我，她說：

「吃了茶去，我還有話要同你說。」

「自從我們交友以來，我總覺得我會有益於你生活與心靈，但是現在我發現我始終是使你生活與心靈失去平衡的人。唯有我離你遠了，你才過著平衡而愉快的生活。」

海倫微微地皺眉，似乎在細味我的話？接著是透露明朗的微笑，她說：

「矛盾是我自己的，而每次都是你為我證明了。我應當感謝你。」

於是她忽然眼睛閃出異常的光：

「白蘋真是好，那天晚上……」

曼斐兒太太進來，打斷了話，她看見海倫已沒有剛才的悲哀，她似乎很放心，愉快地說：

「茶已經預備好了，可以到飯廳去談。」

飯廳自然也不是過去的飯廳，光亮燦爛而年輕。茶具已經放好，是非常珍巧而美麗。

「日本貨。」我心裏想。
曼斐兒太太為我們斟茶，她說：
「這是一個日本小學校慶祝遊藝會的獎品。」
我沒有說什麼，是一個很沉默的時間。於是海倫遲緩地說：
「耶誕節，日本海軍方面有一個跳舞會，你願意帶我去嗎？」
「我？」
「這是說，我是沒法不去的。」她說著望望她的母親，「但這是多麼麻煩的集會，我想請你伴我去，我可以早點回來。」
「但是我有什麼資格帶你去呢？」
「我會設法叫他們請你，他們還請了許多中國人，據說這是與中國人聯歡的。」
「我想一定有人要來伴你的。」
「假如你同白蘋下午就同我在一起，那麼就是有別人，我們一同走，也可以一同回來的。」
海倫的意思是非常明顯，自從那天受了驚嚇以後，她在自己路途上，是非常擔心了。
「好的，」我說：「到時候我們再通電話好了。」
茶後回到客室，曼斐兒太太笑著對海倫說：
「你沒有發現這房間有什麼改變嗎？」

「有什麼改變？」海倫四周看看。

「你看。」曼斐兒太太指著照相說。

「啊，你換了一張照相。」海倫說著走到照相前面，她對我說：

「你說這一張比剛才一張好嗎？」

「我喜歡你在鋼琴上面一張。」

「是掛在我房內的嗎？」她笑了：「你去看過？」

「是的。」

「那麼我送給你，因為這段生活將在此告終了。」她說著很快地走到寢室去了。

等她拿出來的時候，我想要打開鏡框，她說：

「還要怎麼？你不喜歡這鏡框嗎？」

「謝謝你。」

海倫遞給我一張報紙，我包了起來。

我正在抽一支煙，所以又坐了幾分鐘。就在那時，電鈴聲響，女僕應門回來拿一張名片說：

「野村大佐的汽車來接你了。」

正當海倫接過名片時，我就告辭了。

二十八

梅瀛子的神秘，現在永遠是我心中的問題了。她愚弄了人，利用了人，但還是使人人覺得她的美麗與可愛。她不但操縱了人家的生活，還支配著人家的感情。她瞭解每一個人的性格與修養，擺布得像畫家擺布他的顏色，是這樣調和，這樣自然。

於是我反省自己，我回憶著怎麼與史蒂芬相識，怎麼樣認識白蘋，怎麼樣在史蒂芬太太家裏認識了海倫與梅瀛子。我恍然悟到，史蒂芬與史蒂芬太太促進了我與白蘋的感情，虛造白蘋愛我的空氣，都是他們計畫中的工作了。我又想到那次史蒂芬太太對我的談話，她不是一直疑心我是中國間諜的人員嗎？叫我同白蘋接近，不就是將白蘋交給我的意思嗎？我又想到在杭州，梅瀛子古怪的刺激與煽弄，想到海倫同我交往時梅瀛子的破壞……這些都是我經驗中的事實，至於她怎麼樣操縱曼斐兒母女，則是我無法想像的事情。此外，檳納飯店的機構、史蒂芬太太的寓所，以及她與各色各樣鉅賈、軍人的交際，更不知道她運用著什麼樣的魔術了。

盤旋著這些念頭，我於飯後九時回寓所，桌上有梅瀛子的字條：

「高葉路高朗病院十二號躺著你的好友，希望你於明晨去看他。」

這是誰呢？要用梅瀛子來通知？我的情緒馬上緊張起來，第一我想到是白蘋，難道白蘋又被刺了？要不，就是海倫，她於五點鐘時候坐著野村的汽車出去，這四個鐘頭裏就出了事？而梅瀛子來此的時候自然還要早，那麼不到四個鐘頭，要出事，要進醫院，要梅瀛子知道，到我地方來通知我，這是可能的嗎？我按鈴問僕人：

「是那天來過的小姐來過了嗎？」

「是的。」

「是什麼時候來的？」

「大概六點鐘的時候。」

是六點鐘，那麼絕不是海倫出事，而是白蘋無疑了。我的心理並不輕海倫而重白蘋，可是白蘋已經第二次出事，而這次恐怕就是梅瀛子策動的。我的心跳著，趕緊起來，夾了一份夜報，夜報雖無上次這樣可怕的消息，但是這不能安慰我，因為很可能報館還不知道這消息。我坐上洋車，到白蘋那裏，這樣路可是長的可怕！一路上我把假定越想越肯定，那麼白蘋自然不會在家，但是好像見到阿美就可以知道詳情了，我要快到那面！

好容易到了姚主教路，阿美來應門。我問：

「有白蘋的消息嗎？」

她看我太慌張，楞了一下，問：

「怎麼啦？」

「白蘋……白蘋……」

「她睡在裏面啊！」

「睡在裏面？」我以為她從醫院搬回來了，我問：「搬回來了？」

「她有點不舒服，所以沒有出去。」

「……」我沒有再說什麼，興奮地閃開她，就闖進了裏面。白蘋寢室的門開著，燈亮著。

「誰？」白蘋問聲未停，我已經奔進門檻。

「是你？」白蘋仰起身子一望，又睡下了。這銀色的床鋪，銀色的房間，使我想起那天在霞飛路她的公寓裏，為她滅了床燈出來，一種銀色的空氣沁入了我的心胸，使我感到潛在的淒涼與淡淡的哀愁。現在地方雖然搬了，但是傢俱還是一樣，是同一個女孩睡在同一個銀色的被裏，而人事的變化已經太多，她是我應當愛護的朋友，而又是我的敵人。我沉默了。

「你這時候怎麼會來？」

「聽說有人在高朗醫院。」我坐在旁邊的沙發上，玩笑地笑著說：「我以為上次你被刺的事情又發生了。」

「怎麼會轉到了我頭上呢？」她笑了：「那電話還是我打的。」

「電話？」我奇怪了。

「我打電話到你家裏，你不在，我告訴他們轉告你有朋友在高朗醫院。」

「那麼究竟是誰呢？」

「是史蒂芬呀！」

「是史蒂芬？」我驚喜極了：「你怎麼知道的？」

「我都去看過他。」

「他怎麼出來的。」

「他病得很厲害，史蒂芬太太請了日本律師，用盡方法，用了不少錢，把他保出來了。」

「他病得很厲害嗎？」我問：「什麼病？」

「還沒有診斷出。」

「危險嗎？」

「我出來時候比較好些，」她說：「但是醫生說危險期還沒有過。」

「!?」是白蘋去看史蒂芬？是梅瀛子在我地方留著條子？……我有萬種的疑問，想詢問梅瀛子，但是我的驚奇與感想遠超於疑問，我沉默了。

「你覺得怎麼樣？」

「我不覺得怎樣，」我說：「我覺得冥冥中似乎有可怕的命運支配著一切，我祈禱史蒂芬早點恢復健康。」

「自然，」白蘋說：「我們所能做的，現在也只有祈禱了！」

白蘋雖然也有點淒然，但總是很冷靜，這使我覺得白蘋不夠熱情。但是這是沒有辦法的事，白蘋是天生缺少這種素質呢？還是後天養成的呢？

歇了許久，我問：

「你不舒服嗎？」

「睡得太少！」她淡漠地說：「史蒂芬印象也影響我精神很大。」
「那麼你早點睡吧，我走了。」
白蘋沒有留我。
一個百合初放的笑容送我。在門口，我回顧一下，我說道：
「要關燈嗎？」
「不，」她說：「謝謝你。」
我從這銀色的房中出來，走到灰色的街頭，天很暗，有淅瀝的雪子下來，我感到冷，但我感到舒服。頭腦似乎清醒許多，我開始想到：「究竟白蘋怎麼知道史蒂芬出來的呢？還是史蒂芬出來，她也曾下過營救之力？還是梅瀛子起先並不知道，到我那裏，從侍役知道白蘋電話的留語，而代留條子？抑或梅瀛子先知道，然後親自來告訴我，與白蘋的電話，是兩個通知先後不約而同到的呢？那麼在這一件事情上她是否與梅瀛子合作著在進行？史蒂芬，無論如何不光是一個軍醫，也不光是一個軍官兼醫生，他是一個間諜。那麼如果白蘋是日人的間諜，則正是敵對的事，怎麼白蘋會去營救他？不但不會營救他，而且應當破壞別人的營救才合理，然則白蘋並不懷疑史蒂芬有別種任務？」我相信，當史蒂芬和我玩舞場，選擇接近日人的舞女時，目的完全為利用她們。可是對於白蘋，當他懷疑她是敵方間諜的時候，他就放棄普通的收買而採取另外一種方法。他一方面看出白蘋是敵方間諜，一方面又覺得我是中國的間諜人員，於是極力使我們接近起來。也許，她對於我們兩方面的背景只是一個猜度，於是想在我們接近之中，觀察我們雙方的究竟……

我在灰色的街頭走著，雪子打在我的臉上，有一種微痛的愉快。馬路上有點微白，街燈照在上面，更顯得冷峻與光亮。兩旁的店門都關了，四周沒有一個人，我的步聲也沒有其他聲音的混淆——清楚，簡單，沉重而莊嚴。

那麼，白蘋沒有參加營救，也許是預先，也許是偶爾知道史蒂芬的出來，也許史蒂芬太太告她，也許梅瀛子告她……也許，我想，白蘋不知道梅瀛子與史蒂芬太太的關係。對的，她知道梅瀛子，但始終不知道史蒂芬夫婦也是同樣一個機構裏的人。這當然不是白蘋低能，而我自己要不是參加她們的工作又怎麼會知道呢？

一個閃電般的光亮在我腦裏浮起，我身上一冷，我恍然悟到史蒂芬夫婦的名義只是工作上的一種煙幕，完全沒有夫婦的關係與事實的。一個人許多直覺上的明悟有時候的確比理智的分析為迅速正確，而對於這樣的判斷，常常會造成固執、堅信或甚至是一種信仰的。科學上的臆測是直覺上明悟的產物，但需要靠理智的分析來證明，而現在，只要回憶過去的事，史蒂芬突然用夫婦的名義來請我參加他們的壽宴，史蒂芬平常的生活與史蒂芬太太對他的態度，這些不是都可成為我臆測的根據嗎？

帶著這些思維我一直走到家裏，帶著這些思維我在床上睡下，對於史蒂芬病院裏的命運我反而沒有想到了。

長途的步行已經使我疲倦，雪子打著玻璃窗，似乎比剛才更密，淅瀝的聲音慢慢掃去了我斷續的思緒，我在一種空漠的狀態中入眠。

醒來已經不早，匆忙盥洗中忽然有我電話，我跟著僕人下樓。

「誰？」我接電話問。

「是我，」是梅瀛子的聲音，「馬上到高朗醫院來好嗎？我等著你。」

於是穿好衣裳，沒有吃早點就趕到高葉路。

高朗醫院是很小的私人醫院，但清潔美麗與恬靜。十二號在樓上，我匆匆上去，廣闊的陽臺上有藤椅與圓桌，那裏坐著梅瀛子，史蒂芬太太就站在旁邊。欄杆邊靠著費利普醫師，一位穿白衣的醫生，兩手插在袋裏在向他低語。

梅瀛子先看見我，莊嚴地站起來；史蒂芬太太也嚴肅地轉身過來；我走上去時，梅瀛子向我責備似地說：

「你來得太晚了。」

「史蒂芬……？」

「現在是牧師在裏面……」看看十二號病房的門。

我沉默了，站在一旁。

「坐一會吧。」史蒂芬太太說。

我遲緩地坐下，望著前面兩位醫生。我看到費利普醫師搖搖頭，從袋裏摸出煙斗，慢慢地裝煙，慢慢地點燃，於是嫋嫋的煙霧在空中飄蕩，似乎談話已經結束，大家望望這煙霧在大氣裏消散。

最後費利普醫師看見我了，過來同我握手，接著同我介紹那位穿白衣的高朗醫師。就在那時候，十二號病房的門開了，一位五十多歲的牧師出來，大家注視著他，史蒂芬太太兩手掩面啜泣著走前兩步，我看見那牧師輕拍著她的肩後說：

「現在你進去，不要悲傷，讓這位勇敢的孩子安詳地進天國吧。」他說完就同高朗醫師走了。

於是史蒂芬太太啜泣著跟著兩位看護進去。我想再看史蒂芬一會，但是梅瀛子阻止了我，她低聲說：

「這是他們夫婦最後的談話了。」

於是我站著，看見門輕輕地關上，有萬種的悲酸，聚在我的心中。一瞬間，我失去了感覺與思維，眼淚潸然流下。當我往袋裏去拿手帕時，我發覺梅瀛子已經坐在藤椅上，手帕按著眼睛；費利普則在欄杆邊，兩肘支著欄杆，面孔伏在手上。

最後，門開了，史蒂芬太太哭著出來。我忍淚扶她到梅瀛子的旁邊。兩個看護也跟著出來。這時候，有一種非常的力量，提醒了我，我推開門，走進了病房。

史蒂芬僵臥在床上，看護已經把被單掩去他的臉部。我輕輕地過去，把他臉部的被單掀開。蓬鬆的頭髮，零亂的短髭，鐵青的面頰，深紫的嘴唇。牙齒緊咬著，眼睛微開著，嶙瘦地僵臥在那裏。這就是健康活潑、年輕果敢的史蒂芬嗎？而這竟是史蒂芬。

我用手輕撫他的眼皮，我說：

「已經看到你的朋友了吧？那麼閉起你的眼睛，安詳地回天吧！我永遠為你祈禱。」

史蒂芬的眼睛果然闔上了！有一種莊嚴陰森的感覺使我的眼淚凝住，我自然地在他的床前跪下。是一個沒有宗教的人開始覺得生死的距離中唯有宗教才是我們的橋樑。

二十九

牧師演講了，叫我們為死者唱詩、祈禱。這裏我看到史蒂芬太太壽會中所有的客人。伴著棺木，我們一直到萬國公墓守著它葬好。在十字架面前，我們沉默地獻花。多少的心靈，只有一種悲哀。

人陸續散去，我拖著無限的悵惘與沉重的腳步回來，我無法解脫這一份傷感與悲哀。我眼前顯露活潑年輕的史蒂芬，在馬浪路路角，在費利普的診所，在我舊居的窗口，在我房內的沙發上，在立體咖啡館中，在百樂門舞場裏，在史蒂芬太太的壽會中，以及在杭州的旅館……他的舉動，他的談笑，他的舞姿，於是我看到僵臥在病床裏：蓬鬆的頭髮，零亂的短髭，鐵青的面頰，深紫的嘴唇，緊閉的嘴，半開的眼睛……而如今，他已經在地下長臥，此後世上將永無這一份活潑、這一份笑、這一份瀟灑與隱藏在裏面的這一份果敢沉重的事業與責任了。

這為愛、為自由、為理想與夢的戰士。

我愛，我敬，我懷念，我有耿耿的不安與未傾吐的話。我後悔我那天出外，我更後悔第二天晚去。然而這是再也無法挽回了。我用我手指的觸覺來回憶他的眼皮，我又用我眼睛的知覺來回憶他半開的眼睛的閉闔。我深信這是我們友情中的一種期待與默契，我又不禁流出了眼淚。

第二天早晨七時，我一個人捧一束花到萬國公墓去。天下著霧般的細雨，墓道上已經濕了，我低著頭，從洋槐下悄悄地走著，在轉彎的地方我抬起頭來，遠望史蒂芬的墳墓。我奇怪了，這樣早，竟已有人在他的墓前憑弔了。是一個黑衣的女子，但不像史蒂芬太太，也似乎不是梅瀛子。我凝望著她遲緩地走近去，我越斷定不是她們，越是認不出是誰。我想，史蒂芬太太既然不是他真的妻子，那麼這該是一位我沒有見過的他的真的情人了。

我沒有驚動她，悄悄地過去。她似乎已經獻好了花，兩手互握著，莊嚴地俯著首站在面前。我注視著她的後影走上去，但是走到大概離她五六步路的時候，我吃驚了，我情不自禁地喊著：

「海倫！」

她回過頭來，楞了；接著就靠在我胸上哭泣起來。

「海倫！」我拍著她的肩背，但是再尋不出話了。她哭得更加厲害起來。

「海倫！」我撫著她的金黃的頭髮說：「死的已經死了，讓我們活著的勇敢地活吧。」

她沒有回答，嗚咽了許久。我看她稍稍節制自己一點的時候，我推開了她，用手帕拭她的眼淚。我說：

「放出勇氣來，海倫，我們要勇敢地活。」

「是的。」她囁嚅著說，於是她自己用手帕來拭淚了。

我離開她到墓頭去獻花，於是我站在墓前為史蒂芬祝福。十分鐘後，我回身的時候，發現海倫嚴肅地站在我旁邊。我沉吟了一會，想了一句鬆淡的話微笑著說：

「你比我還早。」

「我不安，我整夜沒有入睡。」她說著又流淚了：「我難過！當我想到我每天同日本軍人的交際，你想，我在這個為祖國而死的英雄面前，是多麼慚愧與可恥呢！」

海倫的話遠出於我的意外，使我驚異到一時竟無話可以回答。我走在她的旁邊，踏著潮濕的道路，體驗到海倫高貴的內心。我回憶到兆豐公園裏，月光下她孤獨地漫步，我尾隨在她的後面的情形，是那麼沉寂，那麼懶散，像不染塵俗的水蓮踏著流水，像仙子踏著雲片，清純無瑕而又莊嚴高貴。我現在又看到了這一份靈魂，這神聖的靈魂是上帝於賦給她美麗歌喉時同時賦給她，後來在塵世流落，失去了燦爛的光彩，如今一瞬間又在她心中復活了。是史蒂芬的精神喚醒了她，使她回到了過去的燦爛。

「昨天我真想自殺。」她說。

「海倫，這是什麼話呢？」

一瞬間我想告訴她，她一切的機會與行動都是梅瀛子在擺布播弄，而這些擺布與播弄都是史蒂芬工作的一部。但是這結果是什麼呢？像海倫這樣的性格，她立刻會感到這擺布播弄是一種侮辱，也許反使她自棄地流落也說不定；其次，假使我有能力，對她做詳盡的解釋，使她對於這一種播弄有根本的諒解，那麼難道她也就當作一件工作般去過現在的生活嗎？最要緊是梅瀛子的判斷，而我須遵守工作的紀律。我沒有說。

「我慚愧，我不知道我怎麼會墮落到這樣！我想自殺！」她懺悔地說，靠近著我。

我們在公墓小徑上躑躅。沉默了許久，我說：

「我們走錯路了。」

「那面也繞得出去。」海倫四周望望指點我。

「那麼，海倫，」我說：「你不過是走錯了路，什麼地方繞不出去呢？」

「謝謝你。」她露出美麗的笑容，眼睛放射出奇異的光芒，她說：「那麼你帶我出去。」

我點點頭，但是我竟想不出路徑。

「像那夜從施高塔路帶我出來一樣。」她說。

「那是白蘋的力量。」

「是你先發覺的。」

「是的，」我說：「現在我也只是發覺。」

「只有在你我兩人的時候，我才感到我過的都不是我靈魂的生活。」

「這是我的光榮。」

我們始終在小徑裏盤桓，枯禿的洋槐上有群雀在叫，空氣是潮濕的，地面潤亮著。細雨已停，東方透露了黃弱的陽光，有幾個老婦在陌生的墓頭獻花了，虔誠而寂寞。這一角世界與煩囂人間的關係大概再無爭奪、妒忌與憤恨了吧，是一種真正的愛在溝通著，我想。

「回去吧。」她說。

我沒有回答，悄悄地伴海倫出來。我們在靜安寺吃早點，沉默中，貫穿我們心胸的是透明的瞭解與同情。

座上，海倫突然打破了沉默，她說：

「你希望我現在怎樣去生活呢？」

「忠誠，」我說：「我們只有忠誠而勇敢地去生活。」

她不響了，嘴角浮起了低迷的笑容。這笑容才是屬於她的靈魂的，它曾經引起我許多想像，但自從她學會了時髦的笑態，我竟忘去了是她曾留給我這個特殊的真笑。這笑表示她已經徹悟，已經從生活的形式中看到了生活的內容。我說：

「我們要忠實地笑，忠實地哭，忠實地歌唱，忠實地歎息……」

「那麼你以為我過去的一切都不忠實了。」

「只是笑。」我說。

「笑？」

「是的，」我說：「我相信每個人應當有每個人的笑態，但是現在的笑容似乎形成了派別，大家互相學習與提倡，於是笑態也成了時髦的點綴。」

「這也許是美國電影的力量。」她說。

「電影應該是學習實生活的，但是現在實生活裏的人在學電影。」

「我以為這是人類的進步。」她說：「電影裏的笑是提煉社會上笑容的美點而刪去它的醜態而成功的。」

「我想這是對的，但大家爭著模仿，結果是每個人獨特的美點都沒有了。」

她又笑了。這也許是美好的鏡頭，但不是海倫的美點。我無意識地笑了出來。

她似乎知道了我笑的什麼，有點羞窘。一矜持時，不自覺地重新透露了她低迷的笑容。

現在我徹悟到，也許只有嬰孩的笑容是天使的聲音，所以在許多聖畫裏，瑪麗亞永遠是莊嚴而靜默，而無數的小天使都是嬰孩的笑容了。

我於六點鐘送她回家，此後有好幾天沒有見她。但是我忽然從家裏接到一張耶誕節夜會的請帖，是日本海軍部梅武少將出面的。我從來沒有會見過梅武，這自然使我想到那天海倫的話，而斷定那是海倫向他們指示的了。

於是有一天黃昏我到她的家去。

她家裏布置依舊，但是海倫的裝束與態度可完全變了。她頭髮勻整地後垂著，毫無油膩與髮夾的束縛，後面輕束著一條呢帶，這呢帶與她身上的衣料一樣，是白底嫩藍小方格的花紋。脂粉、眉黛全疏，我看到她鼻樑邊幾點淡淡的雀斑。她身上除一條黃色漆皮的腰帶外，一無其他的點綴。輕柔的衣質在她走路時有寬舒的飄動，這一個改變，像是古典的Ballet舞受到鄧肯（Isadora Duncan）的解放，我覺得她是自然而年輕了。她似乎已經恢復了我第一次會見她時留給我的印象，但是她並無當初的羞澀與溫柔，她莊嚴沉靜而大方，用史蒂芬太太一般的風度，招呼我坐下，淡漠得像是失去了所有的情感，眼睛始終避開我的視線，沒有一絲表情。我尋不出她內心與那天公墓裏的悔恨、那天施高塔路的哀怨有一絲聯繫。我說：

「怎麼樣？有什麼變化嗎？」

我避開對海倫注視，想使她有更自然的答案。忽然我看到了牆上的相片，已經換上了她的父親、哥哥與她們母女的合影，三個坐著，二個站著。我想問，但是……

「生活，」她說：「我要忠誠而勇敢。」

這使我回到了那天在公墓時的情緒，我寧靜而安詳地說：

「你已經放棄了交際。」

「不但交際，」她沉靜地回答，「而且也放棄了職業。」

我沒有詫異，因為這是海倫個性裏特質的表現，這個性是我所瞭解的。我微喟一聲，接著是大家的沉默。就在這沉默中，我忽然憶起我來此的目的，我從內袋裏抽出請帖，遞給她說：

「那麼何必還叫他們寄這個給我呢？」

她微顰一下，接著是恍然悟到的開朗，於是她詫異地接過這請帖，冷淡地一望，遲緩地說：

「並不是我的關係。」

我知道這是我自己誤會了。這帖子的寄來，可以是梅瀛子的意思，也可以是白蘋的意思，也可以是隨便那個日本人的意思，只因為海倫同我說起過，所以我會肯定是她。我說：

「那麼一定是他們自己寄來的，你沒有收到嗎？」
「送來過，我告訴他們我去北平，退回去了。」
「自然你是不預備去參加了。」
「任何的約會都不再參加。」
「深居簡出養性嗎？」我說著看到鋼琴上幾本零亂的書籍，我問：「閱讀嗎？」
「是的，」她說：「隔天再借我幾本書。」
「歌唱呢？」
「是的。」
「練習嗎？」
「是的，」她說：「充實我自己的生活。」
「充實生活。」這句話使我頓悟到海倫生命的變化，這是史蒂芬太太外表上的方式，是一種美麗的隱士的心境。她閱讀，她唱歌，她奏琴，但不是為真理與藝術的追求，也不是為苦悶的寄託，更不是為虛榮的誘惑，而是為生活，為生活的充實。似乎她已經從煩囂零亂的生活中徹悟，從奮鬥掙扎的生活中清醒，從無數熱烈的追求中幻滅。她體驗到恬淡的趣味，寧靜的安詳，她把生活交給了自然，像落花交給了流水，星球交給了太空。世界在她已無期望，萬物在她都不稀奇。這心境也許是美麗的，但是她這樣的年齡所應該有的嗎？

我緘默，緘默得像一條魚。

雲彩在窗外駛過，微風吹亂了窗紗。海倫把窗簾理好，輕飄地走到琴前，幽淡寧靜地播弄著琴鍵，像是義大利的夜頌，使我悟到黃昏已經滲透了窗櫺。

在琴聲停止的時候，我說：

「多謝你贈我美麗的夜頌。」

我站起告辭，走到她的座前，我不安地說：

「原諒我說一句庸俗的話。假使需要我幫助的話，請當我是你的好友，不要客氣。」

「我感謝你純美的友誼。」她說著抬起頭來：「不等我母親回來嗎？」

「你母親？」

「她現在在匯美飯店做事。」

「我隔天再來看她。」

海倫送我出來，在門口，她說：

「謝謝你關心我們，謝謝你來看我們。」

「多謝你贈我美麗的夜頌。」我說：「今夜我要虔誠地為你祈禱。」

歸途中，我猛然想到，今天海倫沒有透露過一絲笑容。

徐訏文集・小說卷01　PG1132

風蕭蕭（上）

作　　者	徐　訏
主　　編	蔡登山
責任編輯	鄭伊庭
圖文排版	王思敏
封面設計	王嵩賀

出版策劃	釀出版
製作發行	秀威資訊科技股份有限公司 114 台北市內湖區瑞光路76巷65號1樓 電話：+886-2-2796-3638　傳真：+886-2-2796-1377 服務信箱：service@showwe.com.tw http://www.showwe.com.tw
郵政劃撥	19563868　戶名：秀威資訊科技股份有限公司
展售門市	國家書店【松江門市】 104 台北市中山區松江路209號1樓 電話：+886-2-2518-0207　傳真：+886-2-2518-0778
網路訂購	秀威網路書店：http://www.bodbooks.com.tw 國家網路書店：http://www.govbooks.com.tw
法律顧問	毛國樑　律師
總 經 銷	聯合發行股份有限公司 231新北市新店區寶橋路235巷6弄6號4F 電話：+886-2-2917-8022　傳真：+886-2-2915-6275

出版日期	2015年5月　BOD一版
定　　價	350元

Printed in Taiwan

國家圖書館出版品預行編目

風蕭蕭 / 徐訏著. -- 一版. -- 臺北市 : 醸出版,
2015.05
冊； 公分. -- (徐訏文集) (語言文學類；
PG1132-PG1138)
BOD版
ISBN 978-986-326-225-1 (上冊 : 平裝). --
ISBN 978-986-326-226-8 (下冊 : 平裝). --
ISBN 978-986-326-227-5 (全套 : 平裝)

857.7 103001384

讀者回函卡

感謝您購買本書，為提升服務品質，請填妥以下資料，將讀者回函卡直接寄回或傳真本公司，收到您的寶貴意見後，我們會收藏記錄及檢討，謝謝！如您需要了解本公司最新出版書目、購書優惠或企劃活動，歡迎您上網查詢或下載相關資料：http:// www.showwe.com.tw

您購買的書名：____________________

出生日期：________年________月________日

學歷：□高中（含）以下　□大專　□研究所（含）以上

職業：□製造業　□金融業　□資訊業　□軍警　□傳播業　□自由業
□服務業　□公務員　□教職　□學生　□家管　□其它____

購書地點：□網路書店　□實體書店　□書展　□郵購　□贈閱　□其他

您從何得知本書的消息？

□網路書店　□實體書店　□網路搜尋　□電子報　□書訊　□雜誌
□傳播媒體　□親友推薦　□網站推薦　□部落格　□其他________

您對本書的評價：（請填代號　1.非常滿意　2.滿意　3.尚可　4.再改進）

封面設計____　版面編排____　內容____　文／譯筆____　價格____

讀完書後您覺得：

□很有收穫　□有收穫　□收穫不多　□沒收穫

對我們的建議：____________________

____

____

____

請貼
郵票

11466
台北市內湖區瑞光路 76 巷 65 號 1 樓
秀威資訊科技股份有限公司 收
BOD 數位出版事業部

....

（請沿線對折寄回，謝謝！）

姓　　名：＿＿＿＿＿＿＿＿＿＿ 年齡：＿＿＿＿ 性別：□女　□男

郵遞區號：□□□□□

地　　址：＿＿＿＿＿＿＿＿＿＿＿＿＿＿＿＿＿＿＿＿＿＿＿＿＿＿＿＿

聯絡電話：(日) ＿＿＿＿＿＿＿＿＿＿＿＿ (夜) ＿＿＿＿＿＿＿＿＿＿＿＿

E-mail：＿＿＿＿＿＿＿＿＿＿＿＿＿＿＿＿＿＿＿＿＿＿＿＿＿＿＿＿